춘천 3일 전쟁 이야기

춘천 3일 전쟁 이야기

발행일   2024년 3월 25일

지은이   정승수
펴낸이   손형국
펴낸곳   (주)북랩
편집인   선일영   편집   김은수, 배진용, 김부경, 김다빈
디자인   이현수, 김민하, 임진형, 안유경   제작   박기성, 구성우, 이창영, 배상진
마케팅   김회란, 박진관
출판등록 2004. 12. 1(제2012-000051호)
주소   서울특별시 금천구 가산디지털 1로 168, 우림라이온스밸리 B동 B113~114호, C동 B101호
홈페이지 www.book.co.kr
전화번호 (02)2026-5777   팩스   (02)3159-9637

ISBN   979-11-7224-013-4 03810 (종이책)   979-11-7224-014-1 05810 (전자책)

(주)북랩 성공출판의 파트너
북랩 홈페이지와 패밀리 사이트에서 다양한 출판 솔루션을 만나 보세요!
홈페이지 book.co.kr   •   **블로그** blog.naver.com/essaybook   •   **출판문의** book@book.co.kr

작가 연락처 문의 ▸ ask.book.co.kr
작가 연락처는 개인정보이므로 북랩에서 알려드릴 수 없습니다.

6·25 춘천 대첩에서 배우는 용기와 희망의 가치

춘천 3일
전쟁 이야기

글·그림 정승수

북랩

내 고향 봄내 여울

고향은 영감의 샘물이지요. 춘천을 알아볼수록 돌배나무 돌배 달리듯 소록소록 새로운 이야기 나와요. 그중 몽골 난과 조선말 의병 봉기, 일제 강점기, 6·25 전쟁 등 불행한 세대가 맞이했던 항쟁 역사이지요.

1920년~1940년에 태어나 6·25를 겪은 세대의 전쟁 체험담은 지금도 교훈을 주고 있지요. 인천 상륙작전, 다부동 전투, 춘천 전투는 삼대 대첩이지요. 그중 위기에 처한 나라를 몸으로 막아낸 '춘천 3일 전투'가 역사의 수레바퀴 속에 묻혀있는 것을 아쉽게 생각해요.

대한민국을 구원한 이곳 소양교에서 6월이 오면 그때의 상황을 되돌아보아요. 꽃잎처럼 떨어져 간 젊은 용사들의 살신성인(殺身成仁) 정신을 추모하면서, 북한독재정권이 다시는 이런 전쟁의 비극을 일으키지 않도록 다짐하는 자리가 되었으면 해요. 휴전선에 철책을 세웠다고 평화가 온 것은 아니지요.

이스라엘 다음으로 아레스 신 전쟁의 눈은, 어느 나라를 향해 있을까요?
올해 들어 "핵 무력 포함, 남조선 영토 평정을 위한 준비에 계속 박차를 가해
나가겠다."고 김정은이 위협했어요. 민주주의 선과 공산주의 악과 싸워야지
요. 제2의 6·25 전쟁이 일어난다면 그 생지옥을 상상해 보세요?

때마침 장이레 감독이 "춘천 대첩 3일 이야기" 다큐와 영화 촬영을 시작했
어요. 제가 증언을 했지요. 많은 관람 바랍니다.
자, 봉조를 타고 과거로부터 미래까지 타임머신 여행을 떠나가 보실까요.

2024년 3·1절
의암호반에서 정승수

차례

무궁화 삼천리 화려강산

1. 을미의병의 봉기

"야- 야-" 새해(1896년) 정월 새벽, 함성이 천지를 뒤흔들었다. 큰 소리로 외치며 을미의병들은 춘천본영을 습격했다. 위봉문 앞에 백 년 넘은 커다란 은행나무가 이들을 지켜보고 서 있었다.

"초관 박진희는 직무에 부정했고, 먼저 삭발한 까닭에 즉시 처형한다."

그해 27세의 의병장 정인회(鄭寅會)는 위엄 서슬 퍼렇게 죄상을 밝혔다. 칼을 높이 든 포교가 의병들이 보는 앞에서 목을 베었다. 붉은 피가 분수처럼 치솟고 머리는 나뭇잎 떨어지듯 힘없이 땅 위로 굴렀다. 베어진 머리는 위봉문 옆 높은 장대에 매달았다.

명성황후를 시해한 일본 놈에 대한 적개심과 단발령으로 춘천 의병은 일어났다. 백성들은 "신체·머리털·살갗은 부모로부터 물려받은 것으로서, 함부로 훼손하지 않는 것이 효(孝)의 시작이다."라는 말 그대로 내 몸과 상투를 온전하게 지키는 것이 인륜의 기본인 효의 상징이라고 여겼다. 이 때문에 단발령은 신체에 주는 심각한 박해로 받아들였다. 이 두 가지 이유로 각 지방에서 분노가 폭발하여 일본을 몰아내기 위한 의병이 일어났다.

그때는 머리를 길게 땋은 총각이 대략 15세가 넘어 장가들 때 상투를 틀었다. 1895년 고종은 단발령을 내리고 가장 먼저 서양식 머리를 깎았다. 따라서 상투를 자른다는 것은 전통과의 단절을 의미했다.

춘천은 보수성이 강했다. 정인회는 춘천부에서 단발령을 시행하려는 정월 초하루를 택하여 의병을 일으켰다. 군인 중 믿음성 있는 군관 성익환은 비밀리에 갑둔고개에 숨겨둔, 병정 3백 명과 포수 2백 명을 인솔하고 나왔다. 또한 박현성은 비밀리에 사발통문을 유림과 저잣거리에 돌려 천여 명을 동원했다. 깃발을 앞세운 군인과 의병들이 함성을 지르며 군영과 관사를 습격했다.

정이품 외관직인 유수 민두호는 뱀장어처럼 밤중에 빠져나가고 빈 조개껍데기 같은 관사만 남았다. 그는 왕명을 받고 초대유수 김기석의 뒤를 이어 이궁을 지었다. 임금의 침실인 문소각, 문소각 문루로 사용했던 조양루와 안채로 출입하는 귀창문, 내삼문인 위봉문 등 27채의 크고 작은 건물들로 이룬 작은 궁궐이었다. 문소각의 뜻은 옛적 순임금이 음악을 들으면 봉황이 나타나 춤을 추었다는 중국 고사에서 유래했다. 순임금 때와 같이 태평성대를 기원하는 뜻에서 붙여진 이름이었다.

춘천 을미의병

춘천문화원 자료 참고

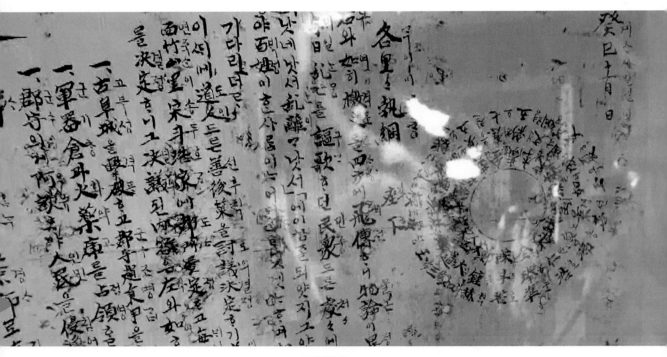

사발통문

머리털을 함부로 훼손하지 않는 것이 효의 시작

민두호는 2년 반 세월에 걸쳐 지방재정을 총동원하여 이궁을 지었다. 이 건물을 짓는 동안 군민들에게 부역시켰다. 게다가 이궁을 짓는 예산보다 더 거두었다. 옳지 않게 재산을 모으고 백성에게 일을 지나치게 시켜 나랏일을 그르친 국사범이었다. 내친김에 나랏돈으로 자기 조상사당을 새로 짓고 군민들에게 일도 시켰다. 의병들은 그 사당에 불을 질렀다. 화염이 충천하여 밤하늘에 읍내가 환히 보였다.

1880년 대원군의 통상수교 거부정책이 국제정세에 밀려났다. 세상 개벽하듯 갑신정변이 나라 안을 흔들어 놓았다.

"한국은 현재 남의 나라에 상투 잡혀서 꼼짝 못 하고 스스로 사망신고서를 바치고 있는 꼴을 하고 있지요. 한참은 청인이 내 상투를 잡았지요. 그 후에 일본인이 빼앗아 쥐고 흔들고, 러시아 양반이 얼마 주무르더니, 왜놈 상전네가 다시 움켜쥐었어요."

이승만은 1909년 9월 9일 신한민보에 '상투를 없애야 되어'라는 글을 이같이 기고했다.

여우 같은 일본이 악마의 손길을 뻗어 오는가 하면, 이빨 빠진 호랑이 청나라는 나랏일에 감 놔라 대추 놔라 참견하려 들었다. 아편전쟁을 일으킨 영국은 거문도에 군대를 주둔하고, 능청맞은 북극곰 러시아는 얼지 않는 항구를 얻으려고 원산을 넘나들어 세상이 몹시 뒤숭숭했다. 이어 동학란이 일어나고 평양이 청일전쟁터가 되니 민심이 흉흉했다. 그 후 러일전쟁이 우리나라 서해에서 일어났다.

이때 고종황제는 조정이 위급할 때 몽진할 곳을 미리 보아두어야겠다고 생각했다. 북쪽은 러시아가, 남쪽은 일본이 엿보고 있다. 갈 곳이라곤 한강 상류 내륙 깊숙이 있는 춘천이 간택되었다.

소양강과 북한강이 합류하면서 춘천을 휘어 감아주어 산과 물이 완벽하게 합해지는 음양교합(陰陽交合)을 이루고 있다. 이 음양교합의 중심에 봉의산과 봉황대가 소양강과 북한강을 끼고 전형적인 배산임수의 명당을 이루고 있다.

국사범 민두호

러일 전쟁. 프로와 아마추어의 레슬링 싸움

평양 월봉산. 청일전쟁

이중환은 '택리지'에서 "춘천은 평양과 함께 수계(水系)의 으뜸"이라고 했다. 조선 숙종 때 실학자 성호 이익은 문집 '성호사설'에서 춘천이 조정의 명운을 지켜낼 만한 '국가보장지'임을 세상에 공포했다. 중첩된 산이 사방으로 둘러싸여 옹호하고, 강물이 후면에서 합류되는 가운데 비옥한 들판이 있으니 과연 여기가 이궁을 지을만한 곳이라고 했다.

고종 27년(1890년)에 봉의산 남향 산자락에 이궁을 짓기 시작했다. 비상식품으로 소금 백 석과 간장 백 동이를 산속 깊이 묻어두었다고 한다. 그 후 이 별궁으로 인해 도청이 원주에서 춘천으로 옮기는 계기가 되었다.

의병들은 군영을 점령하여 춘천의병 본영을 삼았다. 국적 토벌, 국모 복수, 단발 반대란 삼대강령의 격문을 방방곡곡에 붙여 의병을 모집하니, 불과 며칠 만에 군사가 천여 명, 민병이 일만 명에 달했다. 도포에 유건을 쓴 유생, 물푸레 막대기에 패랭이를 쓴 보부상, 노랑 망태에 노랑 수건을 쓴 직업 포수, 뽕나무 활에 목창을 가진 농민들 등 직업 전시장인 양 각종 각색 인간이 다 모여 들었다.

이에 정인회는 나이 지극하고 믿음직스러운 이를 모셔다가 대장을 삼는 것이 좋겠다고 생각했다. 이진응과 이경응 등 여러 지도자와 상의한 끝에 명망이 높은 이소응 선생을 대장으로 삼았다. 정인회는 참모장이 되었다. 봉의산에 제단을 모시고 의로움을 하늘에 맹세하는 여의서천제(輿義誓天祭)를 지냈다. 이소응은 군자금을 마련하기 위해 부호들에게 재산을 거두었다. 군량미로 쓰려고 양식을 산더미처럼 쌓아 놓았다. 관군의 무기 창고를 열어 일반 의병들에게 무기를 주고 몇 날 밤낮으로 훈련을 시켰다. 국고를 열어 백성들에게 쌀 한 말씩 나누어 주었다.

　이 소문이 서울에 올라오니 정부에서는 조연승을 신임 춘천 부사 겸 선무사를 삼아 춘천으로 내려보냈다. 전세를 보니 몹시 위험함으로 감히 춘천 경내는 들어가지 못하고, 가평에서 며칠을 묵으며 형세를 관망하고 있었다. 이 소식을 안 참모장 정인회는 날쌘 군관과 포졸 몇을 뽑아 새벽에 기습하게 했다. 조연승 이하 수행원과 가평호사 신경주를 자루 속에 보쌈하여 쥐 잡듯이 잡아 왔다. 그들을 잡아 오던 날은 큰 구경거리였다. 모든 의병은 어깻바람을 일으키며 희희낙락 춤을 추었다. 남녀노소 할 것 없이 역적 놈 잡아 왔느니, 개화당을 잡아 왔느니 떠들며 새 떼로 구경나왔다.

춘천 관찰부

군인들은 일행을 잡아다가 죽림 개못가에 에워싸고 있었다. 잠시 후 의병 대장의 사형선언문을 가진 군관이 와서 조연승을 향해 낭독했다.

"의병해산을 요구한 피고는 친일개화파의 앞잡이다. 뿐만 아니라 단발을 명하니 시대의 역적임으로 사형에 처한다."

입고 있는 관복은 국가의 것이니 함부로 버릴 수 없다 하여, 군졸을 시켜 거두게 했다. 일행 십여 명 중 종들은 다 석방했다. 조연승과 신경주를 결박하여 앉게 했다. 여러 명의 포졸을 호령하여 일시에 사격했다. 불과 한두 방에 두 사람의 형체는 화약 연기에 싸여 보이지 않고 불빛만 번쩍번쩍했다. 군인들은 다시 본영으로 돌아가고 시체는 개못가에 그냥 버려졌다.

의병들은 사기충천했다. 서울을 습격하려고 준비가 한창이었다. 드디어 이월 초하루를 택하여 서울을 향해 출발했다. 앞에는 나팔과 북 삼현육각을 불며 두드리고 나갔다. 그 소리는 만휘군상 온 천지를 울렸다. 울긋불긋 마치 서낭당에 걸어 놓은 천처럼 기기묘묘한 글자가 펄럭이는 깃발을 앞세우고 보무당당하게 앞으로 나갔다.

대장 이소응은 사인교에 일산을 받고 앞뒤로 병정과 포수가 감싸고 나갔다. 참모장 정인회는 백마에 높이 타고 그 뒤를 따랐다. 군관도 말과 노새를 탔다. 한 마리의 당나귀가 울어대면 이곳저곳에서 "끙까 끙까" 따라서 울었다. 창검은 번쩍번쩍 해와 달도 함께 춤추는 듯했다. 병기와 군량미를 실은 말까지 어찌 그 수가 많은지 춘천 본영에서 팔인씩 짝을 지어나가도 안보리 앞까지 긴 줄이 이어졌다. 그때의 기백이라면 서울 점령은 물론 천하라도 다 삼킬 듯한 기세였다. 하지만 인원수는 많으나 훈련이 부족한 오합지졸이었다. 행로도 정돈되지 못한 것은 물론 복장도 가지각색이었다. 사기는 충천하나 전투력은 마치 시멘트는 적고 모래와 자갈이 많아 콘크리트가 굳지 않는 예와 같이 단합이 부족했다.

어찌 된 일이냐? 뜻밖에 큰 장애물이 나타났다. 정부에서 파송된 토벌대가 내려와 가평을 점령했다. 조희연이 이끄는 관군 1개 중대 220명의 친위대를 춘천으로 보냈다. 의병은 진군하지 못했다. 가평 앞 벌엽산에 진을 치고 대항했다. 첫날에는 의병 수가 많고 강한 까닭에 관군은 총만 쏘며 방어만 했다. 의병은 여유 만만했다. 관군은 이길 수 없는 적을 만났기에 방어 위주로 나갔다. 그때만 해도 의병은 구식 화승총을 가졌다. 이 총은 손이 여러 번 가야 총을 쏠 수 있게 되어 있다. 선봉장 성익현은 새벽을 틈타 벌엽산에서 내려와 가평 관군 본영을 습격했다. 관군은 기습에 대비해 막사를 비우고 잠복하고 있었다. 성 대장은 뜻밖의 역공을 맞았다. 게다가 관군은 기관총을 발사했다. 전멸하다시피 후퇴했다.

2월 초순 그 이튿날은 마침 큰비가 왔다. 관군은 이길 기회를 놓치지 않았다. 의병을 뒤쫓아 왔다. 화승총은 비만 오면 화약에 불이 붙지 않아서 도저히 총을 쏠 수 없었다. 그 약점을 알고 비 오는 때를 타서 벌엽산 밑에서부터 총을 쏘며 공격했다. 훈련도 안 되고 무기도 변변치 못한 의병이 어찌 당할 수 있으랴? 앞장이 무너지면서 전군이 둑이 터져 물이 흩어지듯 꽁지 빠지게 "걸음아! 나 살려라." 도망치기에 바빴다.

그러나 관군은 원래 인원수가 적어 감히 뒤쫓아 치지 못했다. 의병은 다행히 사상자 수가 많지 않았다. 그때 의병들 간에 이런 아리랑 타령이 유행했다.

춘천아 봉의산아 너 잘 있거라
신영강 배터가 하직일세
아리랑 아리랑 아라리로구나
아리랑 고개로 날 넘겨주게

우리네 부모가 날 기르실 제
성대장 주려고 날 길렀나
아리랑 아리랑 아라리로구나
아리랑 고개로 날 넘겨주게

귀약통 납날개 양총을 메고
벌엽산 접전에서 패전을 했네
아리랑 아리랑 아라리로구나
아리랑 고개로 날 넘겨주게

이 노래는 비장함이 서려 있다. 전쟁터로 나가는 사람 중에 누군들 죽음을 두려워하지 않을 수 있으랴. 봉의산과 하직하는 대목에선 의병들의 비장함을 넘어 가슴이 찡해진다. 전쟁터로 가는 아들과 지아비를 보내면서 모두 가슴 아프고 콧등이 시큰했을 것이다. 가족들은 눈물을 흘리면서 전송했다.

적을 알지 못하고 나도 알지 못했기에 벌엽산 싸움에서 패했다. 선봉장 성익현의 미련한 전술로 의병이 관군에 져 사기도 떨어졌다. 화력의 열세와 또한 이소응은 병법을 모르는 유학자로 싸움에 진 원인이 되었다. 그 후로 약사원 뒷산에서 크게 패했다. 정인회는 쫓기어 제천 8도 의병 도총재 유인석 대장 휘하로 들어갔다. 이처럼 춘천은 서구열강과 일본의 침략을 막으려는 위정척사(衛正斥邪) 운동이 전국에서 제일 먼저 일어난 호국충절의 고장이다.

정인회는 승우의 할아버지였다. 세상이 뒤바뀌니 집은 불타고 할머니는 적도들에 맞아 죽었다. 아버지는 도랑에 숨어 있어 겨우 목숨을 구했다. 가장이 없고 보니 아버지는 급기야 고아가 되고 말았다.

2. 봉황이 사는 도시

멀리 보이는 것은 아름답다. 삼악산 위로 노을 지면, 우두 벌판에 익어가는 벼가 물결치듯, 하늘 가득 황금빛으로 물들어 가는 의암호수의 해넘이를 본다. 하늘뿐만 아니라 잔잔한 호수도 거울 조각으로 반짝반짝 작은 손을 흔들며 이별하고 있다. 황금물결 속으로 빨려 들어가듯 가마우지들은 연줄 풀어내며 시옷 종대로 제집 찾아 날아간다. 다리를 살짝 가슴에 붙이고, 두 날개를 힘차게 지으며 날아간다. 날갯짓엔 생존을 향한 사투가 있으리라.

기러기도 의암호수 위로 날아간다. 시베리아를 향해 날아가는 기러기 떼는, 밤이 와도 쉬지 않고 별빛을 보고 길을 찾는다. 그 작고 여린 눈을 똑바로 뜨고 찬바람을 가르며 나는 새들의 모습은 경이롭다. 생체 시계의 나침반을 감지하는 새들은, 절대로 오류가 없이 바른길 찾아간다. 철새들로 하늘이 커진다. 정우의 눈도 커지고 마음도 커진다. 그는 노을 속으로 그리워하던 고향 하늘에 안겼다.

이제 어두워지면 봉황도 날아오를 것이다. 넓은 창공을 향해 푸드덕 금빛 찬란한 날개를 펴고 나아갈 것이다. 봉황은 우두벌을 지나 북한강을 건너 화악산을 넘어간다. 휴전선 원시림을 향해 날아가 백두산 천지의 물을 마시고 오리라. 이런 상상을 하고 검푸른 봉의산을 쳐다보니 과연 큰 날개를 펴고 하늘 높이 비상하려 한다.

봉의산은 해발 300m 남짓한 작은 산이지만, 그 상징적 의미는 춘천 심장과 같다. 봉의산의 봉의(鳳儀)는 서경이라는 고대 역사서에 나온다. 이를 '봉황의 모습' 정도로 해석하기 쉽다. 그런데 이는 '봉황이 날아와서 춤을 춘다.'라는 뜻으로 풀이해야 정확하다.

봉황은 수천 년부터 제자리로 돌아오는 버릇을 한 번도 거스르지 않았다. 정기가 살아있는 새, 정우도 살아있어 봉황을 바라보니 얼마나 고마운 일인가? 멀리서 바라보는 봉의산은 아름답다. 지는 해와 함께 밤마다 일어나는 일들을 기대하는 봉의산은 신비롭다. 평화를 상징하는 봉황새, 그 평화는 언제 올 것인가? 이 소원은 춘천 시민뿐만 아니라 대한민국 국민이 바라는 모두의 소망일 것이다.

수컷인 봉조는 봉의산을 두고 하는 말이다. 봉의산은 북으로 오봉산 지대, 서로 삼악산 지대, 동남으로 대룡산과 봉화산 지대로 둘려 있다. 마치 봉의산은 동백꽃잎 속에 꽃술처럼 춘천 시내 중심에 봉긋 솟아있다. 큰 용이 꿈틀거리듯 대룡산에서 맥이 나와 줄기줄기 북으로 수십 리 달려와 유연(油然)히 솟았으니 우러러보면 봉조가 앉아 있다.

봉조는 춘천 시가지를 품고 있다. 남쪽에서 바라보면 마치 봉조가 두 날개를 펴고 창공을 향해 훨훨 날아갈 기세다. 의암호를 옆에 끼고 낮에는 쉬었다가 밤만 되면 '푸드덕' 날아오를 것만 같은 봉의산은 진산이다. 남쪽으로 멀리 물러나 두 손을 모아 허리 굽혀 절을 하는 산이 봉황대다. 이 산이 암컷인 황조는 알을 품고 있는 모양인 안산이다. 황조는 지금도 알을 품듯 희망을 품어 시민들에게 나누어 주고 있다.

봉황이 날아든 산

이 한 쌍의 봉황을 깃들이자면 먹이와 보금자리를 마련해 주어야 한다. 만일 봉황이 다른 곳으로 날아가 버리면 서기(瑞氣)를 잃은 땅이 되어 그대로 가라앉는다는 말이 옛날부터 입에서 입으로 전해 내려오고 있다.

봉황은 주로 대나무 열매를 먹고 산다. 이곳 백성들은 그 열매를 얻으려고 죽림동(竹林洞)에 대나무를 심었다. MBC 방송사 앞에 보이는 강가에 대나무 숲을 이루었다. 지금은 의암댐으로 물에 잠겼으나, 이곳을 대바지 강(竹田江)이라고 불렀다. 봉황을 머물게 하려고 우리 선조들은 지명에까지 세심한 주의를 기울였다. 춘천은 평화를 사랑하는 생명의 도시라 함도 과언이 아니다.

봉황새의 보금자리도 마련해 주어야 한다. 그 새는 오동나무에 깃들이기를 좋아했다. 모수물 골짜기에 큰 벽오동이 서 있었다. 그 나무 밑에 우물이 있었으니 그 유명한 모수물이었다.

예로부터 땅에서 물이 나는 자리를 샘터라고 했고, 물이 깊어서 두레박으로 긷는 곳을 우물이라고 했다. 우물은 바닥부터 땅 위까지 돌로 벽을 쌓았다. 그 우물 옆에 두레박이 놓여 있었다.

마을의 정자나무 주위가 남성 공간이라면, 샘은 여성 전용 공간이었다. 여인네들은 샘에서 물 긷는 일 이외도 채소를 다듬거나 빨래함으로써 이곳에 머무는 시간이 길었다. 여인들은 우물가에 모여 세상 돌아가는 이야기며, 마을 소식을 주고받았다. 이처럼 우물은 식수와 생활용수로 쓰였을 뿐만 아니라, 사귐과 교환의 장소가 되기도 했다. 우물은 주민들의 생명수였다. 맑은 물이 솟아나는 우물은 그 어느 공간보다 정갈하게 다루고 그 주변을 깨끗하게 가꾸었다. 모수물골 사람들은 우물을 자연 순리에 맞게 관리해 왔다.

승우 동네 우물이 그 유명한 모수물이다. 이 물은 봉황이 마시는 예천(醴泉)이다. 가뭄이 심해도 항상 똑같은 양의 물이 나왔다. 물맛은 달다. 여름에는 차고 겨울에는 따듯했다. 수돗물이 끊어진 6·25전쟁 속에서도 모수물은 여전히 나왔다. 인근 소양로 기와집 골과 요선동에서도 물지게로 밤새도록 물을 길어갔다. 이 물을 길으려고 넘나든 재가 모수물 고개다.

지금 소양로 성당 주보가 '모수물'이란 이름으로 발행하고 있다. 도로명도 모수물길 00번지 길로 '모수물 고개'는 남아 있다. 모수물은 근원이 되는 물이란 뜻으로 생각하기도 한다. 도청 자리에 있던 이궁(離宮) 관련 자료를 보면 묘정(妙井)이란 우물이 있었는데, 이는 이궁의 문소각 가까이 서쪽에 있던 오래되고 유명한 우물이다.

여기서 '모수물'은 봉의산 밑에 있는 샘이고 춘천에서 가장 좋은 샘이란 뜻이리라. 이 우물에 정원 대보름달이 비추면 그 달빛을 가장 먼저 담아서 떠내면 그해에 시집가거나 아들을 낳을 수 있다는 정월 대보름 민속놀이가 있었다. 이것을 '용알뜨기'라고 한다. 이 우물은 가뭄에도 마른 적이 없고 옥빛이며 투명하여 물맛이 좋았다.

물맛과 빛깔이 오묘하여 그 우물에 묘할 묘(妙)를 붙였으리라. 묘자에는 아리따운 아가씨의 뜻도 담겨 있으니, 용알뜨기에 있어서 어떤 물보다도 아가씨에게 선망이 되었다. 이런 연유로 '묘정의 물을 신묘한 물이란 뜻인 '묘수(妙水)'라고 불렀을 것이다. 묘수가 발음상의 변화를 겪으면서 모수가 되고 그 의미

상상의 봉조로 본 봉의산

를 강화하는 '물' 자를 붙여 모수물로 부르게 되었으리라.

이런 전설 속에 승우네 동네를 모수물골이라고 불렀다. 승우는 청년이 되도록 모수물을 먹고 자랐으니, 봉의산은 어머니요 모수물은 그의 젖줄이었다.

내 고향 춘천에는 태평성대를 상징하는 봉황과 관련된 지명이 있다. 봉의산과 봉황대가 그 이름이다. 봉황은 태평성대에 날아든다는 상상 속의 신령스러운 새로 평화를 상징한다.

굽이치는 소양가람
큰 새 한 마리
대나무 열매 먹고
오동나무에 깃들어
봉황이 날아든 산

맥국고도 살기 좋은 이 땅에
거란 몽골 왜병의 침략 막고
을미의병 일으킨 곳
공산군과 맞서
포화가 작열했던 싸움터

푸른 뫼 밝은 정기는

호반의 도시로
관광 명소로
통일 1번지로
뻗어나간다

고향 모수물골은
흔적도 없고
애환 깊은 산마루에
구름 떼 흘러간다

〈봉의산, 정승수 시〉

봉의산의 봉의(鳳儀)라는 의미는 중국의 고대서 〈서경〉에 나온다. 이는 '봉황이 날아와서 춤을 춘다.'라는 뜻으로 풀이한다. 〈서경〉에 蕭韶九成 鳳凰來儀(소소구성 봉황래의)라는 구절이 나온다. 이는 '중국 순임금의 음악인 소소를 아홉 번 연주하니, 봉황이 날아와 춤을 추었다'라고 했다. 봉황은 새로운 성인과 함께 세상을 변화시킨다고 한다. 봉황의 몸은 다섯 가지 특징으로 이루어졌다. 머리는 덕을, 날개는 의를, 등은 예를, 가슴은 인을, 배는 신을 각각 상징한다고 한다. 오색의 깃털을 지니고 노랫소리는 묘음을 내며 뭇새들의 왕으로서 귀하게 여기는 영리한 새다.

봉황의 울음에 비유한 악기가 생황이다. 에밀레종에 새겨진 비천상에서 천

녀가 연주하는 악기, 영화 취화선에서 화가 장승업 여인의 악기가 바로 생황이다.

봉황은 고귀함과 빼어남을 상징함으로 우리나라 대통령 문장으로 사용한다. 모든 경사스러운 일에 봉 자를 쓴다. 좋은 벗을 봉려(鳳侶), 아름다운 누각을 봉루(鳳樓), 평화로운 세상을 기다리는 뜻으로 봉황래의(鳳凰來儀)라고한다. 위의 네 글자 중 첫 자와 끝 자, 봉의를 따서 산 이름을 봉의산이라고지었다.

조선 궁중 잔치에도 격식을 갖추어 아름답고 정중하게 치렀다. 그런 자리에서 거행된 의식 가운데 봉래의가 있었다. '봉황이 날아옴을 기뻐하는 의식'이라는 뜻이다. 봉황은 태평성대에 나타나는 상상의 길조다.

그러므로 봉황래의란 나라가 태평하고 백성의 평안을 바라던 국왕의 소원이었다. 정치를 잘하여 태평성대의 평화로운 나라를 기원하는 마음이 들어있다. 여러 임금은 평화롭고 영원히 사라지지 않는 불사조 같은 정치를 펼쳐 보고자 염원했을 것이다.

춘천을 지긋이 내려다보며 수호하고 있는 봉의산, 평화를 사랑하고 서로 존경하는 춘천 시민의 마음이 숨 쉬는 곳이다. 봉황은 평화로운 시대에 나타나평화를 상징하는 새며, 영원히 죽지 않는 불사조다. 그러므로 죽은 영혼을 천국으로 인도하는 새다. 춘천은 역사적으로 많은 환란을 겪었으나, 이에 굴하지 않고 평화를 사랑하는 마음이 봉의산이란 이름을 통해 우리 후손들에게연연히 이어져 오고 있다.

궁중무용 봉래의

2015년 국립국악원에서 공연한 고종 대례의 -'대한의 하늘'- 가운데 궁중무용 봉래의(鳳來儀)를 추고 있다.

춘천의 태평성대를 기원하던 봉황대

봉황대(鳳凰臺)는 봉황이 머무는 곳에서 이름을 얻었다. 이후 봉의산과 짝을 맺게 되었다. 봉황대는 삼천동 배터 뒤쪽에 솟은 봉우리를 말한다. 걷는 코스는 라데나 콘도 옆 호숫가에서 산 정상으로 가파르게 향하고 있다.

봉황대를 이렇게 설명하고 있다. "산자락이 우뚝 솟아나 절벽을 이루고, 누에머리가 강가로 달려가는 형세다. 윗부분이 평평하여 5~60명이 앉을 만하다. 큰 소나무와 오래된 잣나무가 빽빽하여 보기에 시원하다. 북한강과 소양강 두 강줄기가 넓은 들판 사이를 구불구불 굽이치며 내려오다가 만나서 신영강이 되어 삼악산을 마주하고 서쪽으로 흐른다. 지금은 의암호수에 두 강이 함께 모여 있다."

재미나는 이야기로, 타향에서 춘천으로 들어와 돈 많이 번 재벌가가 있었다. 그 구두쇠는 좋은 일에 쓰지 않고 번 돈을 모두 가지고 나가려다가, 본 바닥에 몽땅 쏟아놓고 빈손으로 갔다는 말이 있다. 돈을 많이 벌되 더 큰 봉사로 많은 사람을 끌어안으란 뜻이리라. 성공이란 자신의 출세를 넘어서 이웃을 돕고 더 많이 베푸는, 진정한 의미에서 자기실현이며 이것이야말로 성인으로 가는 길이며 봉황의 바람일 것이다.

3. 빼앗긴 땅에도 봄은 온다

봄 오는 소리가 들린다. 겨울에서 힘차게 걸어 나오는 소리가 들린다. 굳은 땅에서 걸어 나오는 새싹의 소리, 딱딱한 껍질에서 걸어 나오는 꽃잎 소리. 얼음에서 걸어 나오는 시냇물 소리. 방에서 걸어 나오는 아기 웃음소리가 들린다.

봄의 왈츠가 울려 퍼진다. 산골짝 고드름에서 떨어지는 물방울 소리에 개구리는 긴 잠에서 깨어난다. 솜솜히 연초록 새싹들이 땅을 뚫고 나오며 새 생명의 탄생을 알린다. 버들강아지도 배시시 눈을 떠 새봄을 알린다. 산수유 꽃봉오리에서 봄노래가 흘러나온다.

우리의 삶이 아름다운 것은 어딘가로부터 나오는 희망의 소리가 있기 때문이다. 우리 마음이 늘 설레는 것은 희망의 소리가 들리기 때문이다. 강가에 얼음 깨지는 소리, 새싹들이 움트는 소리, 쑥부쟁이가 쏘~옥 나오는 소리가 들린다. 물오리들의 자맥질하는 소리와 함께 봄이 성큼 왔다. 이렇게 봄은 모든 생명에게 새바람을 넣고, 일어나게 하는 기운찬 힘을 가지고 있다.

고향 땅에도 봄은 왔다. 고향 떠난 길손은 나물 깨는 여인에게서 어머니의 모습을 그려 본다. 흙냄새 나는 오솔길 따라 고향으로 달려가고 싶다. 고향 땅에는 진달래 피는 꽃동산이 있었다. 봄 마중을 가려고 기차를 탔다. 고향은 봄날 흰여울 전설처럼 그렇게 나붓나붓 다가왔다. 승우의 고향은 봄내 여울이라는 예쁜 이름을 가지고 있다. 모자란 듯 촌색시 같으면서 정감이 가는 그 이름은 춘천(春川)이란다.

승우는 물맛이 좋기로 이름난 모수물골에서 자랐다. 봉의산과 터가 높은 도청이 마주 선 골짜기의 아늑한 곳에, 열 손가락 안에 드는 초가 동네였다. 산이 높아 골짜기도 깊고 좁았다. 그 동네는 유난히 해가 짧았다. 해가 한나절 만에 떴다 가버렸다. 그러나 봄이 오면 산불이 타오르듯 진달래를 볼 수 있었고, 창문 열면 선풍기보다 시원한 바람이 솔솔 창문으로 들어왔다. 산자락엔 굴참나무와 벚나무, 소나무들이 푸른 잎사귀로 춤추는 동네였다.

봉의산을 우리 동네에선 봉산이라고 불렀다. 이 산은 승우의 놀이터였다. 그 산에 진달래가 피기 시작했다. 진달래는 승우를 산으로 불러냈다. 꼬마 친구들은 진달래를 따 먹으러 산으로 갔다. 썩 양지바르지 못해 꽃들이 떼를 이루지 못하고 드문드문 피었다. 무리지어 힘을 자랑하지 않는다. 혼자서 청승떨지 않고 모인 듯 서로 떨어져 담담하게 피어 꼬마 친구들을 맞이했다.

진달래 핀 모수물골 승우네 집

산불 타오르듯 진달래는 피고……

진달래는 잎이 나오기 전 먼저 꽃이 피었다. 이 꽃은 생으로 먹거나 화전이나 두견주의 재료로도 사용했다. 독이 없는 진달래를 참꽃이라고 불렀다. 꽃잎을 따먹으니 상큼 쌉쌀하여 새봄을 씹는 기분이었다. 높이 올라갈수록 꽃은 만발했다. 꽃잎을 따먹으며 정신없이 올라갔다.

춘삼월 이른 꽃은 봉산 진달래라
얼른 피어 얼른 지니 두고두고 아까워라
핀 날부터 새빨가니 춘천 각시 부끄러워라
봉산 진달래야 피긴 피되 더디 피던 못하는가

〈평북영변지방 동요 지명을 바꿈〉

엄성 바위에 누군가 앉아 있다. 참꽃을 한 다발 들고,
"아가야 이리 온, 이 꽃 줄게!"
꾀어낸 후 간 빼 먹는다는 말이 생각났다. 문득 겁이 났다.
"문둥이다……!"
승우가 소리쳤다. 친구들은 영문도 모른 채 잰걸음으로 뛰어 산 밑으로 내려왔다. 문둥병은 하늘이 내린 형벌이라고 했다. 이 병은 마땅한 약이 없기에 '사람의 간을 빼 먹으면 낳는다.'라는 속설이 있었다. 어머니가 승우에게 높은

산에 올라가지 말라는 경고였으리라.

어린 시절 간식이라고는 거의 없었다. 헛헛한 아이들이 주전부리할 수 있는 것이래야 겨우 칡뿌리 캐 먹기, 옥수수 대 잘라먹기, 아카시아 꽃잎 훑어 먹기가 고작이었다. 아카시아 꽃잎을 씹으면 비릿한 어머니 젖 냄새가 났다.

헛헛할 때
한 줄 훑어 먹으면
물씬 나는
어머니 젖 냄새

〈아카시아꽃, 정승수 시〉

어머니 젖 냄새

어느 날 봉산 끝자락 한 우물 고개 아래, 이성길네 과수원에 친구들과 사과 서리하러 가기로 했다. 서리 짓을 하기 전에, 잡히더라도 다른 아이 이름을 대지 않는다는 의식을 했다. 오지그릇 파편을 주워서 넷으로 조각냈다. 그 조각을 들고 침을 세 번 뱉고 각자 주머니에 넣었다. 이로써 신의를 지키겠다는 의식은 끝났다.

현장에 도착하니 철조망이 높게 쳐져 있었다.

"사냥개가 있을걸······."

승우가 걱정했다.

"전부터 개를 잘 사귀어 두었으니 문제없어."

상운이가 큰소리쳤다. 빨갛게 익은 사과가 주렁주렁 달렸다. 입안에서 군침이 돌았다. 한 사람은 망보고 모두 철조망을 뚫고 들어갔다.

사과를 따서 주머니에 막 넣으려는 순간 망아지만 한 사냥개가 "멍-멍" 짖으며 달려들었다. '다리야, 달려라!' 도망쳐 나왔다. 안전한 곳까지 와서 사과한 개를 넷으로 나누어 먹었다.

이성길네 과수원은 후평동 땅을 넓게 차지한 일제 초대 도지사 이원익의 땅이다. 한국 사람으로 일본제국의 앞잡이가 되어 한국인에게 많은 해악을 끼친 자였다. 놋주발과 쇠라는 쇠를 싹쓸이해 갔으며, 청년들을 죽음의 전쟁터로 내몬 장본인이었다.

4. 압박과 설움의 일제 강점기 생활

　제2차 세계대전이 일어나기 몇 해 전 승우는 요선동 빨간 양철집에서 태어났다. 부유한 가정으로 누나와 함께 오순도순 살았다. 아버지는 고아로 중국집 요리배달을 시작했었다. 근검절약하여 자수성가했다. 사십 대에 아들을 본 아버지는 승우를 금이야 옥이야 애지중지 키웠다. 승우를 안고 다니다가 팔이 아프면 한복 조끼 주머니에 아들의 양다리를 넣고 다녔다. 아버지의 체온은 따스하고 체취도 군밤처럼 구수했다.

　장마당 약장수 구경거리가 있으면 얼른 목말을 태워 승우가 잘 보이도록 배려했다. 무희들이 장단에 맞추어 춤추며 노래를 불렀다. 한창 흥을 돋웠다.

　"산에 가면 범을 잡고 바다 가면 고래 잡는다. 배 아프고 골치 아프고 허리어깨 쑤시는 분들 걱정일랑 하지 마세요. 여기 만병통치약 나왔습니다. 웅담, 산삼, 진시황이 먹었다는 불로초 모두 저리 가라예요. 돌아서서 후회하면 못삽니다. 기회는 단 한 번뿐, 단돈 10환, 10환에 모시겠습니다."

　발로는 북을 둥둥 울리고 하모니카를 불어댔다. 무희들은 약을 들고 다니며 팔았다.

　승우는 북두칠성님께 빌어 낳은 자식이라고 하셨다. 칠월칠석이 돌아오면, 마당에 누런 황토를 폈다. 첫 새벽에 두레박질로 퍼온 모수물로 목욕재계하

목말을 타고 싱글벙글 좋아하는 승우

셨다. 어머니는 쌀과 붉은 팥이 켜켜이 앉은 시루떡에 김이 솔솔 오르면 베보자기 걷어내고 식칼로 넓적넓적 먹음직스럽게 떡을 썰었다. 시루떡을 장독대와 굴뚝 뒤, 부뚜막 등 집안 곳곳에 차려 놓았다. 아버지는 흰 두루마기 입고 마당에 멍석 깔고 북두칠성님께 제사를 지냈다. 그 고사떡을 승우와 누나는 이웃집에 돌려 고루 나누어 먹었다. 칠월 칠석은 고구려 때부터 내려오던 명절이었다. 견우와 직녀는 은하수 사이에 두고 서로 떨어져 있다가 오늘 만나는 날이다. 견우는 소를 몰고 농사일을 상징하고, 직녀는 옷감 짜는 일을 상징했다.

승우가 여섯 살 나던 봄날, 마내 육촌 댁에 갔었다. 곡식이 귀한 때라 쌀과 잡곡을 얻었다. 아버지는 그 곡식을 한 짐 지고 이십 리 길을 걸었다. 승우는 한참 걸으니 다리가 아팠다. 안고 가달라고 칭얼거렸다. 응석을 받아 주실 줄 알았다. 아버지는 뜻밖에도 휑하니 앞으로 혼자 걸어가셨다. 기대에 어긋나자 무안하기도 하고 어린 마음에 기분이 나빴다. 나머지 십 리 길은 울면서 혼자 집으로 왔다. 어머니를 보자 큰 소리로 울음을 터트렸다.

"어린애를 이렇게 울리면 어떻게 해요?"

어머니는 눈이 통통 부은 승우 역성을 들어주셨다. 눈물로 얼룩진 얼굴을 씻어주었다. 아버지는 나약한 아들에게 독립심을 길러주기 위한 훈련을 시킨 것이리라.

승우는 국민학교 들어갈 나이가 되었다. 누나는 승우에게 일본말로 일장기와 구슬을 보여주면서, 일본 이름 '무라가와'로 대답하라고 했다.

구두시험으로 춘천초등학교에 무사히 합격했다. 그러나 입학 때에 승우는 홍역에 걸렸다. 어머니는 결석하면 안 된다고 등에 업고 학교에 출석했다. 담임인 여선생은 깜짝 놀라며 결석으로 처리 안 하겠으니 며칠 쉬어도 된다고 했다.

이 학년이 된 승우는 음력 설빔으로 분홍 저고리와 검정 한복 바지를 입고 학교에 갔다. 학우들은 승우를 둘러싸고 놀려댔다.

"조센진 촌놈, 조센진 촌놈"

"너희들도 한국 사람이야?"

승우는 큰 소리로 항변했다. 친구들에게 따돌림당한 기분이었다. 분한 마음에 울면서 집으로 돌아왔다. 그런 나를 품에 안으시고 어머니는 말씀하셨다.

"아버지의 뜻을 세워야 한다. 한국 사람으로서 떳떳함을 잃지 말아 다오."

어머니가 정성껏 지어 한복을 입혀주신 마음을 나이 들어서야 그 뜻을 알았다. 옷이란 몸을 보호해 줄 뿐만 아니라, 그 사람의 직업과 신분을 나타내며, 심지어는 국적도 구분되어 그 민족의 혼이 깃든다고 생각했다.

그때 일본 놈들의 식민지정책은 가혹하기 이를 데 없었다. 혹독하게 민족의 혼을 빼 버리려고 했다. 일본은 한국말뿐만 아니라 한글과 민족문화도 없애려 들었다. 마침내 조상의 성과 이름을 일본말로 바꾸라고 했다. 왜놈들이 말하지 말라니 벙어리 되었고, 글 내버리라니 눈뜬 장님이 되었다. 성을 고치라니 조상을 헌신짝 던지듯이 내버렸다.

"언어는 황금보다 더 귀한 이 세상의 보물이요, 무기요, 생존의 근본이요, 민족이 같은 바탕을 간직하는 생명 줄이다."

소설가 게오르규는 이렇게 말했다.

이 말은 한민족이 아무리 노예로 떨어진다 해도 언어만 가지고 있다면 다시 일어날 수 있다고 굳게 믿는 것이다.

아버지는 밖에 나갔다가 들어오실 때마다 머리통만 한 돌을 하나씩 들고 오셨다. 돌은 오래도록 혼자 있어도 조용하다(石体長年靜)고 하셨다. 그 돌이 하나둘 쌓여 트럭 두 차분이나 되었다. 훗날에 외삼촌이 새집을 짓는 데 기초 돌로 사용했다.

부전자전이란 말이 있다. 승우도 어른이 되어 수석을 모는 취미를 가졌다. 철들어 아버지의 돌 사랑하는 마음을 겨우 알 것만 같았다.

돌은 자랑하지 않는 겸손함이 있고, 오래 참고 견디는 인내가 있다. 어머니 품처럼 따스함이 있고, 산을 의지한 마을처럼 아늑함이 있어 좋다. 우리들의 삶도 그런 아늑함이 있으면 한다. 아무리 화가 나도 참을 줄 알고 조그만 것보다 큰 것을 생각하며 경쟁하기보다는 서로 돕는 그런 삶을 살아야 한다.

돌 한 개, 그것은 흙탕물이 온몸을 할퀴고 지나가며 살을 깎아내는 아픔도 참아내는 의지가 있다. 자갈에 눌리고 모래에 덮여도 되살아나는 생명력이 있다. 우리의 삶도 그렇게 의젓했으면 좋겠다. 물살에 깨어질 듯 깨어질 듯하면서도 그대로 있는 돌처럼, 끈질긴 의지를 지녔으면 좋겠다. 돌은 어떠한 고난과 역경 속에서도 다시 일어나는 의지, 불행과 슬픔까지도 삭힐 수 있는 그런 의지가 있다.

돌 한 개, 그것을 얻어 가질 때, 개선장군과 같은 성취감을 맛볼 때도 있고, 전생의 인연으로 다시 만나는 깊은 인연에 젖을 때도 있다. 애인을 만나는 반가움이 있는가 하면, 친구나 부모 형제를 만나는 친근함 같은 것도 있다. 초

월적 인격, 인간이 지닌 나약함을 알아주고 포용해 주는 관대함으로 나타날 때가 있다. 그런가 하면 추상같이 준엄하고 열화같이 뜨겁고, 승우를 속속들이 꿰뚫어 보는 도덕적 비판자로 나타날 때도 있다.

돌 한 개, 거기에는 산이 있고, 넓은 바다 푸른 하늘 우주가 보인다. 무지개가 뜨고 별이 반짝이며 해와 달이 있다. 비바람 눈사태 꽃무늬가 있고 아침저녁이 있다. 새와 들짐승 지옥과 천국, 꿈과 사랑 고독과 희열, 지나온 역사의 온 세계가 황홀경에 휩싸인다. 이렇듯 아버지의 돌 사랑 속에 승우는 겸손과 인내, 생명의 의지, 정과 참, 그리고 신비한 세계로 안내하는 돌을 깨달았다.

수석 한 점
그것은 꼿꼿한 대나무다
땅을 차고 오르는 청둥오리 떼
안개가 살아 움직이는 생동감
밀감 빛 황혼이다
질고 밀도 높은 몸매
그것은 자연이 내어준 아름다움이다

수석 한 점
너에게서 배운다
나를 자랑하지 않으며

오래 참고 견디는 인내가 있다
아무리 화가 나도 오늘을 참으며
웃음으로 답하고 용서할 줄 안다
겸양의 덕이 있다

수석 한 점
그것은 세월이 할퀴고 간 흔적이다
살을 깎아내는 아픔도
자갈에 눌려도 되살아나는 생명력이다
끊길 듯 끊길 듯 끝내 긴 강을 이루는 물줄기
넉넉한 기다림이 수석에겐 있다

수석 한 점
너로 하여금
삶을 관망하는 지혜와
느낌을 받는다

〈수석 예찬, 정승수 시〉

승우 아버지는 인쇄소를 경영하셨다. 하루는 일본 형사가 들이닥쳤다. 일
본을 반대하는 불온 문서를 인쇄해 주었다는 이유로 붙잡혀 가셨다. 그때까

수석 한 점

지도 의병들의 활동이 류인석 선생의 고장인 춘천 가정리를 근거지로 지하에서 항일투쟁을 계속하고 있을 때였다. 의병을 일으킨 정인회 할아버지와는 달리 아버지는 반일사상을 가진 분도 아니셨다. 직업상 돈 받고 그들의 전단을 인쇄해 주었을 뿐이다. 그 일로 경찰서로 끌려갔다. 주리틀기, 콧구멍에 고춧가루 물 넣기, 비행기태우기 등 모진 고문을 받았다.

감옥에서 재판받으러 재판소로 들어오는 아버지는 무슨 큰 죄라도 지었다는 듯이 머리에 대나무로 만든 용수를 썼다. 포승줄로 꽁꽁 묶여 있었으며 수갑이 채워져 있었다. 그런 모습을 본 어린 승우는 가슴이 철렁 내려앉았다. 잃어버린 내 나라를 찾겠다는 것이 큰 죄란 말인가? 6개월 유죄 판결을 받았다. 집안은 점점 못살게 되었다.

변호사 비용을 대느라 인쇄소는 헐값에 일본인 구무(久武) 손에 넘어갔다. 이 사건으로 중앙로 1가를 그들이 차지했다. 강원도 일대의 인쇄물을 독차지하게 되었다. 그뿐만 아니라 뒷두루 큰 과수원도 사 가지고 거들먹거렸다.

요선동 양철집을 팔고 모수물골 초가집으로 이사했다. 가족이 먹고살려고 어머니는 하숙 손님을 쳤다. 사랑방에는 목재소에 다니는 최 서방이 있었다. 그 옆방에는 마루보시라는 역전 화물 창고에서 일하는 형제가 하숙하고 있었다. 태평양전쟁 때라 시멘트가 귀했다. 그 형제에게 부탁했다. 점심 먹은 빈 도시락에 시멘트 가루를 가져오게 했다. 두어 달쯤 모으니 그것도 어지간한 양이 되었다. 그 시멘트와 모래를 섞어 장독대를 만들었다. 승우 어머니는 장독대 가꾸는 정성이 유별났다. 그 집안의 음식솜씨는 장맛에서부터 나온다

정성껏 장독대를 가꾸시는 어머니

고 하셨다. 앞마당 모퉁이 남쪽에 있는 장독들은 올망졸망 키 순서대로 나란히 서 있었다. 앞에는 고추장 항아리로부터 막장 항아리, 뒤로 갈수록 몇 년씩 묵은 된장 항아리며, 간장 항아리들이 반짝반짝 반짝이며 뚱뚱한 몸매를 뽐내고 서 있다. 장독대는 때를 따라 정화수 떠 놓고 소원을 비는 신성한 제단이기도 했다.

목재소에 다니는 최 서방은 승우의 밥이었다. "엎드려!" 하면 말을 만들어 등에 타기도 하고 권투하면 얻어맞는 선수였다. 그의 몸에서는 늘 나무 냄새가 배어있었다. 사십이 넘은 늙은 총각이었다. 그리고 유달리 발 구린내가 코를 찔렀다. 마마를 앓아 콩밭에 넘어진 듯 솜솜이 얽은 얼굴에 눈곱이나 코딱지를 떼어 화롯불에 넣는 습관이 있었다. 한겨울 건장하던 그가 갑자기 누워버렸다. 염병이라는 장질부사에 걸렸다. 보리 먹고 싼 개똥, 약이 된다기에 승우는 밭에서 소중하게 받아왔다. 숯불 위에 양철을 놓고 그것을 볶았다. 최 서방은 그 보리를 차로 마셨다. 구수하고 좋다고 했다. 아무튼 며칠을 앓고 털고 일어났다.

아버지는 승우에게 천자문을 가르쳐 주셨다. 그 실력이야 오죽했을까마는 손잡고 나들이 갈 때였다. 한문 간판 '春光病院' 한두 자 읽으면 대견해 하셨다. 기분이 좋으실 때면 관동별곡을 유창하게 읊으셨다. 송강 할아버지는 우리 정씨 집안의 문장 대가라고 자랑하셨다.

해방되던 해 정월이었다. 아버지는 고문으로 인한 후유증으로 시름시름 앓으시더니, 기력을 회복하지 못하고 끝내 운명하셨다. 어리둥절한 중에 채울

길 없는 허전함은 앞으로 누구를 의지하고 살아야 할지 눈앞이 깜깜했다. 운구를 앞세우고 소복을 한 어머니와 승우는 인력거를 타고 운교동 화장터로 갔다. 울 엄마 눈물은 많기도 했다. 철없는 승우는 친구들이 보면 창피하다면서 어머니 머리에 쓴 볏짚 관을 벗으라고 떼를 썼다. 따라 울면서 울지 말라고 했다. 그러나 엄마는 자꾸자꾸 소리 내어 울었다.

아버지의 유골은 수목장 지냈다. 소나무 밑에 뿌려달라는 유언에 따라 한 줌의 재를 금강소나무 밑에 잘 모셨다. 그 소나무 밑에 큰 돌을 세워 놓았다. 평생 돌을 좋아하시던 아버지, 그분은 한 덩이별이 떨어진 나그네로 왔다가 나라마저 빼앗긴 험난한 세상에서 숨결마저 끊긴 채, 이름 없는 돌로 되돌아가셨다.

학교에서 막 돌아온 승우에게 어머니는 한지 한 장을 주시면서 크면 읽어 보라고 하셨다.

'염장세속(鹽藏世俗) 봉산청송(鳳山靑松)'

후일에 그 뜻을 알았다. '썩어가는 세속에 소금이 되고, 맛을 내는 간장이 되어라. 그리하여 봉의산 소나무처럼 싱싱하고 푸르게 사는 것처럼 값진 삶을 살라'라는 뜻이리라.

소나무 아래서 태어나 소나무와 더불어 살다가 소나무 그늘에서 죽는다는 말이 있듯이, 아버지는 소나무와 더불어 새로운 삶을 시작할 것이다. 비바람, 눈보라와 같은 자연의 역경 속에서 변함없이 늘 푸른 모습을 간직하고 있는 소나무의 기상은, 꿋꿋한 절개와 의지를 나타내는 상징으로 쓰여 왔다. 솔은 장소에 따라 형태가 멋지게 적응하는 운치 있는 나무다. 바람 소리 청아하

소나무는 꿋꿋한 절개와 의지를 나타내는 기상이다

고 냄새가 신선한 향기를 퍼뜨린다. 공기를 청신하게 해 주는 점은 다른 나무로는 당할 수 없다.

소나무에 참마음이 있어 사철 푸르다가 겨울이 지나서야 낡은 잎을 털어버릴 뿐이다. 아버지는 소나무 아래에서 풍입송(風入松)을 맞을 것이다. 솔잎을 가르는 장엄한 바람 소리를 온몸으로 맞아, 미운 일본 형사며 시기 질투 원한 등 모든 앙금을 가라앉히고 나면, 한결 마음이 가벼워 허령불매(虛靈不昧)의 경지까지 이르게 되리라. 추운 겨울 눈보라 속에서도 욱욱청청(郁郁靑靑)한 소나무야말로 아버지의 강한 정신을 상징하고 있다. 정우도 소나무 바람 소리에서 "헛살지 말거라"하는 소리를 듣는 것 같다. 소나무는 자연과 인간을 조화롭게 이어주는 연결고리고, 우리의 정신과 정서를 살찌우는 자양분이다. 오늘도 변함없이 한국 정체성의 코드를 간직한 생명 문화유산이다.

소나무는 천여 년 전부터 한국을 대표하는 나무로서 '남산 위에 저 소나무'로 시작하는 애국가 가사에도 드러나듯 우리 민족과 고락을 함께해온 나무다. 척박한 토양에서 오히려 더 잘 자라는 소나무는 여러 차례의 외국 침입에도 불구하고 나라를 지켜온 우리의 모습 그 자체다.

목(木)과 공(公) 두 글자로 이루어진 한자 송(松)을 분석해 보면 공이 고대 중국의 벼슬 품계를 나타내는 글자라는 데서 알 수 있다. 속리산 길가에 정2품 소나무도 같은 맥락에서 붙여진 이름일 것이다. 이렇듯 소나무는 높은 신분을 의미하는 상징이다. 또한 소나무가 집을 지켜주는 나무로 신격화되어 안전과 번영을 도와주는 나무로 인식되어 왔다. 풍수신앙에서도 소나무는 중요한 위치를 차지하고 있다. 조선시대 궁궐에 소나무를 심어 가꾸고 지키기 위한 다양한 노력이 있었다. 왕의 무덤뿐만 아니라 일반인의 묘 주변에도 소나무를 심었다.

소나무를 보는 순간 경외감이 생긴다. 불굴의 기상이다. 소나무를 보면 깨닫게 되는 철학은 악조건이다. 너무나 좋지 않은 조건에서도 죽지 않고 살아남은 소나무는 몸체가 뒤틀려 있다. 토양이 별로 없고 바위틈새에서 뿌리를 뻗고 살아야만 했으니 얼마나 고단한 삶을 살았는가! 소나무 자신은 힘들지만 이걸 바라보는 나 자신에게는 자기 인생을 되돌아보게 한다. 그 수많은 고비를 겪고도 아직 살아있구나! 하는 소회감이다.

명품 소나무가 되려면 죽은 가지가 있어야 한다. 가지가 너무 무성하면 강풍이 불 때 몸체가 뽑힐 수 있다. 신송(神松)은 죽어있는 가지가 여백을 준다. 바위틈에서 몸부림치며 성장하다 보니 나이테가 촘촘하다. '도봉산 여성 바위'에 사는 소나무를 보라! 바위틈에서도 씩씩하게 생존하고 있다. 어떠한 어려움 속에서도 희망을 잃지 말라는 교훈이다. 뜻하지 않은 전쟁으로 상처받은 불행한 세대들에게 용기를 준다.

도봉산 여성 바위의 소나무를 보라!

아버지는 기분이 좋을 때 헛기침하시고, 어려운 일이 생겼을 땐 너털웃음 웃으셨다. 아버지는 승우가 넘어졌을 때 "괜찮니?" 하지만 속으로 몹시 걱정하셨다. 아버지의 마음은 우유 유리 같다. 그래서 속은 잘 보이지 않는다. 아버지는 울 장소가 없어 더욱 슬픈 분이다. 아버지가 아침 식탁에서 급하게 일어나서 나가는 직장은 즐거운 일만 기다리고 있는 곳은 아니다. 아버지는 일본 놈들과 싸워야 했다. 뻔히 질 줄 알면서도 끊임없이 싸우는 일 뒤에 남은 것은 피로와 나라 없는 슬픔이었다.

'나는 아버지다운가?'라는 자책을 날마다 하고 있다. 늘 자식들에게 내가 아버지 노릇을 제대로 하고 있나? 내가 아버지로 훈계하면서도 실제 자신이 모범을 보이지 못하기 때문에 미안하게 생각한다. 아버지는 이중적인 태도를 곧잘 취한다. 그 이유는 자식들이 날 닮아 주었으면 하다가 나를 닮지 않아 주었으면 하는 생각을 동시에 하기 때문이다.

아버지는 결코 무관심한 분이 아니다. 아버지가 무관심한 것처럼 보이는 것은 체면과 자존심과 미안함 같은 것이 어우러져서 그 마음을 쉽게 나타내지 못하기 때문이다. 아버지의 웃음은 어머니 웃음의 두 배쯤 농도가 진하다. 울음은 그 열 배쯤 될 것이다. 아버지는 가정에서 어른인 체해야 하지만 친한 친구를 만나면 수다쟁이가 된다. 아버지는 어머니 앞에서 기도하지 않지만 혼자서 기도문을 외기도 한다. 어머니의 가슴은 봄과 여름을 왔다 갔다 하지만, 아버지 가슴은 가을과 겨울을 오고 간다.

오늘날 가정에는 아버지가 없다. 다만 돈을 벌어들이는 자동출납기다. 강하고 활동적인 아버지의 정신을 잃어버렸다. 남자다운 남성미를 잃어버리고 가장의 권위를 박탈당했다. 과거의 아버지가 지녔던 자신감과 가장이라는 인식이 부족하다. 그 자신감은 자녀에게 안정을 주고, 그들을 옳은 길로 인도해 주는 향도 역할을 해야 한다. 인생에 대한 바른 시각을 갖게 하고 자녀들에게 남자다운 기백을 보여주어야 한다.

아버지란 돌아가신 뒤에도 두고두고 그 말씀이 생각나는 분이다. 아버지는 돌아가신 후에야 보고 싶은 얼굴이다. '아버지!' 봉의산 엄성 바위 같은 이름이다. 금강송 같은 큰 이름이다. 아버지는 어떠한 억압에도 굴하지 아니하고 바르게 사시다가 조국의 광복을 보지 못하시고 한 많은 세상을 떠나셨다. 한복 조끼 주머니에 아들 발을 넣고 늦둥이라고 항상 안고 다니시던 아버지, 장날 곡마단 구경거리가 생기면 광대놀이가 잘 보이도록 무동을 태웠지. 첫사랑이 아쉽듯이 아버지께 효도 한번 못한 것이 늘 가슴 저려온다. 연말연시가 되면 이승을 떠난 아버지가 철새처럼 돌아오실까? 해가 바뀔수록 주름살은 늘어만 가는데, 거울에 비친 승우 얼굴도 서서히 아버지를 닮아가고 있었다.

5. 갑자기 온 선물, 해방

해방이다! 꿈도 못 꾸던 새날이 왔다. 36년 동안, 눈먼 삼손처럼 맷돌을 굴리던 한국 백성에게 갑자기 해방이 왔다. 공출이란 명목으로 빼앗아 가다 못해 숟갈까지 빼앗아 갔다. 성을 바꾸라 하니 정승우가 무라까와로 조상까지 내버렸다. 말을 없애고 한글을 말살했다. 신사참배를 하라고 해서 산 천황에게 고개 숙여 절했다. 한국 청년들을 만주로 동남아 전쟁터로 눈 가리고 내몰아 개죽음 당했다. 처녀들도 일본군인 위안부로 매일 몸을 찢기며 개처럼 살았다.

우리 조상들이 얼마나 많은 죄를 지었기에 후손이 36년 동안 노예로 살아야만 했던가? 쇄국 정치, 부정부패, 매관매직, 어리석은 군주, 천주교 탄압 이 모든 것이 병들고 썩어서 그 죄가 후손까지 미쳤다. 고깃덩이를 놓고 서로 으르렁거리듯이, 우리 마당에서 청일전쟁이 있었고, 러일전쟁도 우리 바다에서 벌어졌다. 전쟁에 이긴 일본은 사나운 개가 되어 한국의 목덜미를 물었고, 그 발톱은 등뼈에 박혔다. 이런 먹음직한 사슴을 놓고 도망갈 줄은 쪽발이들도 몰랐을 것이다. 한반도가 거의 기절할 무렵에 하늘이 불쌍히 보시고 미군을 통해 미친 개 일본을 쫓아내셨다.

해방! 도둑같이 왔다. 생각하지도 못한 선물이다. 이 나라가 해방될 줄 미리 안 사람은 하나도 없었다. 해방은 하늘이 주신 선물이다. 하느님이 직접 한

해방 만세. 대한민국 만세

춘천문화원 자료 참고

민족에게 내려주신 해방이다. 뜻밖의 선물이니 기쁨도 크다. 그 기쁨으로 잘 살라고 주신 한반도 금수강산이다.

하느님은 기적을 행하셨다. 그 뜻은 착한 백성이 되어 서로 사이좋게 살라는 계시였다. 이 해방은 상해 임시정부가 준 것도 아니요, 독립군이 쟁취한 것도 아니다. 더구나 공산당이 가져다준 것도 아니다.

감사합니다. 한국 국민은 말로만 감사할 수밖에 없다. 하느님은 예수그리스도를 이 땅에 보내주신 것처럼 우리에게 값없이 생명 길을 열어주셨다. 감사하다는 마음은 하느님께로 돌아가는 믿음이다. 역사의 흐름을 깨닫는 마음이다. 역사의 흐름 속에 자기를 발견하는 혜안이다. 지난 역사를 모르는 자 불행을 자초할 것이다.

백두여!
흰머리 뫼여
잠에서 깨어나라
해방이다

둥 둥 둥 북 울려라
겨레여! 여기는 민족의 영산
우리의 꿈과 기상 거룩하여라

하느님이 우리 민족을 수호하나니
백두대간의 성스러운 머리
흰머리 뫼여
면면히 지켜온 민족의 정기여

너의 정기는
흰옷 입은 백성 가슴 가슴마다
장하고 영원하리라

<백두산, 정승수 시>

　해방되면서 병정놀이도 했다. 같은 또래 아이들이 칠팔 명 되었다. 승우는 대장 노릇을 했다. 군인 계급장도 그래서 어깨에 달았다. 무기라 해보았자 목총이나 나무막대기를 칼로 대신해서 들고 겨누는 정도였다. 대장이 돌격 명령을 내리면 쏜살같이 공격 목표를 향해 뛰었다. "야-" 소리를 내면서 엄성바위를 향해 내달렸다. 병정놀이로 시간 가는 줄 모르고 노루마냥 봉산을 누비며 뛰어다녔다.

민족의 영산 백두산 장군봉

오늘 무기는 새총이었다. Y자 모양의 나뭇가지를 꺾어 두 고무줄 사이에 가죽을 매었다. 그 가운데 엄지만 한 돌멩이를 끼워 쏘면 참새도 잡을 수 있었다. 잣고개 아이들과 전쟁놀이를 했다.

　"손들어!"

　승우는 큰소리로 독촉했으나 점점 다가오므로 새총을 쏘았다. 그런데 하필이면 눈가에 맞았다.

　"아이구, 안 보여… 앞이 안 보여!"

　엉엉 울어대는 바람에 혼쭐나서 도망쳤다. 걱정되어 알아보니 다행히 큰 상처는 아니었다.

　전쟁놀이란 전쟁과 놀이라는 말이 결합해 있다. 참으로 어울리지 않는 두 말이 결합한 모순된 말이다. 전쟁은 살생과 승리를 목표로 하는 싸움이지만, 놀이란 재미와 우정을 쌓기 위한 행동이기 때문이다. 그런가 하면 절대로 져서는 안 되는 것이 전쟁이지만, 일부러 져줄 수도 있는 것이 놀이다. 그러다 보니 전쟁은 아이들에게까지 관심사가 되었고 아이들마저도 전쟁놀이에 열중하게 되었다. 춘천은 38선 근처라 보고 듣는 것이 군인들의 군사훈련 연습 장면이었다.

　전쟁놀이가 끝나면 엄성 바위에 모여 앉아 오락도 하고 때로는 친구 생일 축가도 불러주었다. 서너 평 되는 그 바위는 우리들의 사랑방이나 다름없다. 친구가 없어 혼자 놀 때도 엄성 바위에 자주 올라갔다. 굴참나무에 붙어사는 보라 금빛 풍뎅이를 잡아서 목을 비틀어 놓았다. 그러면 날갯짓하면서 땅바닥을 빙글빙글 돌았다. 그날 밤 꿈속에 승우가 풍뎅이가 되어 방바닥에서 빙글

빙글 돌다가 깨어났다.

아이들은 마땅한 놀이터가 없었다. 그래서 텅 빈 신사 넓은 마당에서 축구했다. 신사란? 살아있는 천황을 섬기는 일본 고유 민족 신앙이다. '신도(神道)' 즉, 천황을 신격화하여 제사를 지내는 사당이다. 일제는 일본과 조선이 한 몸이라는 뜻으로, 내선일체(內鮮一體)를 강조했다. 그러므로 황국신민화를 달성하기 위한 식민지 지배 정책 중 하나로 조선 전역 주요 도시에 신사를 세웠다.

일제 강점기 우리나라 사람에게 신사참배를 강요하기 위해 지어진 신사를 알고 있는가? 일본 천황에 대한 숭배를 한국 사람에게 강요하기 위해 조선 각지에 1,141개의 신사를 세웠다.

되찾은 말과 이름

춘천에 세워진 신사는 건립 기금 4천 원(지금 돈으로 12억)을 일제가 시민에게 빼앗아지었다. 서면 방동리의 적송 수백 그루가 쓰였다. 시민들은 신사를 짓기 위해 고된 노동에 시달렸을 뿐만 아니라 매월 8일엔 강제 참배까지 해야 했다.

신사는 도시 심장부에서 볼 수 있는 산 중턱에 세워졌다. 춘천의 위치는 조선왕조가 위급할 때 옮겨올 이궁을 지을 만큼 명당이었다. 1918년 일제가 이곳에 '침략 신사'를 지은 것이다. 춘천으로 보면 적의 침입에 대비하는 요새이며 좋은 땅인데, 일본의 신을 모셔 우리를 억누르려고 했던 의도를 엿볼 수 있다.

일정시대에는 경례만 했지 들어가지 못했던 금단의 땅이었다. 해방 후 이곳에서 모수물과 잣고개에 사는 아이들이 편을 갈라 축구 시합을 하는 운동장이 되었다. 공이래야 말랑말랑한 정구공이었다.

맨발로 공을 차기도 하고, 고무신에 끈을 매어 차기도 했다. 그러다가 끈이 풀리면 공보다 고무신짝이 더 멀리 날아가기도 했다. 축구가 끝나면 서로 시원한 등물을 해 주었다. 이렇게 운동을 통해 우정을 다졌다. 마음껏 뛰어놀면 혈액순환과 신진대사가 잘되고 심폐기능이 자연스럽게 높아졌다. 어렸을 때 운동은 평생 건강을 유지할 수 있는 바탕이 되었다.

때로는 앞두루를 가로질러 춘천역 근처에 있는 부서진 비행기에 올라탔다. 두 사람이 함께 조정 간을 잡는 작은 비행기였다. 하늘로 올라가는 비행사가 된 기분으로 시간 가는 줄 모르고 놀았다. 그러다가 기차가 기적을 울리며 들어왔다. 모두 열차 칸 세기에 바빴다.

"하나, 둘 셋…. 모두 열 칸이다."

"아니야, 열한 칸이야."

이해관계 없이 세는 것에만 열중했다. 비행기를 타면 비행사가 되고 싶고 기차를 보면 기관사가 되고 싶었다. 하늘에 뜬 잠자리비행기도 세어보고, 달리는 자동차도 셌다. 어른이 되어서도 움직이는 물체는 세어보아야 직성이 풀렸다.

뜨거운 여름이 돌아왔다. 햇볕이 쨍쨍 쪼이는 날, 세상에서 가장 시원한 놀이터 잣고개 넘어서 뒷두루를 돌아 소양강으로 갔다. 드디어 도착한 할미 여울, 발가벗고 강물에 들어가 퐁당퐁당 물장구를 쳤다.

해야 해야 나오너라!

물보라를 일으키며 물쌈도 했다. 물속에서 숨을 참으며 누가 더 오래 버티는지 내기도 했다. 은모래 고운 백사장에서 두꺼비집을 지었다. 손등 위로 젖은 모래를 두드리며 노래 불렀다.

모래성도 높이 쌓았다. 물길을 열어 놓으면 힘없이 모래성은 쓰러졌다. 해가 구름 속으로 숨어버리고 소낙비가 쏟아졌다. 옷을 모래 속에 파묻고 물속으로 피했다. 소나기 삼 형제가 지나갔다. 그러나 해는 아직 구름 속에 있다. 으스스 춥다. 해가 빨리 나오라고 모래사장 위를 껑충껑충 뛰고, 두 손으로 배를 두드리며 노래 불렀다.

해야 해야 붉은 해야
김칫국에 밥 말아 먹고
장구치고 나오너라

해가 반짝 나오면 호랑이 장가갔다며, 모여 앉아 찐 감자를 나누어 먹었다. 이렇게 소양강 물고기처럼 모수물골 아이들은 자유롭게 놀았다.

정월 대보름이면 달맞이를 갔다. 홰는 싸리나무를 베어 칡덩굴로 묶어 만들었다. 끝에는 솜뭉치를 넣고 기름을 발라, 쉽게 불이 오래 타도록 만들었다. 대보름달은 남보다 먼저 보는 것이 좋다고 했다. 승우는 봉산 중턱 가까이 올라갔다. 달이 잘 보이는 곳에서 달맞이했다. 농구공 같이 둥근달이 덩실덩실

떠올랐다. 횃불을 밝히고, 대보름달을 향해 간절히 소원을 빌었다.

"제발 올해는 공부를 잘하게 해 주세요."

두 손 모아 합장을 했다. 두 귀를 잡고 나이 수대로 큰절했다. 4학년이 되도록 구구단을 5단밖에 못 외웠다. 그래서 산수 시험을 보면 하위를 맴돌았다.

보름달 속에는
고향이 있습니다
어린 시절이 있습니다
어머니 얼굴이 보입니다

보름달을 보는 마음엔
소망이 있습니다
행복이 있습니다
미래가 보입니다

보름달은 우리에게
원만하라
포용하라
베풀라고 빙그레 웃습니다

〈보름달, 정승수 시〉

겨울은 겨울대로 즐거웠다. 논에 물이 얼면 앉은뱅이 스케이트로 얼음을 지쳤다. 추운 날이라도 논을 몇 바퀴 돌면 몸이 훈훈해졌다. 팽이도 쳤다. 채찍으로 때리면 무지개 색깔로 '웅--웅' 소리를 내며 잘도 돌았다. 모수물 고개에 눈이 쌓이면 대나무를 휘어 스키를 즐겼다.

초등학교 4학년 때, 박노원 선생님이 새로 오셨다. 첫날 산수 쪽지 시험에서 승우는 0점을 받았다. 대여섯 명 불려 나와 솥뚜껑만 한 손바닥으로 뺨을 맞았다. 불이 확 튀는 듯 아팠다. 눈물이 '펑' 쏟아졌다.

"너희들 오늘부터 우리 집에 와 공부해라."

승우는 저녁때 선생님댁으로 갔다. 학교 건너편 다리 건너 기와집이었다. 몰랐던 구구단 "육 육은 삼십육;…… 구구 팔십일" 열한 개만 외우면 간단했다. 산수에 재미를 붙였다. 복잡한 분수 문제도 척척 풀었다. 정답을 맞힐 때는 기분이 상쾌했다.

담임선생님이 가정방문 오셨다. 전에는 4학년이 되도록 언덕 위 3백 평 집에 사는 부자 영찬네 집만 들렸었다. 얼마나 황송한지 8쪽짜리 병풍을 폈다. 그리고 모수물을 새로 떠다가 드렸다. 그 후 선생님께 인정받으니, 성적이 향상되어 사범학교로 진학하게 되었다.

봉의산 중턱에 수돗물 정수장 있었다. 그 위로 올라가는 길에 나무를 세면서 갔다. 나무를 세다 보면 한 그루 한 그루의 모양과 특징을 알게 된다. 낮은 데서 높은 곳으로 올라가는 길은 지루하지 않았다. 쉬운 문제로부터 어려운 문제로 올라가는 수학 공부 같은 이치였다. 좀 어렵게 말해서 그것이 바로 사물의 이치를 연구하여 지식을 확실히 아는 격물치지(格物致知)가 아닌가 싶다.

보름달 속에는 고향이 있습니다

같은 벚나무라 하더라도 잎이 떨어졌던 흔적만 보아도 그 잎이 가까이 달렸는지, 어긋나 있었는지 알았다. 마디 사이의 길이를 들여다보면 지난해 동안 그 나무는 얼마나 자랐는지 짐작할 수 있었다. 늦게까지 잎을 떨어뜨리지 않다가 얼어 죽게 된 가지도 있다. 상처를 입어 열심히 치유하여 회복된 흔적도 남아 있었다.

나뭇가지들은 조금이라도 햇볕을 더 받으려고 주어진 공간을 쓸모 있게 나누며 살고 있다. 가지 끝에서 옆 나무와 다투었던 치열한 경쟁의 모습도 보인다. 하지만 그 경쟁은 싸우다가 서로 상처를 입히는 그런 것이 아니었다. 최선을 다하면서 결국은 조화롭게 공존하는 지혜가 있다. 그 나무엔 평화가 있다. 하늘을 우러러보며 펼쳐진 나뭇가지들의 아름다운 삶을 구경했다. 승우는 나무 타령을 하며 산길을 걸었다.

영감 천지 감나무
십 리 절반 오리나무
방귀 뀌는 뽕나무
꿩의 사촌 닥나무
아흔 지나 백양나무
서울 가는 배나무[1]

---

1)　배나무: 배로 간다는 뜻

스무 해째 스무나무

낮 무섭다 밤나무

앵도라져[2] 앵두나무

거짓말 못 해 참나무

한 자 두 자 잣나무

주사 형님 사과나무[3]

기운 없다 피나무

다섯 동강 오동나무

동지섣달 사시나무

〈강원도 춘천 지방 동요〉

나무들은 봄맞이에 한창이다. 겨울엔 들리지 않던 새들도 노래 부른다. 노란 애기풀꽃 길을 걸으면 훈훈한 땅 기운이 올라왔다. 누군가 등 뒤에서 나를 부르는 소리가 들린다. 부르는 소리에 뒤돌아보면 아무도 없다. 아지랑이 아른거리는 언덕엔 그리움이 피어오른다. 다정한 동생 이름을 불러본다. 봄이 깊을수록 찬란한 슬픔이 복받쳐 온다. 굶주림에 이질을 앓다가 하늘나라로 가 버린 동생, 아무리 둘러보아도 없는 동생 생각에 슬퍼진다. 잎 돋는 가지 끝에서 누군가 부르는 소리에 목이 멘다.

---

2) 앵도라져: 앵돌아져서
3) 사과나무: 사과는 옛 벼슬 이름

벚나무들은 분주히 움직이고 있었다

나무에서 소리가 들린다. 생동하는 봄 소리 들린다. 나무 기둥에 귀를 대어 보라. "쿵-쿵" 심장 뛰는 소리 들린다. 뿌리로부터 나뭇가지 위로 올라가는 물소리가 들린다. 벚나무 한 그루마다 인사를 나누고 이야기를 주고받았다. 나무도 자주 만나면 반겨주었다. 말 없는 나무와 이야기를 나누노라면 친구처럼 다정한 사이가 된다. 나무도 한 그루마다 모양이 다르듯이 사정도 달랐다.

나무는 모든 고독을 안다, 부슬비 내리는 가을 저녁의 고독을 알고 함박눈 펄펄 내리는 아침의 고독도 안다. 이런 무서운 고독을 참고 봄날을 기다렸다. 산길 따라 올라갔다. 어머니 품 같은 따스한 봄바람이 불면, 벚나무 가지마다 꽃눈이 떠졌다. 눈부시다! 화사한 꽃들은 그늘을 만들어 주었다. 꽃그늘 속에 앉아있으면 얼마나 편한지 모른다. 온몸에 꽃향기가 스며든다. 분홍빛 꽃물이 배어들어 왔다. 꽃그늘에 앉아 있노라면 벚꽃 스친 바람이 노래가 되어 들려온다. 승우도 꽃이 되어 흥얼흥얼 콧노래 불렀다. 벚꽃을 보고 있노라면 마음은 뭉게구름 되어 두둥실 떠올랐다.

벚나무들은 분주히 움직이고 있었다. 한나절 땡볕 아래 벚나무는 봉의산을 먹이고 있다. 말 없는 엄성 바위도 먹이고, 땅속 매미 유충도 먹이고, 두리번거리는 딱따구리도 먹이고, 꼼실거리는 두릅나무를 먹이고 있다. 옷고름 풀어 헤친 벚나무들의 퉁퉁 불어 터진 젖무덤이 명동거리로 흘러들어 쇼핑하러 온 손님마다 풀어먹이고 있다. 벚나무들은 자식들을 주렁주렁 달고 젖먹이기에 분주한 하루였다.

벚꽃을 닮은 아이로 누워 있었다

승우는 벚꽃 그늘로 찾아가 벚꽃을 닮은 아이로 누워 있었다. 팔베개 삼아 누워 하늘을 본다. 수만 송이 꽃들이 나비가 되어 훨훨 하늘로 날아올랐다. 가난한 집안 속상한 일까지 몽땅 잊어버렸다. 어린 마음을 짓누르던 짐과 같은 시름들이 맑게 없어지고 말았다. 벚꽃에 왕왕거리는 벌 떼처럼 그의 몸은 힘이 솟고 마음은 편안해졌다. 열정을 가지고 단 며칠 동안 만개한 벚꽃은, 한꺼번에 피는 화려함과 잠깐 지나간 매력이 환영처럼 지나갔다. 꽃샘바람에 화려한 꽃비로 팔랑팔랑 떨어져 나갔다. 봄소식을 숨 가쁘게 알린 후 미련 없이 사라져 갔다.

앙상한 가지가 꿋꿋하게 이겨낸 겨울에
올라온 새순에도 감추어진 아픔이 있었다고
단 한 번도 생각하지 않았다
마지막 이파리 떨어지고 매지구름으로 남은 잔해
나이테 눈금 하나 새기는 것조차 거저 되는 게 아니었다

새 봉오리 돋아 나옴은 추위를 견디는 인내의 결과였다
산비탈에 겨우내 버려있던 벚나무는
아무도 모르게 보이지 않는 고통이 수반된 것이었다

벚나무의 성숙, 상승의 동력에도 정글의 법칙 같은 자양분이

필요하다는 걸 알았다

새로운 창조의 정점은 완전한 고립을 너울처럼 뚫고 나와야 한다

새순에도 벚꽃에도 무한한 시공간에서도

새로운 창조적 긴장은 있었다

기다림의 시간으로 다시

꽃을 피울 수 있었던 것처럼

인생의 전환점에서

나를 완성해 가는 가장 적합한 방법은

메마른 바람 사이 미생물 존재의 아픔까지도 알아가는 것이다

거친 비바람에도 찬란하게 꽃피는 환희가 있다

〈'새순의 아픔' 선우미애의 시 재구성〉

꽃잎은 떨어지고……

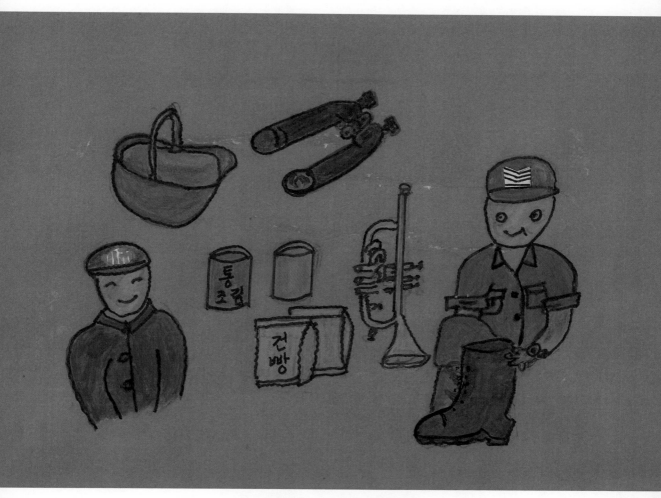

군인은 승우의 우상이고 희망이었다

봉의산 중턱 정수장엔 군인 몇 명이 지키고 있었다. 춘천 시민이 먹는 수돗물이기에 중요한 시설이었다. 학교에서 돌아오면 승우는 책가방 내던지고 정수장 군인이 있는 곳으로 놀러 갔다. 그들은 승우의 우상이고 희망이었다. 군인들이 가지고 있는 무기나 일상용품이 모두 새롭다. 군복이며 모자, 철모와 군화, 허리띠와 양말 모두 얼마나 좋은지! 특히 칼과 수통, 수류탄과 탄알 등 모두 허리띠에 매달 수 있어 신기했다. 특히 머리에 쓰는 철모는 물바가지로 쓸 수도 있었다. 그 철모로 물고기를 잡는다면 얼마나 좋을까 생각하니 신났다. 그건 정말 승우만이 누릴 수 있는 기쁨이었다.

그중에 책임자인 오경우 하사는 승우를 무척 귀여워해 주었다.

"누나 있냐? 너 닮았으면 미인이겠는데?"

그러면서 건빵을 주었다. 별사탕과 함께 건빵을 먹으면 별미였다. 그리고 좋아하는 캐러멜도 주었다. 여기에 재미가 들린 승우는 자주 놀러 갔었다. 오 하사는 인상이 깨끗하고 말씨도 반듯했다.

승우가 다리가 되어 오 하사는 정수장 올라가는 길에 승우네 집에 들르곤 했다. 거기서 누나와 만나 서로 이야기도 나누었다. 그리고 승우를 친동생처럼 아껴주었다. 그 아이는 귀찮아하리만큼 졸졸 따라다니며 괴롭혔다. 그래도 화내는 일 없이 친절히 대해 주었다. 숙제도 같이했다.

6. 38선이란 무엇인가?

　6·25전쟁 일어나기 전이라 승우는 그해 춘천사범학교에 들어갔다. 거기서 초등학교 때 담임인 박노원 선생님이 배석 장교로 왔다. 학교에서 군사훈련을 받았다. 제식훈련이랑 총검술도 배웠다. 박 선생님은 1925년 춘천 서상에서 태어나셨다. 무엇보다도 우리말 우리글을 후세들에게 가르치는 것이 시급하다고 생각해 교편을 잡기로 했다. 그때는 36년간 일본 식민지로 있다가 해방되어 온 백성이 기뻐했다. 그러나 미국과 소련 두 나라가 의논해 38선이라는 보이지 않는 국경으로 나라를 두 쪽으로 갈라놓았다.

　그러므로 사회질서는 혼란에 빠지게 되었으며, 북한의 공산주의자들과 남한의 남로당은 수단과 방법을 가리지 않고 그 조직을 넓혀 나갔다. 그들의 흉악한 손길은 학교까지 뻗쳐왔다. 후미진 교실에서 몇몇 선생은 방과 후에 학생들을 모아 놓고 비밀리에 공산주의와 김일성 노래를 가르쳤다.

　박 선생은 그들의 행위가 못마땅했지만, 부임한 지도 얼마 되지 않아 앞장서서 제지하지 못했다. 그러던 어느 날, 그들은 책상을 두드리며 악을 쓰고 노래를 불렀다. 미쳐 날뛰는 사이비 종교 신도들의 광기를 보는 것 같았다. 박 선생은 참다못해 한마디 했다.

　"선생님들! 너무 하시는 것 아닙니까? 자중하세요!"

　그러자 그들 중 제일 열성적인 김 선생이 너 잘 만났다는 듯이 멱살을 잡고 험한 욕을 해 댔다.

"이 우라질 놈, 반동 새끼 미 제국주의 앞잡이 아니야?"

그곳에 모여 있던 선생 모두 따라 나왔다. 박 선생은 어처구니가 없어 잡은 손을 뿌리치고 뛰쳐나왔다. 소위 혁명가라고 뽐내는 공산당 선생과는 어울리지 못하고 왕따가 되었다. 앞날을 곰곰이 생각한 박 선생님은 직접 나라를 지키는 군인의 길을 택했다. 그 후 교사를 그만두시고 육군사관학교 단기생으로 훈련받았다. 그는 육군 소위로 춘천사범학교 교관으로 부임하게 되었다.

우리 학도호국단 학생들은 수청령 고개 자락에 군인 천막을 치고 야영하면서, 전쟁 때 쓸 참호와 군사 도로를 닦았다. 날이 가면서 요령도 생겼다. 도로가 완성되면 "38선을 구경시켜 준다."라는 중대장 말에, 호기심에 가득 찬 학생들은 열심히 길을 닦았다.

드디어 38선 꼭대기가 보이는 곳에 다다랐다. 정상이 가까워질수록 학생들은 말이 줄었고 엄숙하기까지 했다. 막상 정상에 오르니 평소에 생각한 것보다 너무나 딴판이었다. 38선을 나타내는 표시도 없고 철책도 없다. 자연 그대로 산이었다.

6사단 7연대장 임부택 중령은 평소에 장병들의 훈련에 힘썼다. 전투 훈련을 완료했다. 장교들은 보병, 포병학교에 교육하여 자질향상에 힘썼다. 특히 춘천 시민과 학도호국단 지원을 받아 방어에 유리한 소양강변과 그 북쪽 춘천 분지에서 적의 활동을 살피기에 적당한 여러 고지에 방어 진지를 구축하여 1950년 5월까지 공사를 끝마쳤다.

6·25전쟁은 38선 때문에 일어났다. 36년간 일본 사람 밑에서 노예로 살던

한국 민족에게 해방이라는 선물을 하늘이 주셨다. 해방할 힘이 우리에게는 없었다. 뜻밖의 선물을 받은 한국 사람들은 감격하여 서로 얼싸안고 기뻐했다. 하느님은 대가 없이 한국 백성에게 소생의 길을 열어주셨다.

그런데 뜻밖에도 국토 한가운데 38선을 떡하니 그어 놓았다. 그 선을 뛰어넘어 보라는 것이다. 여자아이들 고무줄놀이에서 도랑 뛰어넘듯이, 배달민족이 하나가 되어 38선을 뛰어넘어 보라는 시험문제다. 1945년 얄타회담에서 소련에 한국을 팔아넘긴 미국 비밀 협정이 있었다. 맥아더 포고 문서에 보면 소련의 38선 이북 점령을 인정했다. 이승만은 한반도 38선 분할 점령이 얄타회담에서 루스벨트가 스탈린에게 소련군의 북한지역 점령을 허용한 결과라고 했다.

해 질 녘 북쪽 계곡 좁은 들판에는 올망졸망 논배미가 펼쳐져 있다. 그 논에서 한창 모내기에 바쁜 사람들이 인형처럼 보였다. 그뿐이랴, 남으로 흐르는 모진강에는 유유히 나룻배가 떠다녔다. 강물 위로 모진교(母津橋)가 그림처럼 걸려있다. 모진교를 내려다보니 강원일보 이운용 기자가 들려준 옛이야기가 떠올랐다.

원당리, 여기가 38선입니다

이백여 년 전 조선 숙종 때 원당리에 명탄(明灘) 성채헌(成採憲) 공이 살았다. 그분은 병자호란 이후 청나라에 금과 인삼, 말과 처녀 등 많은 공물을 바치는 약소국의 설움이 안타까웠다. '임진왜란 때 우리나라를 도와준 명나라에 의리를 지켜야 한다.'라며 이 산속에 숨어 살았다고 한다.

명탄공은 죽기 전에 자손들을 모아놓고

"모진강에 철마가 달리면 이곳을 떠나거라."라고 유언을 남기고 자세한 설명은 하지 않은 채 90세에 돌아가셨다. 후손들은 오랫동안 철마가 무엇인지 모르고 여러 대 입에서 입으로 전해 내려왔다. 이윽고 일제 강점기 때 모진교가 놓이고 이 산속에도 화천행 버스가 달리기 시작했다.

"버스가 철마로구나!"

후손 중에 일부는 명탄공의 말씀을 기억하며 떠났다. 한편 일부는 버스가 들어와 원평리에도 편리한 세상이 왔다고 주저앉은 후손도 있었다.

버스가 달린 지 몇 년 안 되어서 해방이 되고 평화가 오는가 싶었다. 그런데 웬일이냐? 뜻하지 않게 38선이란 보이지 않는 벽이 바로 이 마을 앞 모진강 다리 한가운데에 그어지고 말았다.

이곳이 과연 민족의 허리를 동강낸 원한의 38선이란 말인가? 분단의 아픔과 이산(離散)의 한이 서린 곳이다. 학생들은 올라올 때 켕기는 몸가짐과는 달리 웅성거리며 파놓은 산병호를 이리저리 뛰어넘기도 했다.

"빵-빵-"

바로 그때 총소리가 요란하게 들렸다. 모두 혼비백산 땅바닥에 코를 박고 엎드렸다.

"이봐! 학생들, 여기가 어딘 줄 알아? 38선이야, 38선! 어제도 우리 전우 한 사람이 적탄에 맞아 크게 상처를 입었단 말이야!"

날카롭게 외치는 소리가 들렸다. 정신을 차리고 큰소리치는 병사를 쳐다보았다. 중사 계급에 땅딸막한 몸매를 가진 병사였다. 작은 몸집에서 큰소리가 나오도록 담찬 기백이 풍겨 나왔다. 산에서 내려오면서 여러 가지 느낌에 젖었다. 국토를 누가 두 동강 내놓았으며 앞으로 얼마나 많은 비극이 일어날 것인가?

38선이란 도대체 무엇인가? 우리 민족이 원한 바도 아니다. 그러면 38선을 만든 자는 누구인가? 루스벨트와 스탈린이다. 두 놈이 다 우리나라를 먹고 싶었다. 서로 팽팽히 맞섰기 때문에 사이좋게 절반씩 나누어 먹었다. 전쟁을 일으켜 패망한 일본을 점령해야지 애꿎은 한반도를 왜 두 동강 냈는가?

38선의 운명은 어디에 있는가? 우리나라의 지정학적 위치가 그렇게 중요하기 때문이다. 소련은 세계를 적화하려면 반드시 우리나라를 적화해야 한다. 미국으로서는 우리나라가 공산화되면 도미노 현상이 일어나 일본, 대만, 월남, 태국, 필리핀 등 동남아 국가들이 적화되기 쉽다. 38선의 운명은 여기에 있다.

루스벨트는 미국이 자유주의의 맹주로 나가려면 반드시 태평양을 가져야 한다. 태평양을 가지려면 필리핀과 일본을 가져야 하는데, 필리핀과 일본을 자유 진영으로 확보하려면 한국 땅을 놓쳐서는 안 되는 것이다. 이렇게 되어 38선은 생겼다. 우리 한국 땅은 좋은 위치에 있으면서도 스스로 지킬 힘이 없기에 고난의 회오리바람을 겪는다. 그렇기 때문에 역사적 필연이며, 이것은 역사 자체가 그은 금이다. 하느님의 채찍이다.

대한민국이 강성하면 고구려처럼 만주벌판으로, 시베리아로 맹호처럼 뻗어나갈 수 있다. 그러나 국력이 약하면 강한 나라의 속국이 되는 위치에 있는 것이다. 이는 지정학적 운명이다.

역사의 호된 매를 맞고도 깨닫지 못하니 바로 38선이다. 38선아! 너로 인해 앞으로 얼마나 많은 비극이 이 땅에 벌어질 것인가?

"백성들아! 깨어나라. 한 핏줄로 이어진 우리는 평화통일로 하나가 될 때 민족의 영광이 올 것 아닌가?"

38선은 하느님이 이 민족에게 다시 시험문제를 낸 것이다. 합격하면 사는 것이고 낙제하면 핵폭탄으로 남북한 모두 멸망하는 것이리라. 평화를 위장한 38선은 언제 전쟁이 터질지 모르는 시한폭탄이다.

국제정세가 유리해졌다고 판단한 스탈린은 그동안 미뤄왔던 김일성의 남침을 승인했다.

스탈린-"국제정세가 변화를 맞았소. 중국은 한반도에 병력을 투입할 수 있게 됐고, 소련은 지난해 핵 개발에 성공했소.

김일성-"전쟁은 3일 안에 끝날 것입니다. 미국은 개입할 여유조차 없을 것이고요.

미국은 얄타회담에서 한국을 소련에 팔아넘겼다

어-흥, 호랑이처럼 대륙으로 뻗어나가자

북한에서 남로당 박헌영과 권력 경쟁을 하던 김일성은 자신의 권력을 튼튼히 하기 위해 실현 가능성이 없는 주장을 하여 6·25 전쟁을 일으켰다. 스탈린 또한 2차 세계대전 이후 미국과의 냉전 대결에서 유리한 입장에 서기 위해 전쟁을 승인했다.

화천에서 춘천으로 들어오려면 꼭 건너야 할 다리가 있으니, 모진교다. 이 다리 중간에 38선을 긋고 남북이 대치하고 있었다. 인민군이 남침하려면 먼저 건너야 할 다리였다. 북쪽에는 인민군 초소가 있었고 남쪽에는 아군 7연대 초소가 있었다. 그 다리에 지뢰를 매설하고 철조망을 쳐서 방어했다.

6·25전쟁 일어나기 이틀 전 오후, 모진교에서 사고가 일어났다. 그날 가랑비가 부슬부슬 내리고 강물 위로 물안개가 피어올라 음산했다. 그때 아군초소에서 근무하던 사병은 흰옷 입은 노인이 북쪽에서 건너오는 것을 보고 있었다.

"저게 뭐야? 민간인 같은데?"

"남한으로 넘어오는 사람일까?"

"노인이다. 어떻게 된 거지?"

"이상한데? 다리를 건너려면 사살하는데 왜 가만두는 거지?"

초병들은 놀라서 수군거렸다. 이상한 인민군 보초병이었다. 노인이 다리 남쪽으로 걸어와도 그냥 방관하고 있었다.

"그대로 놔둘 놈들이 아닌데 왜 저러지? 어, 위험해!"

노인은 계속 남쪽으로 걸어오고 있었다. 남쪽 다리 위에는 아군이 매설해 놓은 지뢰가 있었다. 그것을 밟으면 끝장이다. 보초병들은 일제히 소리쳤다.

"오지 말아요, 위험해요! 돌아가요 돌아가, 지뢰가 있어요."

악을 썼지만, 장 노인은 그냥 다가오고 있었다. 그 순간 "꽝-"하는 파열음과 함께 지뢰가 터졌다. 노인은 다리 중간에서 꼬꾸라졌다. 이 참변은 남침이 있기 이틀 전 일이다. 이 작은 사고는 사단본부에 보고되지 않았다.

이 사고는 남침을 앞둔 적이 모진교의 방어 상태를 알아보려고 꾸민 예행 연습이었다. 인민군이 공격을 시작하고 국군이 밀리게 되면 전차를 위시한 기계화 부대와 보병의 도강을 막으려면 이 다리를 폭파해 버릴 것으로 예상했다. 모진교는 춘천을 공략하는 데 그만큼 중요한 다리였다. 적은 당연히 다리 중간에 폭파 장치를 해놓았을 것으로 예상했다. 그러므로 춘천을 공격하자면 중요한 다리인 모진교를 확보하는 게 우선순위였다.

인민군 2군단장 김광협은 2사단에 직접 명하여 모진교 방위 태세를 점검하라고 했다. 그러자 정치보위부 군관을 시켜 공작을 꾸미도록 했다. 군관 이시혁은 화천에 사는 주민 중에 38선으로 분단 가족이 된 장 노인 있다는 사실을 알아냈다. 그 노인은 딸이 출산하여 외손자를 보러 왔었다. 차일피일하다가 38선이 막혀 춘천으로 돌아갈 수 없게 되었다. 그는 하루 이틀 사위 집에 얹혀살면서 아들이 사는 춘천에 가기를 원했다. 그 사정을 알아낸 군관 이시혁은 그 노인을 찾아가

"춘천으로 월남시켜 주겠소."

달콤한 말로 꼬였다. 그 노인은 끝내 믿지 않으려고 했으나 반 설득 반 협박으로 어쩔 수 없이 떠밀려 모진교를 건너게 되었다.

남한을 3일 이내에 해방시킬 수 있습니다

장 노인이 다리를 건너갈 때 인민군 보초병에게 총 한 발 쏘지 못하게 했다. 그가 한 발짝씩 내디딜 때마다 군관 이시혁은 숲속에 숨어서 긴장된 채 바라보고 있었다. 그러다가 장 노인이 다리 중간에 가설된 지뢰를 밟고 즉사한 광경을 보았다. 남쪽은 사람을 해치는 지뢰만 매설했을 뿐, 다리를 파괴할 폭파 장치는 없다는 사실을 확인했다. 이 보고를 받은 인민군 2군단장 김광협은, "춘천은 싸움 시작 한 시간 안에 뺏을 수 있다."라며 얼굴에 미소를 지으며 큰소리쳤다.

임부택 7연대장은 6월 21일 연대 수색대와 2대대에서 보고된 적정을 확인하려고 부귀리 북쪽 감제고지에 올라갔다. 양구-오음리로 연결된 도로 위에 많은 차량과 인민군이 부산하게 움직이고 있었다. 그중 눈에 띄는 무기는 45mm 대전차포 2문이었다.

인민군이 곧 공격해 올 것이라고 육군본부에 보고했다. '인민군 진지교대'라고 가볍게 넘기면서, 육군본부에서는 인민군이 절대로 쳐들어오지 않을 것이라고 장담하고 있었다.

7. 개전 첫째 날 - 6월 25일(일)

-쉬-ㅅ -꽝

고막이 터지도록 엄청난 굉음이 났다. 봉의산 봉우리가 무너져 내려앉는 줄 알았다. 창문이 '들 들 들 들' 마구 흔들렸다. 그날 오후 승우는 동네 사람들과 함께 뒷산으로 올라가 보았다. 우두 보리벌판에 포탄이 "꽝- 꽝" 떨어졌다. 꺼먼 먼지가 구름처럼 피어올랐다. 누렇게 익어가는 보리밭 속에 누런 군복을 입은 병사들이 개미 떼로 움직이고 있다. 모두 강 건너 불구경하듯 소양강 너머 전쟁 구경을 하고 있었다.

"새벽에 인민군이 쳐들어왔대."

"그게 정말이요? 어떻게 하지?"

영문 모르는 동네 사람들은 어두운 표정을 지었다.

"쐬-ㄱ 쐬-ㄱ 꽝"

폭탄이 떨어졌다. 옆 콩밭에 한 길이나 넘게 구덩이가 파였다. '걸음아, 날 살려라!' 모두 종종걸음으로 달아났다.

6·25 전쟁은 날벼락이었다. 그날 아침까지도 몰랐고, 일선 군인들도 새벽까지 까맣게 몰랐다. 일요일이라 군인들은 외박을 나왔다. 아무 준비 없이 쓰나미로 갑자기 밀어닥친 참극이다.

북한 정권 과정을 기록한 스티코프 일기를 보면 김일성은 88 정찰여단에서 적기 훈장을 받은 대대장이었다. 소련지도부는 그 지도자로 김일성을 낙점했다. 스탈린에 의해 미래 지도자로 선택됐지만 항일투쟁 경력이 없었다.

해방 후 5년 동안 북한은 소련에서 훈련받은 팔로군을 중심으로 미리 전쟁 준비를 했다. 2차 대전에서 독일 전차를 괴멸시킨 소련제 탱크며 자주포로 무장했다. 우리 국군은 미군이 두고 간 소총과 대포 몇 문뿐이었다. 외적을 막기 위한 사전 준비가 그렇게 부족하다는 것은 부끄러운 일이다. '전쟁에 대비하지 않은 국가는 멸망한다'라는 교훈을 얻었다. 전쟁 앞에 싸울 준비가 되지 않은 국민은 정신적으로 항복한 것이나 진배없었다.

강도같이 들이닥친 전쟁은 모두 반성해 보라는 전쟁이다. 역사가 같고 말이 같은 형제끼리 왜 총부리를 겨누고 서로 죽여야만 하는가? 우리 국민 모두 매 맞는 전쟁이다. 마치 수업 시간에 장난치다가 선생님께 끌려가 둘이 마주 보고 뺨 때리는 것과 같다고 할까?

남한은 북한을 침략할 준비도 통일할 힘도 없었다. 그러나 북한은 남한을 적화통일해 러시아가 태평양으로 뻗어나가려고 했다. 마치 챔피언 권투선수와 훈련도 부족한 아마추어 선수가 억지로 링에 끌려가 한 판 붙은 시합과 같다. 북한 선수는 불시에 라이트 훅으로 남한 선수를 한 방에 넘어뜨렸다. 넉다운되어 좀처럼 일어설 기세가 보이지 않는 그런 시합이었다. 앞으로 남한의 운명은 어떻게 될 것인가?

지난밤부터 가랑비가 내려 검은 커튼을 친 듯 어둠이 온통 사방을 휘감았다. 1950년 6월 25일 새벽 4시 인민군 2군단 2개 사단이 화천에서 38선을 넘어 갑자기 쳐내려왔다. 용이 불을 뿜듯 일제히 불을 뿜기 시작한 적의 포화

(砲火)는 온통 천지를 뒤흔들어 놓았다. 삽시간에 아군 진지는 부서지고 전화선을 써서 통신하는 줄이 끊어져 단체 행동을 통솔하는 지휘계통이 막혀버렸다.

너무나 갑작스럽고 우박 쏟아지듯 엄청나게 퍼붓는 포탄에 연대 장병들은 한동안 넋을 잃고 상황 판단할 엄두도 못 냈다. 더군다나 짙게 깔린 안개 때문에 앞이 안 보여 적이 코앞에 오는 것조차 모르고 있었다.

30여 분 동안 우박 쏟아지듯 세차게 퍼붓던 공격 준비 사격이 끝난 직후, 바짝 쳐들어온 적이 공격을 시작했을 때는 전투를 수행할 수 있는 역량을 발휘할 겨를도 없었다. 소대 분대별로 맞서다가 후퇴를 거듭하게 되었다. 대적이 안 될 만큼 전투력의 큰 차이였다. 으레 기습 받은 편에게 생기게 마련인 싸울 마음을 잃어버려 더욱 혼란을 부채질했다. 화력은 1:10으로 인민군이 우세했다.

연대본부 정면에서 지암리, 송암리, 고탄리, 후천리마다 좁은 길을 따라 적은 한꺼번에 남쪽으로 쳐들어오고 있었다. 그중에서 모진교 근처에 전투력을 모아 모진강을 건너오고 있었다. 그동안 파놓은 진지는 적의 포단에 맞아 뱀장어 잘려 나가듯 토막토막 잘려 나갔다.

이날 연대는 새벽 5시에 뜻밖에 긴급한 사태가 일어나 비상을 걸었다. 춘천 사범학교 배석 장교로 있던 박노원 소위도 참가했다. 춘천역에서 7시에 출발하려던 서울행 열차에 오른 외출 장병도 소집했다.

그날 보슬비가 내리는 아침에 춘천 시내를 돌며 가두 방송하는 확성기 소리를 들었다. "외박 중인 병사들은 속히 귀대하시기 바랍니다."를 반복하며 멀

38선을 넘어온 인민군 2개 사단 병력

휴식하고 있는 군인……

양구통일관 자료 사용

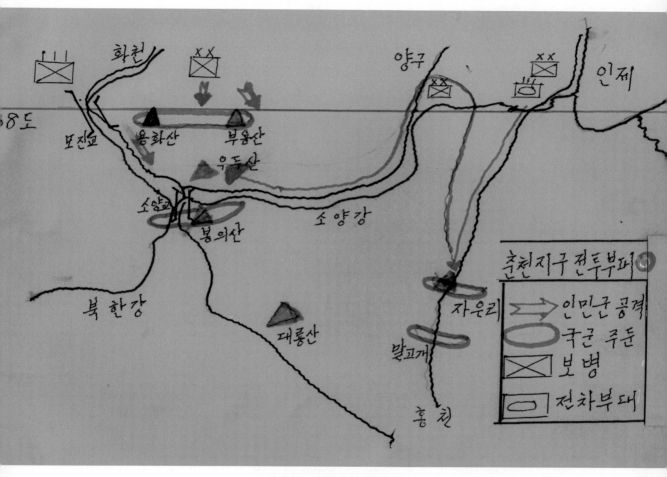

춘천지구 전투부대 배치도

리 사라졌다.

긴급출동한 병사들에게 임부택 연대장은 비장한 각오로 말했다.

"전 전선에 걸쳐 인민군이 침입했습니다. 6사단 여러분, 국가가 여러분을 필요로 하고 있습니다. 지금 국가가 위태로우니 목숨을 바쳐서라도 맡은 임무에 충실하기 바랍니다. 보국안민(輔國安民) 정신으로 조국에 보답합시다."

양동리에 있는 제3소대장에게 지금 적의 큰 부대가 중대 본부를 갑자기 치고 있으니 즉시 지원해 달라고 요청했다. 그때 적의 폭탄이 모진교를 감시하는 중대 본부 토치카를 정통으로 폭파했다. 비명 소리와 함께 그곳에 있던 이홍래 중대장과 10여 명의 병사가 전사했다. 진지는 산산조각 파괴되고 말았다. 그는 6·25전쟁에서 전쟁 시작과 동시에 최초로 전사한 소총 중대장으로서 제대로 전투 지휘도 못 한 채 전사한 지휘관이었다.

이홍래 중위는 충북 진천 출생으로 육사 7기로 임관, 연대본부에 근무하다 중대장으로 부임한 지 몇 달 되지 않았다. 겉은 부드럽고 순한 듯하나 속은 꿋꿋하고 곧았다. 용모 단정하고 희망 있는 장교로서 그때 25세였다. 그는 6·25전쟁에서 싸움 시작과 동시에 처음 전사한 소총 중대장이었다.

양통리에서 적과 싸우던 부중대장 김명규 중위는 중대 본부가 부서진 것을 확인했다. 포탄 속을 헤치며 고탄리 쪽으로 지원병을 거느리고 달려갔다.

중대를 지휘하게 된 김명규 중위는 인사계 선임하사 노재돈 일등상사에게 중대 본부 병력과 뒤처진 병사를 지휘하도록 했다. 그리고 군대 인원을 모아 고성리~양통리로 통하는 작은 길과 고탄리 탁 트인 논밭을 지킬 수 있도록 제2 방어 진지를 짰다. 그러나 그의 군대는 1개 소대 크기에 지나지 않았다.

새벽, 강도같이 남침하고 있는 인민군 2사단

차차 날이 새고 주위가 환하게 밝아올 무렵, 정신없이 떨어지던 적 포탄이 뒤쪽으로 잇대어 떨어졌다. 잠시 잠잠하더니 갑자기 진전 골짜기로부터 녹색 신호탄 하늘 높이 치솟았다.

얼마 후 인민군은 붉은 기를 앞세운 보병부대가 1파, 2파 빽빽이 모여 남쪽으로 쳐들어오기 시작했다. 그것은 전투 대형이 아닌 밀집 대형으로 소련제 아카보 소총에 칼을 꽂고 '앞에 총' 자세로 서서히 걸어 나오고 있었다. 잔뜩 숨을 죽여 긴장하고, 적이 가까이 오기만을 기다리고 있었다. 누구도 말은 하지 않았다. 지금까지 밤에 적이 적은 수로 공격을 해오면, 1개 분대나 1개 소대 범위로 방어 진지에서 새벽에 쳐 물리치곤 했었다. 그런 경험이 있는 아군 사병들은 '인민군도 별것 아니구나?' 하는 자신감이 생겼다.

김명규 중위는 연락병으로 하여금 중대장의 사격 명령이 있기 전에는 절대로 내쏘지 말라 모두에게 전달했다. 적은 500m, 300m, 150m로 점차 좁혀 들어왔다. 숨을 죽이고 있을 때, 적들의 얼굴과 군관 계급장도 보일 정도로 가까워졌다. 가슴이 "쿵쿵" 뛰었다, 서로 총 한 발 쏘지 않는 숨 막히는 순간이 잠시 이어졌다. 그때 "사격 개시" 중대장의 호령과 동시에 예광탄이 나르며 중대원들의 총구에서 한꺼번에 불을 뿜기 시작했다. 계속해서 60mm 박격포탄과 2.36인치 로켓포를 쏘았다. 적의 줄은 흩어지고 허수아비처럼 허우적거리며 논밭에 쓰러졌다. 적병의 수는 강가 돌처럼 이루 헤아릴 수 없을 만큼 많았다.

죽느냐 사느냐 갈림길에서 답답하기만 했던 가슴이 후련하게 트이는 속 시원한 장면이었다. 이리하여 적의 거만한 콧대를 꺾어버린 9중대는 사기가 하늘을 찌를 듯 높았다. 중대 인사계 노재돈 일등상사는 민간인 지게를 빌려 탄약을 운반하여, 다음 판가름 싸움을 준비했다.

첫 공격에 호되게 얻어맞은 적은 잠시 후 다시 대열을 준비하여 일파만파로 고탄리 넓은 들판에 수백 명의 인민군이 벌 떼로 달려왔다. 아군 병사들은 조금도 흔들이지 않고 침착하게 잘 싸웠다. 그러나 8시경에는 탄약이 바닥났다. 그리고 다치고 죽는 병사가 점점 늘어 더 이상 오래 버티기 어렵게 되었다.

이 무렵 모진교를 지키던 제일 소대장 양 소위는 사라지고, 적이 모진교를 차지했다. SU-76 자주포와 야포 등 중장비가 5번 국도를 따라 남쪽으로 향하고 있었다. 뒤쪽 도로는 끊기고 적 가운데 외톨이로 남게 되었다.

김명규 중대장은 물러날 길이 끊어지기 전에 뒤로 물러났다. 그는 대원들에게 남쪽 능선 뒤에 있는 발산리에 모이도록 명하고 사격하면서 남쪽을 바라보았다. 고탄리 남쪽 일대에는 이미 인민군이 차지하고 있었다. 김 중대장은 양통 고개 쪽으로 방향을 잡아가니 2대대 6중대 쪽으로 침범해 들어온 적은 수리봉과 양통 고개를 차지해 나갈 길을 막았다. 그리고 9중대를 향하여 기관총과 소총 사격을 세차게 퍼부었다.

그래서 대원들은 공격에 완강히 맞서 버팀으로 60mm 박격포 10여 발로 포격하여 이를 무찔렀다. 김 중대는 발산리에 모여, 가지고 있던 전화기로 대대본부의 전화선에 연결하여 불러내 보았으나 통하지 않았다. 우두산을 지나 소양교를 건너 대대본부에 4시경 도착했다. 부대를 재편성하니 중대원은 노재돈 일등상사 이하 36명이었다. 장교는 김명규 중위 1명뿐이고 1소대장 양

소위 실종, 2소대장 부상 후송, 4소대장 전사, 사병은 100여 명 전사 또는 사라지고, 부상으로 6·25 전쟁 첫 싸움에 9중대 병력의 60%에 달하는 매우 큰 손해를 가져왔다.

여기서 모진교에 인민군 공격이 한 시간이나 늦은 이유를 알아보았다. 장노인 사건이 있었지만, '돌다리도 두들겨 보라'는 속담 있듯 다리가 아군에 의해 반드시 폭파될 것인가? 그리고 모진교를 비롯하여 주요 도로에 대전차 지뢰가 매설되어 있지 않을까? 의심 많은 인민군 2군단장 김광협이다. 적은 먼저 인람리, 송암리, 고성리, 양통리를 공격하여 건넌 후 다릿목 병참을 마련한 뒤에 북한강을 건너오려고 계획했을 것이다.

그러나 인민군은 고탄리, 원통리 일대에서 뜻밖에도 아군 3대대의 완강한 저항에 부닥쳐 다릿목 병참 마련이 늦었다. 도로변에 줄지어 기다렸던 자주포와 신포리 일대에 배치된 122mm 곡사포로 아군 3대대 진지를 포격했다. 다리 옆에 쌓아 만든 토치카는 76mm 포 2~3발에 부서졌다. 산병호와 교통호도 잠시 쏟아지는 포탄에 유리창 깨어지듯 산산이 부서졌다.

47km에 이르는 연대 방어 지대 중간 부분에 1개 소대가 지키는 너비 4m 안팎인 모진교는 제방을 뚫은 개미구멍만큼이나 작은 부분이었다. 그러나 적 1개 사단이 공격해 왔다. 이런 세찬 물결이 밀고 왔을 때 이 개미구멍을 막지 못한 까닭으로 큰 물막이 둑인 38선 맥없이 무너지고 말았다.

적은 모진교를 미리 살펴본 바 있었으나, 부수게 될 것을 앞세워 공격 계획을 세웠다. 그러나 춘천 공격에 가장 큰 어려운 고비로 보았던 그 다리가 상처 하나 없이 손아귀에 들어왔으니 계획한 것보다 더 빠른 시간 내 춘천을 점령할 수 있다고 판단했다. 적이 춘천 공격 정면에 소련제 T-34 전차를 선뜻 들이지 못한 까닭은 모진교가 전차 무게를 감당할 힘을 헤아려 봄에 있었을 것이다.

춘천 시내 연대본부와 함께 영내에 머물러 있는 3대대와 2소대, 중기관총 1개 반과 소대 일부 병력을 가지고 있었다. 비상이 걸리고 외박했던 장병들이 속속 돌아오고 있었다. 새벽 6시에 처음으로 고시락 고개에 배치된 10중대 1소대장이 전쟁 돌아가는 형편을 보고했다.

대대 인사장교 송인규 중위는 대대본부 중대와 10중대 남은 병력을 합쳐 지휘했다. 이때 승우 담임선생님이었던 춘천사범학교 훈련 장교 박노원 소위도 왔다. 자동차로 마산리로 이동, 이곳에서 고탄리로 쳐들어가 9중대를 지원할 계획이었다. 그러나 역골 북쪽 지내리에서 1개 대대 크기의 적이 아침 식사 중인 것을 보았다. 송 중위는 5번 도로 우편 116고지에 대대본부 중대를 일정한 자리에 나누어 두고, 방어 진지를 편성했다. 이때가 오전 9시경이며 내리던 자드락비[4]가 멎었다.

한편 대대 본부중대보다 40여 분 먼저 나간 12중대는 이현우 일등상사 지휘로 역골 북쪽 도로 우편에 중기관총 2정과 그 뒤에 81mm 박격포 2문을 배치했다. 때마침 도로로 38선 부근에 살던 주민 4~5명씩 떼 지어 내려오면서 인민군이 뒤따라온다고 알려주었다.

피난민이 지나간 지 한참 만에 SU-76 자주포를 앞세운 적이 나타났다. 그

---

4) 굵직하고 거세게 퍼붓는 비. 굵은 빗방울이 단단한 땅바닥을 두드리는 소리가 생생하게 느껴지는 말이며, 줄여서 '작달비'라고도 한다.

포탄 나르자

들의 일부 병력은 서상리 쪽으로 남하할 목적인지 여울을 향하여 북한강을 건너기 시작했다. 3대대 본부와 12중대는 그들이 강 중간쯤 들어섰을 때 몰아 쏘기를 하는 한편 도로 위의 적 보병에게 자주포와 박격포 사격을 퍼부어 이들을 물리쳤다. 쳐들어오던 적은 몹시 당황하면서 버티지 못하고 물러갔다. 북한강을 건너던 적 병력 중 살아 도망친 자는 몇 명 되지 않았다. 아군은 지체 없이 116고지로 물러섰다.

제2 대대는 양통리 동쪽에서 계명산 남쪽 기슭까지는 1개 소대를 652고지 일정한 자리에 나누어 놓고, 나머지 병력은 대대 예비대 임무를 겸했다. 지역 내에 652고지- 오봉산- 부용산- 654고지 높은 봉우리가 38도 선상에 가로질러 있고, 북쪽에서 남쪽으로 나갈 길은 막아내기에 유리했다.

반면 워낙 방어지역이 넓고 험한 산림으로 연락이 끊겨 방어하기가 어려웠다. 예비대 운영이 일정한 한도를 넘지 못한 까닭에 융통성을 갖지 못하는 흠이 있었다. 또한 전방의 5·6·7중대는 대한청년단의 지원을 받아 후미진 곳에 경계를 담당하고 있었다.

2대대는 전투지역 내에 적이 가까이 오리라 짐작하는 곳을 다음과 같이 판단했다. 그중에서 비교적 방어가 불리한 4번 접근로에 방어 중심을 두고 오항리 장재동에 토치카 1개소가 사용하도록 쌓아 만들었다. 적이 쉽게 올 수 있는 곳인 용화산~양통리는 6중대가 막고, 오음리~배치고개~부귀리는 5중대, 오음리~간척 고개~부귀리는 3중대, 추곡리~장재동~내평리와 양구~추양리~내평리는 7중대가 막기로 했다.

그러나 적은 2번 가까운 길과 배치고개에 힘 있는 부대를 넣어 2대대 방어 지역의 중앙을 뚫고 나가 아군을 둘로 쪼개려고 하는 동시에, 가까운 길에서 한꺼번에 공격을 시작했다.

25일 새벽 4시 간척리 일대에 벌려놓은 12문의 곡사포가 배치고개~청평골을 모질게 치자 나머지 4개 가까운 길도 기세가 불같이 맹렬하게 우박처럼 포탄이 쏟아졌다. 청평골 북쪽 배치고개를 막아 지키는 8중대 1소대는, 전날 저녁 소대 병력 18명이 외박하고 5중대도 비슷한 병력이 외출 중이었다.

8중대 1소대는 적 포격이 시작된 초기에 7명이 전사하고 3명이 부상함으로써 전투력을 잃어버렸다. 소대장 안태석 소위는 어찌할 바를 모르고 갈팡질팡하는 부하들을 꾸짖고 부상자를 후방으로 보냈다. 1개 분대 병력으로 배치고개에서 적을 막아내는데 안간힘을 다하였다. 그러나 국군은 적은 수로 많은 적을 막지 못하고 물러났다.

부용산 동편 707고지에서 간척 고개를 방어하던 5중대 1소대 강주명 소위는 앞에서 약간의 포탄이 떨어지더니 곧 적이 기관총을 모아 쏘았다.

1소대 1분대장 김관희 하사는 적의 공격이 시작된 얼마 뒤에 소대 본부로부터 호각 소리가 세 번 나면 물러나라는 명령을 받았다.

적과 싸우고 있는 국군 용사들

양구통일관 자료 사용

그 1분대는 총격과 수류탄을 던지는 전투를 벌이면서 바짝 대드는 적을 무 찔렀다. 그때 간척 고개를 뚫고 나가는 인민군 1개 중대가 부귀리에 나타났다. 아침 7시쯤 때마침 철수를 알리는 호각 소리가 들리므로 중대 본부로 물러났다.

오른쪽 7중대 앞에서도 어우러져 싸움이 계속되고 있었다. 적은 예상한 대로 추곡리에서 장재동으로 1개 중대 병력이 공격해 왔다. 이때 654고지 중턱에 쌓아 만든 토치카에서는 7중대 1소대장 김웅래 소위가 유리한 땅 모양을 최대한 활용하여 적을 막고 있었다. 적은 3~4회에 걸쳐 돌격했으나 모두 실패로 끝나자, 적군은 그 힘으로 아군을 억누르면서 우측 골짜기로 돌아 장제동을 차지했다. 그 남은 힘을 몰아 내평리로 밀어닥쳤다. 뒤늦게 적 가운데 외톨이가 된 것을 알게 된 김웅래 소대장은 708고지~578고지~내평 나루를 거쳐 다음날인 26일 14시경에 지내리 대대와 합류했다.

한편 제2대대 오른쪽 추양리에 배치된 제7중대 2소대는 46번 도로를 따라 남쪽으로 내려오는 적과 세력이 불같은 총격전을 펼치면서 한 발짝도 물러서지 않았다. 적은 38도선 남쪽 100m 거리에 있는 나무다리를 부수지 못하도록 다리 부근에 세차게 포격을 더 하여 아군이 가까이 가는 것을 막고 있었다. 그런데 아군에게는 이 다리를 부수는 아무런 계획도 없었다. 이러한 싸움이 약 1시간 계속되는 동안 적이 장계동~내평리를 을러댔으며, 용소동에 있는 중대장은 3소대장에게 물러날 것을 명령했다.

제2대대 앞 전투 경과를 돌이켜 보건대, 적은 방어에 유리한 감제 고개는 직접 공격하지 않고 소수 병력으로 아군을 꼼짝 못하게 하는 한편 배치고개와 간척 고개 그리고 장재동에 힘을 쏟아 아군이 막아내는 방어 진지를 뚫고 나갔다. 이로 말미암아 2대대 전투지역은 네 토막이 났고, 물러날 길이 끊겨 공격받은 아군 대대는 어지럽고 질서가 없어진 탓에 화끈하게 싸워보지 못한 채 물러서게 되었다. 이는 두말할 나위 없이 공격전에 아군 배치 상황을 자세히 파악하고 사전에 세밀한 지형 정찰을 하여 작전 계획을 세웠음을 뜻한다.

제2대대장 김종수 소령(후에 제2군단장으로 중장 예편)이 전방 전투 상황을 보고받은 시간은 05:00 조금 전이었다. 그 후 모든 통신이 끊겼다. 대대장은 38도선 경계가 무너졌을 때를 준비하여 부대대장 허용우 소령으로 하여금 6중대와 대대본부 병력을 지휘하여 샘밭 건너편 소양강에 버티어 낼 만한 곳을 미리 차지하여, 뒤로 물러날 병력을 쓰도록 한 후 전방으로 나갔었다.

그러나 대대장이 샘밭 부근에 08시 30분쯤 이르렀을 때, 이미 일부 병력이 도로를 따라 물러서고 있었다. 그로부터 30분 뒤인 09:00에 적의 큰 무리는 옥산포~춘천을 목표로 공격을 시작했다.

조금도 주저하거나 늦을 수 없는 형편이라고 판단한 대대장은 그곳에서 병력이 나오는 대로 원진 나루에서 소양강을 건너게 하여 동면 지내리에 모이게 했다.

그 후 약 3시간이 지난 12시경에 이르자 대대 병력의 절반가량 모였으므로 중대별로 계획된 방어 진지를 차지하고 대대 관측소를 설치했다. 중대 배치 상황을 낱낱이 검사한 대대장은 새벽에 기습받은 충격 때문에 초조하고 활기 없는 장병들의 표정을 보았다. 그래서 적군에 대한 무서운 생각과 마음을 완전히 바꾸어 주리라 했다. 새로 활달한 기개를 불어넣어 주어야 되겠다는 생각에 잠겨있었다. 바로 이때 원진 나루 부근 도로에 적군은 빽빽이 모여 줄지어 나타났다.

대대장 김종수 소령은 미소를 지었다. 아침에 내평지서를 공격한 인민군 2사단 4연대가 밀집대형으로 46번 국도로 남쪽을 향해 걸어 나가고 있었다.

대대장은 서두르는 장병을 말리며 적이 총을 쏘는 거리에 완전히 들어온 후에 갑자기 치기로 몰아 쏘았다. 장병들은 38도선 경계진지를 잃은 죄책감과 이쪽만 당했던 분통을 터뜨렸다. 반드시 죽이겠다는 마음가짐으로 적을 쓰러뜨렸다. 불과 5~6분간의 총격으로 인민군은 도로변에 즐비하게 시체를 내버려둔 채 뿔뿔이 흩어졌다. 아군 진지에서는 승리의 아우성이 메아리쳤다. 이 짧은 시간 맞붙어 싸워 비록 소수의 적을 무찌른 것에 지나지 않았으나, 제2대대 장병들에게 승리에 대한 자신감을 불어 넣은 활력소가 되었고, 침체한 사기를 북돋는 계기가 되었다는데 큰 의의가 있었다.

아군 방어 진지를 뚫고 나가려는 인민군

양구통일관 자료 사용

쏘아라! 박격포를 쏘는 인민군

양구통일관 자료 사용

인민군 4연대는 아군이 모진강 다리를 파괴했을 때 그날 춘천 점령이 어려울 것으로 예상했었다. 그래서 장재동으로 돌아 46번 도로 옆에 있는 내평 경찰지서를 공격했다. 지서장 노중해 경위는 지서원과 청년단장 김봉림 등 10명을 지휘, 지서 주위에 돌과 마대로 미리 만든 방호 진지에서 한 걸음도 물러서지 않고 한 시간 이상 소총으로 열심히 싸웠다. 그들은 적군 20여 명의 손실을 입혔으나, 적군이 큰 병력으로 지서를 포위하고 82mm 박격포로 공격하여 전원 함께 전사했다. 이 전투로 적군의 공격을 1시간여 늦춤으로 국군 2대대는 윗샘밭 원진 나루에 방어 진지를 쌓아 올리는 시간의 여유를 얻어 남진을 막는 데 이바지했다.

연대 왼쪽 앞 적목리에서 마평리 동편까지 18km에 달하는 넓은 정면을 담당한 10중대 방어지역은 화악산~매봉~촛대봉으로, 큰 봉우리들이 산줄기를 이루고 있어 북쪽에서 남쪽으로 이어진 길은 하나도 없다.

맞싸움하는 곳인 사창리~시룬고개~신당리~고시락고개~홍지기고개~목동리~가평으로 통하는 두 개의 계곡과 가까운 길이 있다. 10중대는 이중 가평까지 짧고 비교적 움직이기 쉬운 바른쪽 길을 막아내기 쉬운 곳에 화기 소대 2개 분대를 보내 고개에 나누어 두었다. 중대는 온 힘을 기울여 목동리에, 그리고 대대 예비인 11중대는 가평에 각각 모여 있었다.

마평리 남서쪽 1km 지레목에는 폭 2~3m밖에 안 되는 좁은 골짜기 어귀가 있다. 고시락골이라고 부르는 이 골짜기 좌우 양편에는 가파른 능선이 연결되어 있어서, 땅 모양은 1개 분대 병력이 흩어져 있기에도 좁은 구유골이었다. 이 골짜기를 따라 약 1km 남쪽으로 올라가면 산봉우리 3개가 나란히 가로막을 이루고 있다. 그 고갯길로 이어지는데 이것이 고시락고개로서 싸움하기에는 매우 중요한 지형이다.

이 고개에선 이번 싸움 전에도 매일 인민군이 싸움을 걸고 있었으므로 3개의 고지 정상에는 토치카를 한 개씩 쌓아놓고 있다. 그 고개 북서면 8부 능선에는 10여 개의 콘크리트 지붕호가 설치되어 있었다.

6월 24일 고시락고개 남쪽 지암리에, 동네 어른이 제삿밥이라며 술, 밥, 고기를 10중대 1소대 진지로 가져왔다. 그러나 제삿밥을 먹지 않았다. 소대장 이한중 중위는 이상한 예감에 불길한 생각이 들어, 자정이 지난 직후 비상을 걸고 보초를 세워 경계를 튼튼하게 했다.

이윽고 4시 30분쯤 모진교 일대에 적의 폭탄이 쏟아지고 있을 때 전화기에서 이상한 소리가 들려왔다. 수화기를 들어보니 "똑같은 민족인데 왜 싸우는가?"라는 함경도 사투리가 되풀이되고 있었다. 적이 아군 전화선에 그들이 전화선을 연결하여 통신을 어지럽힘과 심리전 효과를 동시에 노리고 있었다. 중대 본부에 연락하니 아무 일도 없었다고 했다.

날이 훤해지고 자드락비가 멎은 얼마 뒤, 싱그러운 골바람이 뺨을 스치고 지나갔다. 그때 적의 공격 사격이 고시락고개로 옮겨오리라 예상했다. 무심코 손목시계를 본 소대장 눈에 시곗바늘은 5시를 가리키고 있었다. 그로부터 30분 후 고시락골 들목에 배치된 잠복 조로부터 적이 가까이 오고 있다는 보고를 받았다. 소대장은 즉시 잠복조에게 돌아오라 명령하고 방어 진지의 위장막을 다시 살펴보라고 했다.

소대장은 결정적인 타격으로 승리를 판가름내겠다는 계획이었다. 잠복 조가 숨 가쁘게 각자 진지로 올라왔다. 뒤이어 300~400m 앞쪽에 적 1진이 3열 종대로 1개 중대가 꼭대기를 목표로 가까이 다가오고 있었다. 드디어 제1진은 장애물 지대로 들어가 지뢰가 폭발하여 쓰러졌다. 뒤따라오는 부대는 그 시체를 옆으로 굴린 뒤, 다시 앞으로 나가는 끔찍한 일이 벌어졌다. 이른바 인민군이 죄인으로 편성한 교화대를 총알받이 또는 지뢰지대 통로를 개척하려고 편성된 부대로 제1진은 인해전술의 전법이었다.

아군 진지에서는 손에 땀을 쥔 병사들이 숨을 죽이고 가까이 오기만 기다리고 있었다. 소대장은 적이 가파른 언덕 앞 200m 지점을 통과한 뒤에 사격 개시 신호탄을 발사했다. 순간 좁은 골짜기는 총격과 수류탄이 마구 날리고 죽음을 재촉하는 생지옥으로 갑자기 변했다. 10여 분간 짧은 시간에 이기고 지는 판가름이 나고 있었다. 호되게 얻어맞은 적이 총 한번 제대로 쏴보지 못한 채 도망친 골짜기에는 적의 시체가 여기저기 널브러져 있었다.

첫 번째 싸움에서 속 시원하게 적을 쳐부순 병사들은 신바람 나서 만세를 외치며 기세를 올렸다. 그러나 소대장은 조심했다. 이제는 아군 배치 상황이 적에게 드러나게 되었으니 보다 많은 포탄이 쏟아질 것을 미리 짐작했다.

적이 가까이 오기만 기다리고 있다

어느새 먹구름 벗겨지고 따가운 아침 햇살에 땀이 몸에 배기 시작할 그때, 적의 2차 공격이 시작되었다. 그러나 적은 첫 번째와 같이 선뜻 앞으로 나가지 못하고, 엄호사격을 받으며 각자 빠른 발걸음으로 다가왔다. 기다리고 있던 10중대 1소대는 여유 있게 그들을 가까이 꾀어낸 다음 방어사격으로 물리쳤다.

이러한 치고 막기가 약 4시간 되풀이되는 동안 적은 병력을 늘린 듯, 화력이 늘어나고 왼쪽 능선에 맞싸움하도록 모였다. 이리하여 고시락고개에서 가장 높은 왼쪽 꼭대기를 적에게 빼앗기자, 나머지 진지도 지탱하기 어렵게 되었다.

소대장 이한종 중위는 물러날 시기가 왔다고 판단했다. 왼쪽 꼭대기에서 물러난 1개 분대를 홍지기 골짜기 들목을 억누를 수 있는 고지로 먼저 보냈다. 그곳에서 소대 주력이 물러설 때 도와주게 했다. 이처럼 땅 생김새의 이점을 최대한 살려 물러날 준비를 끝마친 소대는 적이 공격을 시작하기 직전에 사납고 세차게 사격을 퍼부어 혼란케 한 후에 진지를 이동했다. 이때 오른쪽 꼭대기에 배치된 2 분대장은 몹시 위태롭고 급한 형편에서도 소대장의 명령이 없다 하여 끝까지 버티다가 소대 전령이 도착하기 전에 적탄에 맞아 쓰러졌다.

고시락고개에서 물러난 제10중대 1소대는 10시 조금 지나서 홍지기고개에 준비된 진지에 위장하고 무기를 갖추어 놓았다. 그러나 적이 앞으로 나가는 발걸음은 소대장이 판단한 것 이상으로 빨랐다. 소대장은 탄약이 보급되지 않을 것을 생각하고, 소대원에게 적이 가까이 오면 조준사격과 수류탄을 많이

적의 시체가 여기저기 널브러져 있다

쓸 것을 명령했다.

이리하여 소대는 적이 앞 100m까지 오니, 사람을 죽이거나 상처를 입히는 곳 가까이 왔다. 이 좋은 기회를 놓칠세라 마지막 방어사격으로 한 목표물에 모아 수류탄을 던지며 피투성이 싸움을 거듭했다. 17시가 지나도록 홍지기고개를 죽을힘 다해 지켰다. 적은 한시바삐 가평 뺏기를 계획한 듯, 손실을 돌보지 않고 정면 돌파만을 되풀이했다. 이 고시락고개~홍지기고개의 늦추는 싸움은 소대장 이종한 중위의 뛰어난 지휘 능력의 덕이었다. 적의 공격을 14시간 동안이나 막아냄으로써 인민군의 작전 계획에 큰 어긋남을 빚게 한 전쟁 역사상 뜻깊은 전투였다.

부슬비도 멎고 열구름이 떠 하늘이 개기 시작한 25일(일요일) 아침 8시 30분쯤, 연대 1중대장 이대용 대위는 카키복 정모 차림으로 춘천시 문화원으로 가고 있었다. 멀리 38도선 부근에서 포성이 은은하게 울렸으나 38선에서 맞부딪침은 흔히 있는 일이라 별로 관심을 두지 않았다. 그런데 이때 혼자 무장을 한 그의 연락병 안기수 하사가 숨을 헐떡이며 뛰어와서 다급한 목소리로 보고했다. 일이 심상치 않음을 직감한 이 대위는 곧장 병영 안으로 달려갔다. 연병장에는 대대장 김용배 소령이 모인 장병을 낱낱이 검사하고 있었다.

곧이어 출동 명령을 받은 제1대대는 차량 편으로 여우고개로 이동하여 제1중대는 128고지~한계울, 제2중대는 한계울~164고지, 제3중대는 128고지~사랑말, 제16 야전포병 대대장 김성 소령은 포 2문 단위로 2중대 이금연 중위, 3중대 이기연 중위는 병력을 옥산포 일정한 자리에 나누어 두었다.

제7연대장 임부택 중령은 그동안 전투 경과 상황을 분석한 결과 인민군이 전쟁을 일으켰으며, 그들의 주력부대를 넣어 공격 방향이 5번 도로로 향하고 있음을 확인했다. 오랫동안 전쟁을 하려면 본격적인 전투준비를 해야 한다. 우선 아래와 같이 처리했다.

1. 작전 지역 내의 민간인 차량과 연료를 강제로 거두어, 연대가 재빨리 움직이는 힘을 마련한다.
2. 전쟁 나기 바로 전에 육군본부 지시에 따라 연대창고에 맡아둔 각종 화기를 각 중대에 다시 내준다.
3. 군량미를 준비한다.
4. 우두동 탄약고에 맡겨둔 탄약을 안전지대로 옮긴다.
5. 연대 신 예비대를 마련하기 위하여 연대 보충중대 및 근무 중대 병력을 전투부대로 잠시 편성한다.

이처럼 지시한 연대장은 9시 우두산에 전술지휘소를 옮기고 연대본부 소속 장교를 살려 쓰면서 진두지휘 몸가짐을 갖추었다. 적과 맞서서 싸우려는 준비된 선을 점령했다.

제7연대 대전차 포대는 비상 발령 즉시 출동 준비를 갖추었다. 2소대장 심일 중위는 우선 57mm 대전차포 2문을 이끌고 달려 나가 한발에 명중시키겠다는 굳은 결의로 적이 가까이 오기를 기다리고 있었다. 포진지는 북한강 상류 S자형으로 굽이지면서 도로를 옆에 끼고 있는 적절한 사격 위치를 골라 정했다. 구부러진 길목을 노리되 포진지를 감추고 나뭇가지로 위장해 적 전차를 겨누고 있었다. 그때 10대의 전차 구르는 소리가 고막을 울리며 나타났다.

(개전 초 아군은 적의 전차와 자주포를 구분하지 못하고 전차라 불렀다.)

심 소대장은 말로만 듣던 전차를 처음 보는 순간 흥분과 두려움에 떨고 있는 대원들을 격려했다. 심 소대장은 입속으로

"하나, 둘, 셋……, 열"

전차 모습이 전부 드러났다. 절호의 기회, 심 소대장은 사격 명령을 내렸다. 두 개의 포구는 동시에 불을 토했다. 그 순간 앞 전차의 왼쪽에 빛이 번쩍했다.

"명중! 명중이다."

눈으로도 분명히 확인되는 단 한 발에 명중했다. 소대원들은 일제히 소리를 질렀다. 전차는 그 자리에서 불길에 싸여 주저앉아야 마땅했다. 그러나 자기 눈을 의심했다.

"쾅"하고 전차를 바로 맞혔으나, 전차는 잠시 멈칫하더니 또다시 앞으로 굴러가는 것이었다. 이어 제2탄이 계속 바로 맞혔으나 끄떡도 하지 않고, 전차는 가까이 다가와 76.2mm 포를 쏘아댔다.

그러나 앞서오던 전차는 20여m 구르더니 우뚝 서버리고 말았다. 심 소대장은 의심스러운 눈길로 그 의중을 생각해 보았다. 제3탄을 포 속에 넣고 주위를 살폈다. '다시 전진해 올 것인가?' 만약 전진해 온다면 좀 더 가까운 거리로 유인해 포탄을 쏘려고 했다.

그런데 뜻밖에 일이 일어났다. 앞서가던 전차가 우군 진지를 향해 몇 발포를 쏘았다. 그리고 급히 뒤로 가 산모퉁이로 사라져 버렸다. 그 뒤를 이어 다른 전차도 모두 물러났다. 나중에 밝혀진 일이지만 심 소대의 2탄 명중은 적

기갑부대에 심한 충격을 받았다고 했다.

심일 소대장은 대전차포를 1km 남쪽 옥산포(현재 신매리 대교 4거리 부근) 나무숲으로 옮겼다. 적 전차를 부술 방법을 곰곰이 생각했다.

심일 소대장은 57m 포탄의 효력이 뜻밖에도 미약함에 놀랐다. 그래서 특공대를 조직했다. 훈련 과정에서 실시해 본 화염병 공격이었다. 전차를 파괴하기는 힘들지만, 위에서 지휘하는 전차 군관을 처리하고 차내에 화염병을 집어넣어 전차를 파괴하는 작전이었다. 지원자 6명으로 2개 특공대를 조직했다. 제1조장은 심일 중위와 병장 조군칠, 이병 심규호, 제2 조장은 하사 김기만, 병장 박태갑, 병장 홍일영이었다. 각자 화염병 1개, 수류탄 2개씩 나누어 가졌다.

"내 몸을 희생하겠다는 자만이 승리할 것이다."

심 소대장은 특공대를 격려하고 그들은 소대장과 함께 목숨을 바치기로 결심했다. 나머지 소대원들은 2문의 57m 대전차로서 두 전차의 바퀴 쇠사슬을 파괴하기로 했다. 포진지는 도로에서 불과 100여 m 떨어져 있었다. 소나무 숲 속에 소나무를 쳐서 앞이 안 보이도록 위장했다.

첫 번째 포탄이 명중되어 전차를 멈추게 해야 한다. 그렇지 못하면 여지없이 당하게 될 것은 불을 보듯 뻔한 일이었다. 이 예상되는 위기를 극복하기 위해서는 포탄이 명중함과 동시에 배수로에 숨어 있던 특공대가 과감하게 육탄공격을 감행해야 하는 것이다. 바로 그때 숲속에서 이를 악물고 기다리고 있는 국군이 있다는 사실을 꿈에도 생각지 않고 그들의 무덤이 될 장소로 성큼성큼 다가왔다.

적 전차 10대 중 2대가 먼저 요란한 엔진소리를 내면서 눈앞에 검은 쇳덩어리가 굴러오는 순간, 대전차포 2문이 불을 뿜었다. 오봉한 하사가 사정거리에 들어온 전차(US-76 자주포) 10대 중, 1번 차를 향해 발사했다. 철갑탄이 날카로운 쇳소리를 내면서 차바퀴 둘레에 긴 벨트를 걸어 놓은 무한궤도를 부쉈다. 이어 반드시 맞추겠다는 마음으로 김인구 병장은 2번 차 바퀴 쇠사슬도 옆면을 꿰뚫어 파괴했다. 그토록 거만했던 전차가 기우뚱거리며 멈추어 섰다. 다행이 뒤따라오는 보병은 없었다.

심 중위는 1번 전차에서 지휘하는 인민 군관을 처치한 후 잽싸게 올라가 전차 뚜껑 안으로 화염병과 수류탄을 집어넣었다. 그리고 빨리 하수구에 몸을 던져 숨었다. 전차는 폭발 소리와 함께 불길이 치솟았다. 제2 조장 김기만 하사도 작전대로 전차 뚜껑 안에 휘발유병을 던지고 수류탄을 넣었다. 2번 전차에서도 불길이 치솟더니 요란한 소리를 내며 안에 있던 폭탄이 터졌다. 망가진 2대를 버리고 나머지 8대는 급하게 되돌려 달아났다.

이 싸움으로 인민군이 춘천으로 들어가는 시간이 늦추어졌다. 적 전차와 몸싸움에서 우리가 승리했기 때문에 하나인 것이 아니라, 우리가 하나이기 때문에 승리한 것이다.

하나, 둘, 셋… 열. 전차 모습이 전부 드러났다

발사 꽝- 명중! 명중이다

전차 뚜껑을 열고 화염병과 수류탄을 집어넣었다

요란한 폭발 소리를 내며 전차에서 불길이 치솟았다

116고지와 164고지 일대에서 이 광경을 바라본 연대 장병들은 손뼉을 치고 만세를 부르며 기세를 올렸다. 연대장 임부택 중령은 그때 형편을 이렇게 말했다.

"심일 소대장이 적 전차 2대를 부순 것을 계기로 우리 연대 장병들은 전차를 쳐부술 수 있다는 자신을 갖게 되었고, 그 후부터 전차를 무서워하지 않았다."

심일 소대장의 영웅적인 전투는 전차를 보고 무서워 떨고 있는 장병들에게 '죽지 아니면 살기'로 싸우면 살 수 있다는 자신감을 심어주었다. 옥산포 숲속이 우리의 무덤이 될 수도 있고, 이기는 곳이 될 수 있다. 전차하면 속으로 떨기만 했는데 전차를 부술 수 있다는 자신감이 전군에 퍼져 나갔다. 앞장서 전차를 지휘했던 인민군 대대장 중좌 현기철은 전사했다.(포로의 증언)

그 후 미군 사령관은 그 사실을 확인하고 심일 소대장에게 은성무공훈장을, 그리고 우리나라 정부에서 최고 훈장인 태극 무공훈장을 수여했다. 이 때문에 심일 중위는 모든 군인의 영웅이 되어 우러러보게 되었다.

심일 소대장의 대전차포 소대가 적 자주포 2대를 불태운 직후, 적은 아군에게 대대적인 공격 사격을 시작하였다. 그들은 제1대대가 지키는 162고지 일대에 박격포를, 그리고 122mm 곡사포를 포함한 쏠 수 있는 거리가 긴 대구경포로 춘천 시내를 향해 시끄럽게 포탄을 퍼부었다.

제1대대 방어지역에서는 지내리 근처로 가까이 엿살피러 온 적 선발대를 1중대가 사격해 물리쳤다. 조금 지난 뒤 뜻밖에도 적은 5번 도로를 중심으로 역골~옥산포~춘천에 가까운 도로를 따라 공격해 왔다. 이들 앞에는 제16 야전 포병대의 105mm 곡사포 4문과 57mm 대전차포 4문, 그리고 116고지에 있던 제3대대 일부 병력과 사단 공병 1개 소대밖에 없었다. 그야말로 춘천은 바람 앞에 등잔불처럼 위험한 고비를 맞게 되었다.

인민군은 단숨에 춘천을 차지하려고 결심한 뜻 전술 원칙 따위는 무시했다. 역골~춘천 간 6km에 달하는 탁 트인 벌판을 여러 세로띠로 서서 빽빽이 빠른 걸음으로 걸어 나왔다. 따라서 그들의 대형은 전투 형으로 볼 수 없었다. 소련제 아카보 총 끝에 대검을 꽂은 채, 행렬 줄을 갖추어 앞으로 치닫기만 했다.

116고지에 나누어 둔 제3대대 일부 병력은 적에게 사격하다가 물러설 길이 막히기 직전에 208고지로 물러나 준비된 진지를 점령했다. 심일 중위가 지휘하는 대전차포 소대는 자주포를 깨뜨린 지점에서 116고지의 제3대대 일부 병력 철수를 도와주고, 적이 300m 앞까지 왔을 때 뒤로 물러났다. 그러나 57mm 대전차포 1문은 포 다리가 진흙 속에 깊이 빠졌기에 그곳에 버려 두었다.

한편 옥산포 남쪽 금강봉 부근에 배치된 제16 야전 포병대대 제2, 제3, 2개 중대는 105mm 곡사포 4문을 가장 빨리 내쏘는 속도로 사격하여 적을 흩어지게 했다. 그러나 적은 여전히 북한강변 모래밭과 5번 도로 좌우 측 보리밭을 누비며 가까이 왔다. 이때 포병을 보호한 보병은 그동안 105km 지점의 164고지 일대에서 금강 터 부근을 발판으로 쳐들어오는 적과 맞붙어 싸우고 있었으므로 형편은 대단히 불리하고 위태롭게 벌어져 갔다.

제2포병 중대장 이금열 중위는 매우 급한 형편에서 벗어나려고 각 포 단위로 직접 겨냥사격을 명령했다. 제3포병 중대도 또한 이에 따랐다. 이리하여 포병은 처음 진지에서 한 발짝도 뒤로 물러서지 않고 사격을 쏟아부었다. 드디어 적이 400m 앞까지 바짝 대들 때도 포 단위로 그 거리를 지켜 한 번 나갔다가 한발 물러서는 일을 되풀이했다. 그러면서 포격을 계속하고 59mm 대전차포 3문도 이에 거들었다.

적은 제1공격대를 쳐 없애면 다음 군대를 집어넣어 그야말로 사람 무더기 전술(人海戰術)로써 앞면만 뚫고 나갔다. 이러한 미련한 싸움법은 한결같았다. 우두벌에 숨길 물건이라고는 나무 몇 그루와 마을 집들뿐, 아군에게 모두 드러난 탁 트인 벌판을 가로질러 쳐들어왔다. 그러므로 그들은 많이 죽거나 다쳐 손해는 엄청나게 더해 갔다.

그럼에도 적은 거리낌 없이 우수한 불기운과 병력에 기대어 공격에 공격을 되풀이한 까닭에, 한때는 제16 야포 포병대가 머물러 있는 곳 500m 지점까지 바짝 대들어 왔다. 참으로 손에 땀이 나게 하는 아슬아슬한 판세였다. 이런 속에서 아군 포병과 대전차포는 바로 맞춤으로 숨 쉴 틈도 없이 퍼부어 적을 세게 쳤다. 어느 쪽이 더 끈질기게 버티느냐 정신력의 싸움이었다.

제7연대는 이 마지막 전투에서 끝내 적을 누르고 최고조에 달했던 위험한 고비를 이겨냈다. 적은 소양강까지 600m 거리를 남겨놓고 물러나고 말았다. 우두산에서 진두지휘하던 연대장은 제1대대가 적의 옆쪽을 치게 하고, 연대에 소속된 사단 공병 제1중대는 소양교를 지켜 싸우도록 했다.

제16 야전포병 대대장은 문정리에 배치한 1중대의 포 2문을 우두산으로 이동시켜 제2, 3중대의 화력을 더 세게 했다. 대대본부에서는 사격 준비가 된 포를 속속 옥산포 부근으로 밀고 나갔다. 이와 함께 여우고개에서 벌어진 적의 옆을 공격했다. 이리하여 시간이 흐를수록 연대 화력이 세어져 가는 반면, 적의 총공격은 약해져 갔다. 인민군 제2사단이 왜 이렇게 미련한 전술을 한결같이 했는지 이해하기 어려웠다. 갑자기 치기로 나와도 큰 저항 없이 38선을 넘어선 그들이 국군 전투력을 얕본 것에 원인이 있던 것으로 짐작된다.

옥산포 전투에서 적은 전술의 기초원칙도 제대로 적용하지 않았으며, 보·전·포 협동작전이 미숙하여 제각기 행동하는 형편이었다. 이 전투에서 기세가 크게 꺾인 적은 마침내 역골 쪽으로 물러나기 시작했다. 이때 164고지의 제1대대는 싸운 보람의 기회를 잡았으나, 금강 터 및 발산리 일대에 모인 적이 억누르고 나오지 못하도록 방해하여 뜻을 이루지 못했다.

옥산포 전투가 한참 열기를 더해 가고 있을 무렵 적의 일부가 가래모기 나루에서 북한강을 건너 근화동으로 스며들었다. 때마침 이들은 연대장의 명령을 받고 급히 떠난 연대 근무 중대 서근석 특무상사가 지휘하는 1개 소대와 제방에서 맞부딪쳤다. 적이 강을 두 번씩이나 건너려고 하여 온 힘을 써 총격전을 벌여 무찔렀다. 나머지 5~6명으로 짐작되는 적이 춘천 시내로 들어오려고 했다. 경찰과 합동 작전과 시민의 도움으로 모두 쏘아 죽였다.

한편 소양교 들목 봉의산 북쪽에 배치된 사단 공병 1중대는 강 따라 막아내는 진터를 손질하고 건너편 들머리 일대에 장애물을 설치했다. 그리고 불리해졌을 때를 대비해 소양교를 터뜨려 깨도록 폭약을 재어 놓았다.

적 전차와 싸우고 있는 국군 용사들

춘천대첩기념공원

승우는 빨리 학교로 오라는 연락을 받았다. 벌써 상급생과 친구 수십 명이 운동장에 모여 있었다. 군 트럭을 타고 우두동 제16 야전포병 대대본부 영내로 들어갔다. 그곳에 있는 포탄을 근화동 파출소로 옮기는 작업이었다. 대대 보급과 정기백 일등상사는 사병 5명과 트럭 2대로 포탄을 안전지대로 운반했다. 이와 함께 대대 보급 장교 김운한 중위는 춘천농업고등학교와 춘천사범학교·춘천고등학교 학도호국단의 도움을 받아 학생을 동원하고, 최갑석 일등상사는 민간 차량 2대를 잡아 썼다.

북한강 건너 우두벌 16포병 대대본부에 보관 중인 105mm 포탄 5,000여 발 중 필요량만 남기고, 3,500여 발을 남쪽 기지로 옮겨야만 했다. 춘천농업학교 농장 손수레, 제사공장에서 사용하는 손수레 20여 대를 이용하여 공장 직공, 소양초등학교 교사와 동네 청년들도 나와 도왔다. 이런 시민 협조대가 포탄을 강 건너 소양파출소까지 3개 구간으로 나누어 릴레이식으로 날랐다. 지게는 1~2발, 손수레는 3~4발, 우마차는 4~5발, 화물자동차는 8~9발씩 소양파출소로 운반했다. 그 후 징발된 화물차로 사범학교까지 운반했다. 이에 춘천농업학교, 사범학교, 고등학교 등 300여 명의 학생과 민간인이 합심하여 포탄을 옮겼다. 인근 주민들도 스스로 협조했다. 부근에 있는 제사공장 여공들은 주먹밥을 지어 대대 장병들에게 직접 주면서 사기를 북돋아 주었다. 참으로 감격스러운 장면이었다. 옆에서 포탄이 터지고 총탄이 날아와도 학생과 주민들은 조금도 흔들리지 않았다. 군·관·민 한 몸 되어 제16 야전포대의 포탄 3,500여 발과 소총 실탄을 남김없이 안전지대로 옮겼다. 탄약 운반이 끝난 뒤 최갑석 일등상사는 대대본부 부근에 있는 곡물창고에 쌀이 보관된 것을

등짐으로 포탄 나르는 시민

춘천대첩기념공원

확인하고 실어내는 허가를 받아 어두워질 때까지 4대의 트럭으로 소양강 남쪽으로 운반, 비상용 식량으로 마련했다.

작전 처음 시기에 갑자기 들이쳐 성공하여 38선을 쉽게 돌파한 것에 만족한 인민군 제2군단은 이날 10시쯤 전술지휘소를 사명산으로부터 오음리~화천을 거쳐 지촌리로 옮겼다. 이때를 전후하여 그동안 군단 지휘소에서 작전을 지도하던 소련군 고문관들은 어디론가 자취를 감추었다. 그것은 이 전쟁에 소련이 끼어들었음을 숨기기 위한 것이었다.

적은 주목표인 춘천 공격에서 큰 손실만 남기고 실패했다. 그날 25일 안으로 춘천을 점령할 가망은 도무지 보이지 않았다. 16시쯤 적은 우두산 일대에 치열한 포격을 시작하고 역골 삼거리와 발산리~유포리에서 활발하게 움직이기 시작했다. 틀림없이 다시 공격을 꾀하는 듯했다.

이 무렵에 아군도 온갖 전투태세를 갖추고 있었다. 특히 제16 야전포병대대는 12문의 105mm 곡사포가 모두 근거리 사격 준비를 마치고 기다리고 있었다. 연대 전술지휘소를 우두산- 봉의산으로 옮기고 연대본부는 석사동으로 옮겼다.

제1대대는 적이 옥산포에서 물러설 때 208고지에서 외톨이가 된 남은 병력과 사단 공병 1중대 2소대를 거두어들였다. 대대와 맞버틴 적은 북동 방향으로부터 아군을 억누르고 있었다. 이로 말미암아 대대는 역골 일대에서 움직이는 적 주력부대에 대해 공격할 수 없었다. 이런 형편 속에 뜨막한 상태가 지속됐다. 대대장은 대대 수색대를 208고지 일대에 몰래 숨어들어 적군 속내를 살피고 지원 포병의 불기운을 끌어냈다. 이 작전이 크게 나타나 공격 준비 중이던 적을 세게 침으로서 이날 안으로 예상되었던 그들의 2차 공격은 끝내 나타나지 못했다.

이내 해거름으로 어두운 장막이 주위를 감싸기 시작할 무렵, 제16포병대대는 소양강 남쪽으로 옮겨 아래와 같이 사격진지를 점령했다. 1중대는 봉의산 뒤에, 2중대는 우시장에, 3중대는 춘천역 부근에 배치했다. 이 지시에 따라 3중대장 김명익 중위는 123고지로부터 중대를 1개 소대씩 차례로 뽑아내어 대대 관측소 부근에 이르렀을 때, 대대장으로부터 다시 원진지로 돌아가라는 명령이 떨어졌다. 중대장은 느낌이 이상하여 소대별로 213고지에 적이 몰래 숨어들었는가를 확인하게 했다.

얼마 후 샘 두락 부근에서 총소리가 울리고 뒤이어 수류탄이 어지럽게 터지는 속에서 3소대장 지일섭 중위의 우렁찬 고함이 간간이 들려왔다. 중대장은 즉시 1개 소대를 샘 두락 왼편으로 돌아 적이 가는 길을 막았다. 적은 이날 밤 3중대가 진지에서 떠난 것을 알고 샘 두락 부근 3소대 진지로 스며들다가 갑자기 되돌아온 아군과 맞부딪쳤다. 얼마 후 적군은 땅 모양에 익숙한 아군 병사들의 재빠른 행동으로 선수 쓰기에 억눌려 발산리 북쪽으로 물러나고 말았다. 적은 시체 10구를 남겨두고 아군은 따발총을 포함한 소총 9정을 뺏었다.

제2대대 방어 앞은 조용했으나 해넘이 할 그때쯤 샘밭 북쪽에 적이 모이는 낌새가 보였다. 대대장은 이 부근에서 몇 차례 강 건너는 훈련을 한 바 있는 5중대장 김상홍 대위에게 적군 속내를 확실히 알아보라고 명령했다. 5중대장은 소양강을 건너야 할 어려움을 살펴 30명 날쌘 대원을 뽑아 137고지 뒤에서 야간전투 훈련을 했다. 원진 나루는 그쪽이나 이쪽이 경계가 무시무시함으로 그곳을 이용할 수가 없었다. 그래서 중대장은 그 서쪽 1.8km 지점의 할미 여울에서 강을 건넌 다음 곧장 북쪽 보리밭을 가로질러 128고지 뒤로 올라갔다. 이날은 음력 5월 10일 미리내(은하수)가 남북을 길게 강물처럼 흐르고, 어스름 달빛이 산과 들에 가득 차 있었다. 고지 중턱에서 한참 동안 적군 속내를 살피던 중대장은 그들이 야간전투를 전혀 준비하지 않고 있다는 사실을 알고 이길 자신이 있음을 믿었다.

연대포격으로 군대 모이기에 어렵게 된 적은, 이날 저녁 대포를 쏘아대기 시작했다. 봉의산에서 이를 지켜보던 연대장은 수색대에 적의 포진지를 습격하라고 명령했다. 연대 수색대장은 수색대원과 서북청년단원을 합쳐 30명을 뽑아 특공대를 짰다. 그리고 적지에 숨어들려고 맡아둔 인민군 복장으로 갈아입었다.

23시 정각 우두산을 출발한 특공대는 208고지 강남 쪽 기슭을 따라 116고지로 은밀히 스며들었다. 이 고지 뒤 삼거리에서 적 야포 여러 개가 불을 뿜고 있었다. 인민군 복장을 한 특공대는 포진지 가까이 갔다.

걷는 도중 그들이 암호를 묻는 것을 신호로 한꺼번에 총탄을 퍼붓고 수류탄을 던지며 앞으로 나갔다. 몇 명을 죽이고 어떻게 싸웠는지 자유자재로 돌아다니며 쏘고 치면서 쳐들어갔다. 적들이 사격하며 대들기 시작하자, 늦어지기 전에 208고지를 빠져나왔다. 어느 틈에 금광 터를 지나 샘 두락 부근에 도착했다. 과연 위엄을 자랑하던, 날래고 용맹스러운 군인답게 한 사람도 뒤떨어진 병사가 없었다.

특공대장은 이 일대 땅 모양을 자기 손금 보듯 환하게 알고 있었다. 그는 주저하지 않고 남쪽으로 내려가 할미 여울 부근에 도착했다. 이곳에서 소양 강을 건너느냐 아니면 여우고개로 갈 것인가 하고, 망설이다가 소양강을 건너기로 했다.

한편 제2대대 5중대 특공대가 샘밭의 적을 습격할 때, 이 여울을 이용했기 때문에 적의 공격을 예상하고 잔뜩 긴장하고 있었다. 아니나 다를까 강가에 알 수 없는 그림자가 집결하더니 성큼 강으로 들어서는 게 아닌가? 암호를 확인할 필요조차 느끼지 않았다. 그들이 강 가운데 다다랐을 때 알 수 없는 군인이 보였다. 그러나 편안한 생각에 마음 놓고 강을 건넜다. 매우 급해진 특공대장이 "아군이다, 쏘지 말라! 연대수색대다."

안간힘을 다해 소리쳤으나 소용없었다. 그리하여 27명이 물속에서 전사하고 수색대장을 포함한 3명만이 겨우 여울 아래쪽에서 강가로 올라왔다. 사전에 알리지 않았던 실수와 잘못된 생각이 이토록 비참하고 끔찍한 결과를 가져오게 되었다.

원주에 주둔하고 있던 제19년대 2대대는 우두산 일대를 점령하고 제7년대 1대대를 지원할 태세를 갖추었다.

첫날 전투에서 패배한 인민군은 2사단장 이청송을 해임하고 최현으로 26일 춘천을 점령하라고 김일성은 명령했다.

8. 개전 둘째 날 - 6월 26일(월)

6월 26일 햇발이 오봉산 봉우리에 뻗치면서 새날이 밝아왔다. 어젯밤에 역골에서 옥산포 부근에 스며든 적이 모이기 시작했다. 연대장은 제1대 대장에게 적들이 늘어나기 전에 이를 쳐부수라고 명령했다. 사단 예비대가 늘었으니, 이제는 선수 쓰기로 인민군을 누를 수 있게 되었다. 제1대대 2중대 중대장 오윤석 중위는 방어진지에 남도록 했다.

10시 30분에 공격을 시작하여, 옥산포에 모인 적을 쳐 물리쳤다. 공격 중에 1중대와 3중대가 마산리 북쪽 어귀로 나갔을 때, 적 자주포 승무원 7~8명이 차 밖에서 쉬고 있었다. 아군을 보자 몹시 놀라 넋을 잃고 도망쳤으나 그 중 한 명은 차 속에 들어가 스스로 불을 질렀다. 또 다른 2명은 다급하여 권총을 뽑아 맞서다가 아군 소총수 최용범 하사가 재빨리 한 명을 쏘아 죽이고 나머지 한 명은 사로잡았다.

연대본부 후방으로 보낸 그 포로는

"홍천으로 가던 제19사단 군인이 2사단으로 오면 힘을 더해 쳐들어가 춘천을 뺏으려고 준비 중이다."라고 말했다. 적은 춘천 공격에 큰 무리를 만들려고 안간힘을 다하고 있는 것이다.

제1대대는 저항을 받지 않고 옥산포에서 마산리 일대를 차지했다. 신동리 부근 개울 제방에 적이 되치기 전에 급히 방어 진지를 준비했다. 역골 쪽으로 물러난 적은 새로운 부대인 인민군 제2사단 6연대를 더 들였다. 따가운 햇살이 사정없이 내리쬐는 오후 2시쯤 미리 짐작했던 대로 적의 공격이 시작되었다.

적군은 전날과 다름없이 5번 도로를 따라 SU-76 자주포 5대가 앞장서고 그 뒤를 보병이 열을 지어 따라오고 있었다. 아군은 목표물을 향하여 모든 화력을 한곳으로 모아 퍼부어, 보병과 자주포를 떼어 놓았다. 그러나 제1대대가 막는 자리 왼쪽을 뚫고 나온 SU-76 자주포 5대는 뒤따라오는 보병은 아랑곳없이 앞으로 나아가며 공격을 계속했다. 이것을 본 3중대 2소대장 이상우 중위는 2.36 인치 로켓포 분대를 이끌고 도랑을 따라 200m 거리 가까이 갔다. 첫 포탄을 쏘았으나 자주포 앞을 맞고 뚱겨 나왔다. 제2탄, 제3탄, 그리고 제4탄을 쏘았으나 적은 계속 쳐들어왔다. 여유 없이 아슬아슬하게 닥치는 순간, 소대장은 수류탄을 던져 그 폭풍에 적의 눈이 가려진 짧은 틈을 타, 마을 안으로 뛰어들어 위험한 곳을 벗어났다.

적은 제1대대가 병력을 나누어 놓은 신동리 개울 일대에 곡사포 직사포 할 것 없이, 모든 화기를 모두 끌어내 기운 사납고 세차게 포격을 퍼부은 뒤, 다시 바짝 대들기 시작했다. 대대장 김용배 소령은 뒤로 물러날 때를 놓치면 많이 잃어버릴 것으로 판단하고 포병이 감싸주는 사이 164고지로 되돌아갔다.

제1대대가 신동리에서 물러난 얼마 후에 적은 옥산포로 나왔다. 자주포 5대는 계속 앞으로 나가 소양강 들목 삼거리에 나타났다. 이때 제7연대 대전차포 중대장은 도로변 초가 뒤에 57mm 대전차포 2문으로 쏘고 나머지 3문으로 공격하면서 적이 그곳으로 꾀어 들게 했다. 그러던 중 적의 자주포가 줄 서서 막 그 초가집 앞을 지나려는 순간, 30m 거리에서 1번 차 바퀴의 무한궤도를 부수고 2번 차의 옆을 꿰뚫었다.

뒤따라오던 자주포 3문은 아군을 사격하여 자유로운 행동을 하지 못하도록 억누르면서 1번 차 승무원들을 구해 내느라 기를 쓰고 덤벼들었다. 지휘관인 듯한 군관 한 명이 피투성이가 되어 뒤차에 거두어 넣었다. 이날 인민군 제2사단 자주포 대대장 소좌 현파가 부상한 것으로 알려졌다. 그가 바로 1번 차에 탔다가 부상한 군관이었다.

적은 옥산포~마전리 일대로 댐 터져 나가듯 펼쳐 나갔다. 그들의 왼쪽을 을러대는 164고지 우두산 연대를 사격으로 누르면서, 소양강변으로 나아갔다. 그러나 소양교로는 가까이 가지 못하고 가래모기 나루를 건너려고 모래밭으로 내려갔다.

그 전날 낮에 이 일대에 숨어들다가 쳐 물러간 부대로부터, 이곳의 아군 방어 태세가 허술하다는 것을 몰래 알아냈다. 그래서 이 가까운 길을 택한 것이 분명하다. 그러나 그들에게 가래모기 나루는 좁으며, 물도 깊어 건너기 힘들다. 또 아군에게 드러나게 되므로 가까이 가기가 어려웠다. 이 작전은 이롭지 못하다는 점을 생각하지 않았다.

맨 먼저 춘천역 부근에 배치된 제16 야전 포병대대 2중대가 적이 소련제 장총에 칼을 꽂고 여러 명이 옆줄로 서서 오는 곳에 포탄 세례를 퍼붓기 시작했다. 뒤를 이어 나머지 2개 중대도 포문을 열어 강가 모래밭에 포탄 장막을 쳤다. 여기에 연대 대전차포 중대가 빠른 쏘기로 포격을 더 했다. 숨을 곳이라고는 약간 후미진 모래 언덕밖에 없는 탁 트이고 넓은 가래모기 일대는 이름 그

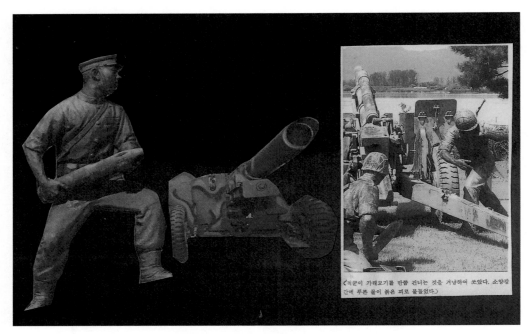

포문을 열고 가래모기 모래밭을 포격했다

대로 생지옥이요, 피비린내 나는 죽음의 장소가 되고 말았다.

피와 살과 모래 먼지가 마구 날리는 사이에 소양강의 맑디맑은 물이 붉게 물들었다. 어쩌다가 용케 살아남은 적병이 강을 건너기도 했으나, 둑에서 쏘는 총탄에 맞아 강물 속으로 곤두박질치면서 쓰러져 갔다.

아군 포병의 사격은 정통으로 맞히어 속 시원했다. 견디다 못한 적 몇몇 병사들은 금강봉 쪽으로 줄행랑을 쳤다.

적은 제1공격조가 모두 죽자, 춘천역 부근 아군 포병진지에 사납고 세차게 포를 한곳으로 몰아 쏘았다. 적은 같은 방향으로 몰아넣고, 그것이 실패하면 또다시 이를 되풀이하는 어처구니없이 미련한 공격을 세 번이나 되풀이했다.

이 무렵 봉의산 관측소에서 사격을 지휘하던 제16 야전포병 대대장 김성 소령은 2중대 포진지에 적이 포격을 몰아 쏘는 것을 보았다. 이에 약간의 혼란이 일어난 듯한 기미를 느꼈다. 김성 소령은 늦지 않도록 그곳으로 달려갔더니, 진지 옮길 준비를 서두르고 있었다. 대대장은 쏟아지는 포탄 사이를 누비며, 병사들을 격려하고 사격을 계속했다.

전쟁의 두려움에 떠는 대대의 전방 관측장교 한 명을 후방으로 보낼 정도로 적의 포격이 사납고 세찼다. 2중대는 적이 포격을 포기할 때까지 포진지를 옮기지 않았다. 적이 후퇴한 뒤의 강가 모래밭은 그들의 시체로 덮여 있었고, 부상자의 비명이 그치지 않았다.

봉의산 취수장을 지키던 오 하사는 중대장의 명을 받고, 스리코터에 기관총과 탄약을 싣고, 35명의 병사와 함께 할미여울 방어에 나섰다. 뒷두루(후평동) 뽕나무밭을 지나니 소양강이 바로 눈앞에 있다. 승우 친구들이 여름에 물놀이하던 곳이다.

돌밭을 지나 모래사장 끝이 할미여울이다. 강폭 70여m에 수심은 장년 허리에 찰 만큼 얕았다. 강 건너는 백사장과 돌밭이 전개되어 있다. 높은 둑 뒤로는 우두 벌판에 한창 보리가 누렇게 익어가고 있었다. 미리 파놓은 호에 중기 기관총 2문과 탄약을 충분히 배당했다.

범바위에서 쏘는 기관총 때문에 소양교로 나갈 수 없는 인민군 2사단과 19사단 주력부대 병력 모두 할미 여울로 몰려들었다. 강원도청에 누가 먼저 붉은 기를 게양하느냐 경쟁이 생긴 것이다.

오후 1시경, 첨병 몇 명이 오고 간 뒤에 누런 보리밭 속으로 누런 군복에 완전 무장한 인민군들이 개미 떼처럼 몰려들었다. 적군이 강을 반쯤 건너오자, 이때 오 하사는 신호탄을 쏘았다. 일제히 쏘는 총에 제초기로 풀 베듯 쓰러져 강물에 떠내려갔다. 서너 시간 정신없이 쏘아대는 중기 기관총은 총열이 뻘겋게 달아올랐다. 수천 명을 수장시킨 인민군은 후퇴했다. 오 하사 일행은 소양로 방향으로 나가 석사동 사범학교에 있는 연대본부로 귀대했다.

6월 25일과 26일, 이틀간에 인민군 2사단은 탁 트인 벌판에서 무리한 공격을 억지로 하다가 아군 포병의 목표물이 되어 큰 손해를 보았다. 그들이 얼마나 혼이 났는지, 후에 춘천을 차지하자 적은 아군 포병장교 김성 소령이 묵고 있던 하숙집을 찾아가 방에 걸려있던 군복을 갈기갈기 찢어버렸다고 한다.

"이놈 때문에 우리 1개 연대가 모두 죽었다."

몹시 분개하며 마음이 쓰라리다고 했다. 또 한 하숙집 주인을 반동분자로 몰아 체포하였으나, 다행히 그는 잡혀가는 도중에 도망쳤다고 한다.

사단본부로부터 각 부대는 새로 막아내는 지역으로 물러나라고 명령했다. 제16 야전 포병대대 1중대장 김장근 대위는 소양강변 피투성이 싸움이 한고비를 넘긴 직후 춘천을 떠났다. 제1대대는 전날 오전부터 이틀간 164고지에서 공격 태세로 적과 맞버티어 왔지만, 장병들은 조금도 피로한 기색도 없이 사기가 하늘을 찌를 듯 높았다.

적이 가래모기 건너기 작전에 실패한 얼마 뒤에, 역골 부근에는 처음으로 적 기마병이 나타났다. 그들은 말에 76mm 곡사포를 끌고 왔다. 신동 국민학교 마당에 그 포를 늘어놓고 164고지 일대를 향하여 포격을 시작했다. 용감하고 침착하기로 이름난 제1대대장은 곧 그들을 무찌르려고 공격 준비를 시작했으나, 때마침 연대에서 물러나라는 명령을 알렸다. 대대장은 땅 모양과 작전을 헤아려 164고지에 모인 후, 제2대대가 감싸주어 할미 여울 건너 봉의산으로 물러섰다. 연대는 이틀간 쉴 새 없이 호된 싸움을 치른 제1대대는, 석사동에 모여 장병들의 피로회복을 시키고 되치기를 준비하도록 했다.

원진나루 일대를 막아내던 제2대대 앞에는 전날 가벼운 싸움이 있었을 뿐 적의 속내는 보이지 않았다. 그러나 춘천을 막기 위해 적의 옆면 위협을 없애야 하는 싸움 기술도 매우 중요한 지역인 만큼, 한시라도 주의를 가벼이 할 수 없는 곳이었다.

연대 대전차포 중대는 164고지~우두산에서 보병대대가 물러나기 직전, 소양교를 지나 봉의산 동편인 후평동에 준비된 진지를 차지했다. 적은 연대 진지에 대하여 포격을 퍼붓기 시작했다. 한편 인민군 제2군단 전술지휘소는 이날 밤 인람리까지 남하했다. 이와 같은 군단 전술 지휘소가 최전선 후방 10km 지점까지 내려온 것은 다름 아닌 싸움을 감독하고 사기를 북돋아 주려는 뜻인 듯하다. 그들은 그만큼 춘천 점령을 위해 온갖 수단과 방법을 다 끌어내고 있었다.

9. 개전 셋째 날 - 6월 27일(화)

적은 6월 17일 5시쯤부터 소양강 변과 봉의산 일대를 대포로 공격하는 동시에 시가지에도 요란하게 사격을 퍼부어 춘천 시내는 온통 불과 연기로 뒤덮여 불타는 도시가 되고 말았다.

그러나 적군은 제7사단 군인이 더 오기를 기다리는 듯, 옥산포~마전리~우두산 일대에 펼쳐있는 공격부대는 움직이지 않았다. 이날 아침 연대는 석사동에서 부대정비를 끝마친 제1대대를 소양교 ~뒷두루~153고지를 연결해 강을 따라 막아내는 진지를 팠다. 그리고 소양교를 중심으로 강가에 그물처럼 펼쳐 놓은 화기를 나누어 놓았다.

춘천을 막아내는 자연 장애물인 소양강은 강폭이 평균 200m~300m이며, 물이 깊어 건너기 어렵다. 그러나 우두 동쪽 할미 여울과 원진 나루만이 건너는 도구 없이 강을 건널 수 있었다. 연대장은 지난밤 수구동 도랑을 통하여 1개 중대 규모의 적이 568고지로 숨어들었다는 인근 주민의 정보를 받았다.

적군은 춘천~홍천 간의 싸움하기에 땅 생김새가 군사적으로 아주 중요한 곳인 원창고개를 점령하지 못하도록 그곳으로 연대 수색대를 보냈다.

만약 적이 앞에서 아군의 세력을 펴지 못하도록 하고, 제2대대 방어 지대에 주력부대를 넣어 원진 나루~대룡산~원창고개 옆으로 공격한다면, 연대는 꼼짝없이 포위되어 고빗사위에 때려 맞게 될 것이다. 연대장은 그것을 염려하여 옆으로 돌아 준비한 것이다. 그러나 인민군은 이러한 맞부딪침을 피했다, 강 건너 아군이 가장 강력하게 배치된 방어 정면을 뚫고 나가려는 데에만 달라 붙어, 아군으로부터 많은 희생을 당했다.

적과 마지막 판가름 싸움이 무르익는 가장 중요한 시기에, 연대장은 사단장으로부터 원창고개에서 적을 무찌른 후, 홍천 이남으로 물러나라는 작전명령을 받고 어리둥절했다. 분초를 다투는 형편 아래 주저하고 있을 수 없었다. 이 때 연대장은 비록 춘천에서 철수하게 되었으나, 현 방어선에서 적에게 최대한의 손해를 입힌 뒤에 차례로 늦추어 가는 작전으로 바꾸려고 했다.

연대본부가 철수 준비를 하고 있을 때, 적은 일제히 포문을 열고 연대 방어진지를 마구 때렸다. 무슨 이유에서 인지 대대적인 공격은 시행하지 않았다, 작은 부대 병력으로 할미 여울의 물 깊이를 살피는 정도로 맞붙은 싸움이 한결같았다. 인민군 7사단의 군사 늘림이 늦어지기 때문인 것 같았다. 이러한 뜨막한 상태가 지탱되다가, 해 질 무렵에 역골 부근 5번 도로에서 굉장한 먼지를 일으키며 전차가 남쪽으로 내려오기 시작했다. 홍천으로 가려던 인민군 7사단 병력과 T-34 전차가 드디어 나타난 것이다. 그러나 아군은 그것이 전차인지, 자주포인지를 구분하지 못하고 있었다.

이날 밤 연대 신 예비대는 적의 밤 공격이 있을 것을 준비하여 조심했으나, 적은 쳐들어오지 않았다. 여기에 강원 경찰 500여 명이 손계천 경감 지휘 아래 함께 작전에 참여했다. 근화동 일대 제방에 배치된, 연대 신 예비대는 제방에 준비된 호 속에서 졸고 있었다. 예비 대장 김근호 대위는 그의 경험과 본능적으로 느낌이 들었다. 이날 밤에 몰래 쳐들어올 것을 미리 짐작하고, 대원들을 강가 모래밭 일정한 자리에 나누어 지켰다. 대원들은 겁도 나고, 불안하여 졸지 않게 되었다. 대장이 미리 짐작한 대로 어둠 속으로 몇 명인지 알 수 없는 적이 드러나지 않게 강을 건너는 것을 보았다. 그때, "발사" 명령이 떨어졌다. 예광탄이 하늘 높이 솟아 보이는 적을 모두 무찔렀고 전투 경험이 없는 행정요원들에게 전투에 대한 자신감을 심어주었다.

동틀 무렵 잔뜩 흐린 하늘에서 빗방울이 떨어지기 시작했다. 달구비가 내리는 6월 27일 8시 마전리~우두리 일대에 펼쳐있던 적이 드디어 총공격을 개시했다. 소양강을 사이에 두고 펼쳐진 그들의 모양은 마치 당나라 수양제가 살수에 벌려 놓은 것과 비슷하여 실로 큰 산이 앞을 누르는 것 같았다. 그런데 그때 인민군의 질과 지휘관의 작전 지휘 능력은 아군 연대에 미치지 못했다. 이날의 적은 가래목 여울과 소양교에 병력을 한곳에 넣어 바로 앞을 보고 뚫고 나가려고 했다.

곧 뛰어난 불의 힘과 군대 힘인 병력에만 기댄 싸움법으로 적은 줄 지어 강을 건넜다. 아군이 새로 만들어 놓은 땅굴에서 쏘는 총탄에, 비명을 지르며 죽어갔다. 특히 할미 여울을 건너는 적을 막던 제1대대 3중대는 물속에 들어선 적에게 60mm 순발신관을 장치한 포탄으로 사격하여 큰 효과를 거두었다.

연대 장병들은 조금도 흔들리지 않았다. 총과 대포를 쏠 때 일어나는 불이 어지럽고 혼란스러운 상황 속에서 침착하게 싸웠다. 약 2시간에 걸쳐 여러 차례 되풀이되는 적의 공격을 물리쳤다. 어느덧 강변은 시체가 산처럼 쌓이고 피가 강같이 흘렀다. 이 전쟁터는 고통으로 울부짖는 소리로 지옥과 비슷

인민군 공격부대가 움직이고 있다

공격 공격! 앞으로······ 나가지 않으면 쏜다!

했다. 미련스러운 인민군도 약간 주춤해졌다. 증원부대를 기다리는 듯 마전리 부근 보리밭에 흩어진 채 머물러 있었다.

이 좋은 기회를 놓칠세라 105mm 직사포를 포함한 모든 화기가 그 보리밭 한곳에 사격을 퍼부어, 눈 깜짝할 사이에 쑥대밭을 만들었다. 얼마 후 T-34 전차 두 대 뒤에 1개 소대를 함께 씩 데리고 소양교로 바짝 대들었다. 그들은 다리 들목 삼거리에 부서진 자주포 2문을 길 밑으로 밀어낸 후 다리 위에 올라섰다.

소양교 일대는 아군 105mm 곡사포가 가려진 사각지대였다. 따라서 연대는 뒷두루(후평동)에 대전차포 중대를 두었다. 연대 내의 3개 중화기 중대와 배속된 사단 공병 1중대의 중기 기관총 2정을 범바위 위에서 몰아 쏘았다. 그러나 T-34 전차에 맞버틸 무기가 없는 아군에게 그 전차는 참으로 큰 위험하기 짝이 없는 대단한 힘을 드러냈다. 그들은 아군에게 소양교를 터뜨려 깨려는 준비가 없음을 확인한 듯, 전차를 앞세우고 마치 우박 쏟아지듯 다리 위로 쏘는 포탄에도 아랑곳하지 않고, 시체 더미로 메워진 다리를 건너려 했다. 적은 그날 오전 9시경 춘천 근처 신동까지 내려왔다. 계속 옥산포-소양교로 쳐들어왔다. 소양교는 춘천시를 남북으로 이어주는 하나밖에 없는 다리였다. 따라서 인민군은 춘천을 빼앗으려면 꼭 소양교를 건너야만 했다.

가래목 여울 전투, 강물 속에서 백병전 일어났다

가래목 여울에서 바라본 봉의산과 소양교

이에 맞서 국군 6사단 7연대와 16포병 대대 장병들은 소양강을 사이에 두고 열심히 싸워 적을 쫓아냈다. 이틀 동안 싸움에서 진 적은 6월 27일 아침, 춘천 시내에 마구 포탄을 쏜 뒤에 전차를 앞세우고 소총부대로 소양교를 건너오기 시작했다. 소양교에 폭약 장치해 놓았으나 그 전선 줄이 포탄에 끊겨 쓸모없는 물건이 되고 말았다.

그러나 국군이 봉의산 범바위에서 쏘는 기관총 사격에 적은 찬 바람에 나뭇잎처럼 떨어졌다. 소양교 위에 적의 시체가 여기저기 무더기로 쌓였다. 몇 번의 싸움에 진 적은 마지막으로 11시경 소련제 전차를 앞세우고 다시 쳐들어 왔다. 적 전차는 소양교 위에 널브러져 있는 인민군 시체를 마구 짓밟으며 소양교를 건너왔다. 소양교를 건너 남쪽 근화동으로 온 적 전차는 국군 지휘부와 범바위 기관총 진지를 향해 전차포를 마구 쏘았다.

인민군이 몰고 온 전차는 소련제로 마하일 이루잇치가 설계했다. 소련은 '로자나(조국)'란 애칭을 붙여줄 정도로 귀하게 여겼다. 제2차 세계대전 당시 독일군이 물밀듯이 모스크바를 향해 침공해 왔을 때 앞을 가로막은 건 T34 탱크였다. 85mm 전차포와 기관총 2문이 장착되어 있는 무적의 전차이다. 이 때 독일 기갑부대의 선봉은 50mm 포로 T34의 적수가 안 되었다. T34의 엔진은 수냉식 디젤로 발화점이 높고, 가솔린 엔진보다 장거리를 달리며 혹사해도 잘 견딘다. 장갑 두께는 45mm로 경사가 심해 아군 로켓탄이 관통 못 한다. 적 탱크는 시속 52km, 항속거리 350km가 된다. 6·25전쟁 때 인민군은 소련제 T34 탱크 150대를 앞세우고 남침했다.

장맛비 속에 딱-콩 딱-콩 콩 볶는 소리
붉은 깃발 앞세우고 개미 떼로 달려드는 인민군
범바위 기관총탄 바람에 눈 날리듯 날아간다

맏아들 지상낙원 찾아 월북한 다리 위
적군 시체는 찬바람에 나뭇잎 떨어지듯 쌓여만 간다
붉은 피 도랑물 되어 강으로 떨어진다

소양교는 무거운 시체를 이고 서 있다
그 다리는 탄알을 맞고 피를 흘린다
어미는 무거운 쇳덩이를 안고 서 있다

동생은 국군 형은 인민군
피 터지게 싸우고 있다
어미는 심장에 탄알을 맞고 쓰러진다

〈소양강 전투, 정승수 시〉

　연대는 버틸 수 있는 마지막 순간까지 있는 힘을 다해 버티어 보았다. 마침내 그들은 소양교를 건너, 봉의산 기슭 한 귀퉁이를 차지했다. 이는 1950년 6월 28일 12시를 조금 지나서의 일이며, 수도 서울도 이날 빼앗겼다. 이보다

약 30분 앞서 제2대대 앞에 적 장갑차 3대가 나타났고, 개인호에 하나하나 포탄이 날아왔다. 그러나 대대에서는 이에 맞버틸 무기가 없었다. 이리하여 병사들이 호 속에서 연이어 쓰러졌고, 어느 틈엔가 그들 사이에 두려움이 퍼져 병사들이 하나둘 진지를 벗어나면서, 방어 진지는 '우르릉' 소리내며 무너지기 시작했다.

이때를 놓칠세라 우두벌 보리밭에 숨어 있던 적이 한꺼번에 큰소리 지르며 강가로 몰려왔다. 적 군관은 뒤에서 권총을 뽑아 들고 싸움을 독려했다. 가래목 여울로 건너온 적군은 근화동 일부를 차지했다. 136고지 관측소에서 이를 지켜본 대대장은 이들을 향하여 81mm 박격포로 사격하라고 명했다. 이리하여 대대는 가지고 있던 박격포탄 모두 퍼부어 적을 물리친 후 석사리로 물러났다.

봉의산 관측소에서 형편을 지켜보던 연대장은 철수 명령을 알렸다. 그러나 연대는 쉽사리 춘천을 내어주지 않았다. 제1대대는 봉의산에서 2시간 동안 버티며 적이 춘천 시가지로 들어오는 것을 막다가, 14시 연대장이 관측소를 떠난 직후에야 석사리로 물러났다.

후평동의 대전차포 중대는 적 전차가 소양교를 건너자 곧 시내 조양동 고개로 옮겨 시내에 들어오는 전차를 사격하며, 이를 막는데 몹시 애썼다. 그러나 57mm 대전차포는 T-34 전차의 맞잡이가 될 수 없었다. 한편 근화동 일대의 연대 신 예비대는 철수 명령을 늦게 받았다. 적이 시내에 들어온 뒤에 철수해 남춘천을 지나 원창고개에 이르렀다. 그리고 신 예비대는 헤쳐 본대로 일을 보게 됐다.

동생은 국군 형은 인민군, 어미는 탄알 맞고 쓰러졌다

군관이 권총으로 독려하며, 소양교를 건너오는 인민군

춘천 시내로 들어오는 적 탱크. 1950. 6. 27.

소련제 탱크를 앞세우고 춘천 시내로 들어오고 있다

7연대는 석사리에서 철수 군인을 거두어들였다. 15시를 조금 지나고부터는 봉의산을 손아귀에 넣은 적은 아군의 움직임을 살필 수 있게 되었다. 이 부근에도 포탄이 떨어지므로 학곡리를 거쳐 원창고개로 물러났다. 이곳에서 연대는 제2대대를 고개 8부 능선에 배치하고, 나누어 철수 중인 제1대대 병력을 고개 꼭대기에 숙영토록 했다. 연대본부는 원창고개로 철수했다.

10. 원창고개의 혈투

국군 제2대대 수색 중대는 급히 대룡산 정상을 향해 달려갔다. 수색 1소대 박노원 소대장도 서쪽 기슭으로부터 오르기 시작했다. 구봉산에서부터 대룡산 8부 능선 동쪽에서 정상을 향해 올라가는 적을 만났다. 서로 정상을 먼저 차지하려고 전투가 벌어졌다.

이 고지는 대룡산에서 작전상 가장 중요한 요충지로서 어떠한 희생을 치르더라도 확보해야만 했다. 박 소대장은 두려움이 앞섰다. 그때 어머니가 어릴 때 읽어 주시던 성경 말씀이 생각났다.

'내가 음침한 골짜기로 다닐지라도 해를 두려워하지 않는 것은 주께서 나와 함께 하심이라.'

그 말씀을 믿고 기관단총을 쏘면서 적군 앞으로 돌진해 갔다.

"돌격 앞으로, 돌격!"

적은 의외로 강력한 기습을 받게 되자 우왕좌왕 허둥대다가 후다닥 도망치기 시작했다. 그는 도망가는 적을 향해 계속 사격을 가하며 돌진했다. 그런데 등 뒤에서 박 소위를 부르는 소리가 들렸다.

"소대장님, 소대장님……"

뒤돌아보니 연락병이 가슴에 총을 맞고 애타게 부르고 있다.

박 소위는 그에게로 달려갔다.

돌격- 돌격 앞으로!

"소대장님, 물 물 물 좀……."

총상을 입은 사람에게 물을 주지 말라는 철칙이 있다. 그러나 살 가망이 전혀 없다. 계속 물 달라고 애원하는 눈길과 고갯짓하며 눈을 감았다. 춘천사범학교 3학년으로 학도호국단 대대장을 한 학생이었다. 그 학생과는 특별히 친한 사이였다. 젊은 나이에 아침이슬처럼 사라져간 제자를 생각하니 가슴 아팠다.

어둠이 깔리자 적들은 최후의 발악을 하듯 쳐들어와 피아를 구별할 수 없는 아수라장이 되었다. 그믐밤이라 어두운 가운데 서로를 구별하지 못했다. 적을 구별하는 방법으로 소총을 만져보거나 머리를 만져보았다. 머리가 길면 적에게 사살 당했다. 아군이 사용하던 식별 방법은 등허리를 만져보아 상의 뒤에 위장망이 달려 있으면 적이라는 것이다. 육박전에서 적을 섬멸한 박 소대가 속한 수색 중대는 고지를 완전히 탈환했다.

몇 시간 후 아침햇살이 눈부시다. 눈을 들어보니 고지 정상은 생지옥 그대로였다. 피아간 시체로 뒤엉킨 참상은 글로 표현할 수 없을 정도였다.

고지는 한낮이 되자 시퍼런 왕파리 떼가 몰려오고, 악취로 숨 쉴 수 없었다. 시체를 매장할 시간이 없다. 햇볕이 따가워지자, 시체는 부어오르고 시커멓게 변해갔다. 시체가 썩는 것이 아니라 녹아내리고 있었다. 끈적끈적한 기름처럼 녹아내리며 노출된 뼈는 불그죽죽했다.

옷에 붙은 피를 빨 수 없다. 흙과 솔잎으로 문질렀다. 빨래는커녕 식수 때문에 당하는 고통은 말이 아니었다. 식사 보급이 제대로 되지 않으니까 배고픔을 건빵으로 때우려니 갈증은 더욱 심했다. 오뉴월 뜨거운 햇볕에 물이 없으니 소나무껍질을 벗겨 씹어 보았으나 갈증은 여전했다.

더구나 병사들의 몸은 땀으로 수분이 빠진 상태였다. 입에는 백태가 끼고 팔은 염분으로 허옇게 불어났다. 시원한 냉수 한 사발 벌컥벌컥 들이켰으면 이것이 제일 큰 소원이었다.

수색중대에 속한 박 소대는 밤에 있을지 모르는 적의 공격에 대비하기 위해 참호를 손질하고, 시체는 구릉에 쌓아 두었다. 그 손으로 주먹밥과 물을 마시니 기운이 들었다.

야간에는 개인 호 속에 병사와 병사를 줄로 연결하여 서로 당겨보고 옆에 모두 있음을 확인시켜 안도감을 느끼게 했다. 부대가 무너지고 후퇴하게 되는 요인 중 하나는 나 혼자만이 지키고 있다는 고독감과 공포심 때문일 것이다. 신병들은 공포에 떨고 있다가 옆에 전우가 없다든가 바스락 소리라도 나면 놀라 뛰게 된다.

한 사람이 후다닥 뛰면 도미노 현상이 일어나 모두 도망가게 된다. 그러므로 병사들에게 안도감을 주는 것이 제일 중요하다. 그래서 서로 줄로 연결하는 방법을 이용했다.

연대장은 제2 대대에게 원창고개를 별명이 있을 때까지 지켜 적을 저지 격파하라고 명령했다. 원창고개는 표고 600m이며, 산 북쪽 기슭은 급경사이고 나무가 없다. 이 고개의 정상까지 많은 굴곡을 이루고 있다. 지키는 부대는 관측과 사계가 양호하여 중요한 지역이다.

대대장은 언제까지 이 고개를 사수해야 할지 예측할 수 없으므로, 적으로부터 완전히 포위될 위험과 극한 상황을 고려해 피로에 지친 병사들을 위로하면서 전면 방어태세를 갖추었다.

이즈음 5번 도로로 직행하고 있던 적의 주력은 사암리에 이르러 각종 화기를 원창고개로 집중하면서 적 수색 중대로 대대에 접근하여 사격을 가하기도 하였다. 적은 포병과 전차를 석사리까지 나와, 밤을 새워 원창고개를 난타함으로써 그 일대는 모래와 자갈로 뒤덮였다. 이로 말미암아 대대의 호 구축은 지지부진하여 겨우 직격탄을 피할 수 있을 정도의 은폐호를 팠을 뿐이었다.

6월 29일 제2 대대는 주력 철수의 엄호를 마치자, 적과의 일전을 다짐하면서 전력을 굳히고 때가 오기를 기다렸다. 적들의 포격이 점점 열도를 가하기 시작하더니, 2개 연대 규모가 시야를 메우고 올라왔다. 이를 목격한 대대장은 "적이 앞에 200m로 접근할 때까지 사격하지 말라." 명령하여 침묵을 지키고 있었다. 그들은 붉은 기를 앞세우고 물결치듯 밀려들어 드디어 최후 저지사격권 내에 들었다. 대대장의 사격개시 명령이 떨어지자마자 일제히 전 포구는 불을 토하고 기관총으로 집중적으로 강타하니, 적들의 비명은 하늘을 찔렀다. 악랄한 교전 끝에 4파가 쓰러지면 5파가 다시 비집고 나오는 연속적인 파상공격으로 돌파를 시도했으나, 끝내 시체만 늘어날 뿐 침공 기세가 한풀 꺾였다.

11시경 1개 대대 규모가 공격하기 시작했다. 다시 전투태세를 갖추고 근접하기를 기다렸다. 바로 이때 대대장은 제5중대장 김상홍 대위로부터 "적이 백기를 들고 올라옵니다."

보고를 받고 앞으로 나와 보니 큰 백기를 흔들면서 올라오고 있었다.

적들은 서서히 웃음을 띠며, 20m 앞까지 오더니 갑작스레 백기를 내던지자마자 어깨에 숨겼던 따발총을 꺼내 난사함으로, 일순간 백병전이 벌어졌다.

적이 백기를 들고 올라옵니다

서로 얽힌 혼전으로 양측 모두 사격은 제쳐놓고 총검과 주먹의 대결장이 되었다. 대대장도 적병과 맞붙어 뒹굴다가 연락병이 날쌔게 적을 사살하고 위기일발에 구출했다.

그 후 6사단은 진천, 화령장, 신령, 영천 전투를 승리로 장식하고, 10월 2일 13시에 춘천을 수복함으로써 3개월간 공산 치하에서 신음하고 있던 시민들의 열렬한 환영을 받았다. 그리고 도청 게양대에는 태극기가 다시 휘날리게 되었다.

제7연대는 정정당당하게 싸우는 강한 군대였다. 동서고금을 막론하고 적의 압력으로 철수하게 되는 부대는 흔히 지휘계통이 깨지기 쉽고, 사기 저하로 말미암은 손실이 뒤따르게 마련인 것은 전사 상의 통례이다. 따라서 철수 때에 질서를 유지할 수 있는 군대를 우리는 정병강군이라고 일컫는다. 춘천에서 철수할 때 연대가 물러난 것은 야간도 아닌 주간에, 물러서는 북새판에도 적을 억누르면서 계획된 새로운 방위지역으로 철수함으로써, 한국 전쟁사에 길이 빛날 본보기를 남겼다.

춘천 전선은 전국에 많은 영향을 주었다. 아주 작은 한 지점에 불과하지만, 인민군이 춘천을 계획대로 빨리 점령하는 데에 실패했다. 그 결과로 적들에게 대단히 불리한 새로운 판세를 스스로 가져왔다. 그 기간 알맞은 때 미국 등 우방의 참전과 UN 안보리 결의로 UN군이 싸움에 참여하게 되었다. 대한민국을 위기에서 구출하게 된 춘천대첩의 기틀을 마련한 전승이었다.

인민군 제2군단장 김광협 소장은 소련 육군 중장 테렌티 스티코프의 특수임무 팀과 사전에 작전계획을 짰다. 인민군 2사단으로 하여금 실전토록 한

6·25 전쟁 작전계획은 군사용어로 '광정면 대우회 포위기동(廣正面 大遇廻 包圍機動)'이다. 인민군의 기본 작전은 1군단이 서울을 공격하고, 2군단은 하루 만에 춘천을 점령하면 이천-수원으로 돌아 육군본부를 포위 멸망시키려는 계획이었다. 그러나 뜻하지 않게 3일간 고전할 때, 적 1군단은 서울을 점령하고 기다리고 있었다. 그러나 춘천 전투는 그리 호락호락하지 않았다. 계획된 대로 풀리지 않자 김광협은 인민군 2사단장을 바꾸었다. 인민군 19사단은 인제~홍천에 이르는 도로를 따라 공격하여 국군 제6사단 퇴로를 차단한 후 원주를 경유하여 남진하려고 했다. 그러나 여의찮았다.

우리 국군 7연대는 열심히 싸워 버티었으나, 결국 춘천은 3일 만에 뺏겼다. 힘이 모자라 뒤로 물러설 수밖에 없었다. 그러나 이 3일간의 전투로 육군본부가 무사히 남쪽으로 후퇴하게 되어, 적이 춘천을 그날로 빼앗으려던 계획이 실패로 돌아갔다. 이에 분노한 김일성은 김광협을 군단장에서 해임하고 팔로군 출신 김무정으로 교체했다.

홍천 말고개까지 진출한 19사단에서 2개 연대를 2사단에 지원케 했다. 우두 벌판에 춘천 점령을 목표로 집결한 인민군은 무려 5개 연대였다. 우리 국군은 2개 연대로 3배의 적을 맞이하여 황금 같은 3일을 방어해 대첩을 이룩한 것이다. 여기서 인민군 2군단은 춘천 점령이 계획한 것보다도 늦어진 탓으로, 서울 포위 작전에 참여하는 것을 포기하고 원주로 향했다.

돌이켜 보건대 춘천 소양강 전투에서 지속된 3일간의 지연방어전이, 6월 27일에 서울을 빼앗겼음에도 불구하고 인민군이 3일간 허송세월하고 있을 때 국군 주력부대가 한강 이남으로 철수할 수 있는 큰 역할을 해 냈다.

11. 세상이 바뀌다

하늘이 쪼개지듯 요란했던 총소리가 뚝 그쳤다. 이런 때엔 고요함이 더 불안했다. 미처 피난 가지 못한 어머니와 누나 동생 정우, 텁석부리 수염을 자랑하는 방귀쟁이 뿡뿡이 김 영감, 음식솜씨 좋은 승배 어머니와 함께 승우는 방공호 속에 숨어 있었다. 총알이 솜은 뚫지 못할 것이라고 오뉴월 더위에도 각자 솜이불을 쓰고 있었다. 세상이 변한다면 앞으로 어떻게 살아갈지 불안했다. 보리밥을 먹고 할아버지는 "뿡-뿡" 줄방귀를 뀌었다.

뿡뿡이 김 영감은 헛기침하고 곰방대를 물고 밖으로 나갔다. 어둠이 잠길 때 우리는 막장에 갇힌 광부처럼, 앞으로 어떻게 세상이 변할지 아무도 몰랐다. 캄캄한 방공호 바닥에 웅크리고 앉아 밤을 새웠다.

해 뜰 참에 가랑비는 그쳤다. 동살이 비치면서 3일 만에 보는 해다. 배가 고파 보리밥을 먹으려니 끈적끈적하고 쉰내가 물씬 풍겼다. 밥도 지을 수 없는 긴박한 형편이었다. 다섯 살 난 동생 정우가 방공호 밖으로 나가 소변을 보고 있었다. 그때 봉의산 넘어온 인민군이 저벅저벅 걸어서 쫓아왔다.

"쌍간나 새끼들, 굴속에서 빨리 나오라우. 국방군 새끼 없지비?"

얼굴은 새까맣고 눈이 충혈된 인민군 분대장이 말했다. 명지바람이 뺨을 스치었다. 인민군을 처음 보는 승우는 몹시 두렵고 치를 떨었다. 승우 또래로 짐작되는 2×8세 소년병이, 그의 가슴에 장총을 들이댔다. 땀과 먼지로 때 묻은 누런 군복에 위장망이 덮여 있었다. 역겨운 개 비린내 냄새가 물씬 풍겼다. 며칠을 씻지 않았는지 더러운 병사였다. 예쁜 백합에서 구린내가 난다면 그건 꽃이 아니다. 냄새는 본심 그대로의 모양이다. 결코 냄새에서 자유로울 수 없다. 소년병에게서 나는 냄새는 사람을 많이 죽인 피의 냄새요 죽음의 냄새며 증오의 냄새였다. 승우의 머리에 철모를 쓴 자국이 있나 보고 손을 만져보았다. 손을 보면 그 사람의 직업을 짐작할 수 있기 때문이다.

승우는 자기 또래의 소년병이 불쌍해 보였다. 겁에 질려 말도 못 하고 고개만 절레절레 흔들 줄 알았는데 싱긋 웃어 주었다. 이외의 반응에 장총을 내려놓으며 그도 안심이 된 듯 미소를 지었다. 어깨에서 허리 쪽 대각선으로 내려뜨린 장총 탄띠와 순대같이 생긴 비상식량 자루를 X자로 멘 소년병은 피곤해 보였다. 그 소년병이 든 소련제 아카보 장총은 더덕을 캐기에 좋을 듯한 긴 창이 꽂혀 있었다. 그 '따-꿍' 총을 어깨에 메고 있다. 그 병사의 작은 키보다 길어 땅에 끌릴 것처럼 힘겨워 보였다.

인민군 병사가 화염방사기를 굴속에 대고 쏘았다. 굴속에는 승배 어머니가 호빵을 만들려고 준비한 재료가 있었다. 막 부풀어 올라온 밀가루 반죽이 뜨거운 열에 익었다. '퍼-0, 퍼-0' 폭죽처럼 터지는 소리를 내며, 높이 솟아오르더니 하늘로부터 내려온 만나처럼 뻥튀기로 익어 땅바닥에 '후드득 후드득' 떨어졌다. 서너 끼를 굶은 피난민들은 염치없이 주워 먹었다. 배고픈 인민군들도 안심이 된 듯 뻥튀기를 맛있게 먹었다. 먹는 데는 말이 없었다. 같은 음식을 함께 먹는다는 동질감은 서로가 믿고 정이 통한다는 것이리라.

뻥튀기가 만나처럼 하늘에서 쏟아졌다

따발총을 든 분대장 얼굴은 검게 타고 눈알은 빨갛다. 그는 부드럽게 말했다.

"여러분! 미 제국주의로부터 해방되었으니 안심하시라요."

승우 어머니는 하얗게 얼굴색이 변했다. 입속말로 '어쩜 좋으냐? 어쩜 좋으냐?' 탄식하면서 몸이 휘청거렸다. 아들을 해병대에 보낸 승배 어머니는 어리 벙벙 눈에 정기 없이 희미하게 풀려 보였다. 경찰 아들을 둔 뽕뽕이 할아버지는 어리둥절 얼굴이 파랗게 사색이 되어 수염이 부들부들 떨렸다. 늦은 봄에 함박눈 내리듯이, 갑자기 변한 세상에 모두 심한 낯가림을 하고 있었다.

그 인민군 분대장이 승우네 집을 가보자고 했다. 마당에 들어서니 화단에 며칠 전 모종을 한 백일홍이 자라고 있다. '백일홍이 피고 지는 백일 안에 춘천은 회복되려나…?' 이름이 왜 백일홍일까? 명지바람 타고 자유가 달려와 100일 안에 해방되기를 기원했다.

안방문은 열려있었다. 벽에는 백두산 천지와 태극기가 휘날리는 포스터가 보였다. 따발총으로 욱대기며 그 포스터를 찢어버리라고 했다. 어느새 동생이 대청마루에서 장난감을 가지고 놀고 있었다. 인형 장난감 몇 개는 미국으로 유학 간 승우 삼촌이 보내준 어린이날 선물이었다.

그 디즈니 인형들이 손을 흔들며 저벅저벅 걸어 나왔다. 깜짝 놀란 인민군은 마당에 따발총을 내려놓은 채 궁둥 방아를 찧었다. 신기한 듯 보다가 작은 인형 하나 가슴에 품고 바쁘게 나가버렸다.

하루아침에 세상이 바뀌었다. 승우는 나라 잃은 슬픔에 두 다리 뻗고 한참을 소리죽여 울었다. 도청을 쳐다보니 붉은 기가 휘날리고 있다. 날씨가 추워진 후에야 소나무는 군건하다는 것을 알게 되듯이, 나라를 잃고서야 태극기가 중요하다는 사실을 깨달았다.

평소에 국가와 군 지도부가 신뢰받아야만 국민의 충성심을 끌어내고 함께 국난을 극복할 수 있다. "도(道)란 백성들로 하여금 국가의 뜻을 같이하여 함께 죽고 함께 살아서 백성이 위험을 두려워하지 않게 되는 것"이라고 손자는 말했다.

소양강 전투에서 3일간 막아낸 소양교는 70년이 지난 지금도 다리에 많은 탄흔의 상처를 간직하며 여전히 거기에 서 있다. 그날의 뜻을 세우며 기리기 위해, 젊은 영혼을 위로하는 춘천 대첩 기념을 춘천 시민 아니 전국 행사로 소양교에서 실시하면 어떻겠는가?

역사적으로 고려 때는 거란·몽골과 싸웠으며, 임진왜란 때는 왜놈들과, 병자호란 때는 청나라와 싸웠다. 그러나 이 전쟁은 같은 민족끼리 형제끼리 싸우는 전쟁이다. 이데올로기로 싸우는 황당한 싸움이었다. 뚜렷한 이유도 모르면서 서로 죽이고 죽였다. 신을 믿는 사람과 신을 믿지 않는 사람과의 전쟁이다. 무신론자와 싸움이다. 내 생각과 네 생각이 다르다고 죽이고 죽이는 전쟁이다. 아들이 아비를 고발하고 형이 아우를 죽이는 전쟁이다.

치안의 공백 상태, 인민군이 지나간 뒤 하루 동안은 무법천지였다. 아군 6사단 정보처가 쓰고 있던 2층 건물로 난민들은 우르르 몰려들었다. 그곳 창고 문을 열었다. 쌀과 소고기를 제각각 힘닿는 대로 지고 나갔다. 그뿐이랴, 빈 상점에 들어가 필요한 물건을 훔쳐 갔다. 피란 간 집에 귀중품도 훔쳐 가는 사람도 있었다. 이렇게 군중들은 떼도둑으로 변했다. 법 없는 세상, 무의식 속에 감추어 두었던 이글거리는 욕망이 분수처럼 뿜어 나오고 있었다. 남보다 더 많이 가지고 싶어 하는 욕망, 전쟁 통에 언제 죽을지 모르는 순간에도 잘살아 보려는 욕망, 남의 물건을 훔쳐 가는 모습에서 승우는 자기 모습도 더 나을 것이 없다는 허무한 생각이 들었다.

승우네 집 울타리 밑에 다붓이 피기 시작한 백일홍의 붉은 빛처럼 붉은 깃발 아래 백일 간이 공산 치하에서는 숨도 크게 쉴 수 없었다. 지방 빨갱이들은 미친 듯이 천방지축 날뛰었다. 승우네 집에 하숙하고 있던 최 서방도 갈개발 노릇을 하느라 붉은 완장을 찼다. 뻘겋게 눈을 뜨고 군인·경찰 가족을 잡아냈다. 자본주의는 도망가고, 붉은 완장이 판치는 세상이 되었다.

마흔 살이 넘은 노총각 최 서방은 명화에게 음식점 차려주고 장가들었다. 완장을 차고 거들먹거리는 최 서방에게 명화는 충고했다.

"도 위원장이나 시 위원장이 완장 차고 다니는 것 보았소? 진짜배기 완장은 눈에 안 보이지. 공산당 밑에서 심부름하는 하질이 바로 완장이지요. 이럴 때일수록 정신 차리고 어려운 사람 도우세요. 세상은 돌고 도니까요. 권세는 백일홍이지요."

명화는 자기 경험에서 나오는 바른말을 했다.

자본주의 사회에서는 출세가 완장이고, 돈이 완장이다. 빽이 완장이고 학력이 완장이었다. 그러나 세상이 바뀌니 공산주의가 완장이다. 무식해도 좋고 가난해도 좋다. 머슴도 좋고 식모도 좋다. 사상만 철저하면 빨간 완장을 차고 큰소리치는 세상이 되었구나! 빨간 완장은 매일 지칠 줄 모르는 흥분의 도가

연대정보처의 쌀, 고기, 통조림을 훔쳐 가고 있다

빈집털이

빈집털이가 극성이다

니 속에서 쌀 속에 뉘를 골라내듯이 지주나 부자들, 군인, 경찰 가족들을 골라냈다. 반동분자라는 이름으로 숙청했다. 하루는 장학리 악질 지주를 잡아왔다. 네거리에 여러 사람이 모인 광장에서 인민재판이 시작되었다. 한 내무서원이 말했다.

"인민들의 피를 빨아먹은 거머리 같은 인간입니다. 어떻게 처벌할까요?"

"죽여요, 때려죽여요."

붉은 완장이 제창했다. 그 자리에서 몽둥이로, 돌로 쳐 죽이는 만행을 저질렀다.

승우네 뒷집에 최 영감이 살았다. 그가 태극기 감추어 둔 것을 초등학교 다니는 손자가 고발하여 악질 반동분자로 몰려 유치장 신세가 되었다. 며칠 후 그 영감 시체 위에 피 묻은 태극기가 놓여 있었다.

생각지도 못했던 일이 일어난 것이다. 6·25 전쟁을 겪고 나니 우리 역사는 알 수 없는 퀴즈다. 6·25 전쟁은 도무지 모르는 데서 시작되었다. 그날 새벽까지도 몰랐다. 도무지 준비 없이 환란이 닥쳐왔다. 국가가 외적에 대한 준비가 그렇게 없었다는 것은 부끄러운 일이었다.

뿡뿡이 김 영감은 소양강에서 빠져 죽은 인민군 시체 건지는 일에 강제 동원되었다. 며칠 전 오경우 하사 소대가 할미 여울에서 쏘아 죽인 인민군 시체는 할미 여울에서 50m가량 떠내려갔다. 그곳은 '구궁리 궁채'로 물이 빙글빙글 도는 깊은 곳이었다. 그 물속에 시체들이 쌓여있었다.

김 영감 일행은 군관을 따라 나룻배를 타고 물속 시체 건져내는 작업을 했다. 물살이 세기에 낚싯바늘을 매달고 거기에 걸린 시체를 한 구씩 건져내는 일이다. 그 일을 사흘간 계속하였는데 약 2천구의 인민군 시체를 건져냈다. 그 시체들을 인근 백사장에 매장했다.

승우는 모수물 고개 너머로 인민군에게 끌려가는 천주교 신부를 보았다.

"저 양키 놈 죽여라!"

지방 빨갱이가 소리쳤다.

"생명은 하느님이 주신 것이니 함부로 말하지 마시오."

소양천주교 주임신부는 이렇게 말했다. 그리고 기도했다.

"주님, 비록 우리의 죄악이 우리를 고발하더라도, 주님의 이름을 생각하셔서 선처해 주십시오. 우리는 수없이 반역하여 주님께 죄를 지었습니다. 주님은 한국의 희망이십니다. 한국이 환란을 당할 때 구하여 주시는 분이십니다. 그런데 어찌하여 이 땅에서 나그네처럼 행동하시고, 하룻밤을 묵으려 들른 행인처럼 행동하십니까? 어찌하여, 놀라서 어쩔 줄 모르는 사람처럼 되시고, 구해줄 힘을 잃은 용사처럼 되셨습니까? 주님, 그래도 주님은 우리들 한가운데 계시고, 우리는 주님의 이름으로 불리는 백성이 아닙니까? 우리를 그냥 버려두지 마십시오. 주님 저는 이제 하느님 곁으로 갑니다. 저들의 죄를 용서해 주시옵소서. 아멘."

신부는 잣고개 숲속 죽음의 골짜기로 끌려가 그날로 순교했다.

승우는 슬펐다. 왜? 성직자들이 고난을 받아야만 하는 것일까? 기도하는 시간보다 딴 일에 한눈팔지 않았는지. 목사들도 잡혀갔다. 신도들의 고통보다 재물을 우선시하지 않았는지. 환우를 돌보는 게 을리하지 않았는지. 오직 예수를 닮은 생활을 했는지. 신도들은 국가를 위해 낙타 무릎 되도록 열심히 기

내무서원에게 끌려가는 신부

도했는가?

공산당들은 '일하기 싫으면 먹지도 말라'는 성경 구절을 구호로 인용했다. 그래서 신부, 목사, 스님을 싫어했다. 신앙심으로는 사회주의 이론을 받아들이기 어렵기 때문이다. 그들은 하느님 자리에 위대한 김일성 장군을 앉혀 신격화했다. 종교는 아편이다. 그래서 성직자들은 노동하지 않고 입으로 먹고살기 때문에 밥버러지로 치부하고 숙청시켜야만 한다고 주장한다.

잣고개는 뒷두루 가는 길 봉의산 동남쪽에 있는 가파른 고개다. 잣나무가 우거진 깊은 골짜기다. 인민군은 부자, 지주, 사상범들을 하루에 몇 명씩 이곳으로 끌고 가 총살했다. 무고한 사람 죽이는 것은 천인공노할 일이다. 지주나 부자들, 경찰 가족과 군인 가족은 참혹하게 얻어맞고 죽을 지경에 이르렀다. 주민들도 먹을거리가 없어 고통받는 사람들뿐이었다. 피난 가지 못한 백성들은 숨어서 하염없이 눈물을 흘렸다. 남한에 산 죗값이다.

낮에는 동네별로 모아놓고 사상교육을 했다.

"인민 여러분! 이제 새 세상이 왔시오. 지주나 부자들은 없어지고 노동자, 농민들의 세상이 왔시오. 땅도 똑같이 나누어 갖고요, 재산도 똑같이 나누어 갖지요. 얼마나 공평한 세상이 되었습네까? 안 그렇습네까, 여러분!"

모인 동네 사람들은 부서지라 손뼉을 쳐 댔다.

여성 동무가 나와서 〈오직 한마음〉이란 노래를 가르쳤다.

오늘의 이 행복을 그 누가 주었나
노동당이 주었네 공산당이 주었네
김일성 대원수가 이끄시는 길 따라
목숨도 바쳐가리 오직 한 마음

광신도처럼 미쳐 날뛰었다. 이 땅에 파라다이스가 온 것처럼 모두 환상에 젖어있었다.

생각지도 못했던 일도 일어났다. 승우네 반에서 줄곧 반장을 했던 영찬이 아버지가 강원도당 인민 위원장이 되었다. 가난한 노동자들이 공산당으로 전향하는 줄 알았다. 그러나 춘천에서 제일 부자요 할아버지는 일제 강점기 때 군수를 지낸 영찬네가 공산당 우두머리가 될 줄이야 꿈에도 상상하지 못할 일이었다.

영찬이 아버지와 같은 지식인들을 손아귀에 넣고 자연스럽게 그 지식인들을 꼭두각시로 만들어 공산당이 그 배후에서 조종하는 것이다. 맹목적으로 받드는 교조주의적인 주자학과 교조 사회주의 논의가 비슷한 점이다.

무소유 피해자인 노동자, 농민에게 땅과 재산을 똑같이 나누어주고 신분도 '동무'라 부르는 평등한 세상이 온다고 했다. 이런 달콤한 선전에 혹하고 넘어갔다. 그러나 공산주의의 약점은 내 땅이나 내 재산을 마음대로 쓸 수 없다는 것이다. 모두 국가재산에 귀속되어 있기 때문이다. 거주이전의 자유가 없어 공산당이 "연변에 가서 살아라." 하면 그곳으로 가야 한다. 농사도 협동농장으로 쌀을 생산해 내고도 일제 강점기 때처럼 배급을 타 먹어야 한다.

언론의 자유도 없을 뿐만 아니라 선거의 자유도 없다. 당 간부들은 상층계급으로 백두혈통이나 빨치산 후예들이 주로 평양에 거주하고 있다. 공산당원이 감독하는 지방 인민들은 하위계급으로 노예 같은 생활을 하고 있다. 속이 빈 공갈빵처럼 새빨간 거짓말만 하므로 공산당을 빨갱이라고 부른다.

승우네 집에도 큰 변화가 일어났다. 붉은 완장을 찬 최 서방이 정치보위부 군관과 함께 나타났다. 아버지가 항일 투사였으니까 대우해 준다고 했다. 아버지는 작은 인쇄소를 하셨다. 3·1운동 때 독립선언문을 몰래 인쇄해 주었다. 일본 순사에게 잡혀가 심한 고문을 받고 그 후유증으로 해방되던 해 정월에 옥사하셨다. 그래서 항일 투사라 했다.

승우 어머니에게 전리품인 쌀과 옷감을 지켜달란다. 옥천동 적산가옥인 속칭 도깨비 집으로 우리 가족은 이사 갔다. 콩나물죽 아니면 시래기죽으로 겨우 입에 풀칠했던 시절이었다. 이사 간 날 밤이었다. 승우는 하늘에서 쌀과 금덩이가 낙하산을 타고 내려오는 꿈을 꾸었다. 푸른색, 붉은색, 초록색, 노란색 낙하산에 매달린 금덩어리와 쌀가마가 집 마당에 수북이 떨어졌다. 기뻐하며 거두어들이려는 순간 얼굴은 붉고 머리엔 불난 도깨비들이 나타났다. 그들은 무지막지스러운 철퇴를 흔들며 마당에 들어섰다.

우리들은 봉의산 도깨비다
김일성 원수께서 주시는 선물

금 나와라 뚝-딱 쌀 나와라 뚝-딱

이밥에 쇠고깃국 먹여주마
인민을 사랑하는 어버이 마음
밥 나와라 뚝-딱 국 나와라 뚝-딱

공산당은 도깨비장난이다. 말로만 풍성했지 새빨간 거짓말이었다. 하루아침에 흥부네 집처럼 방마다 쌀이요, 고급 옷감이 산더미처럼 쌓였다. '이런 좋은 세상이 오다니!' 꿈만 같았다. 공산당은 승우네 가족에게 은인이요 구세주였다. 새로 이사 온 집은 50여 평이 넘는 적산가옥이었다. 식량난이 극심한 때라 네 식구 밥걱정 안 하게 된 걸 다행으로 여겼다. 밥뿐만 아니라 비단이나 옥양목으로 옷도 해 입을 수 있었다.

우중충한 도깨비 집이 마음에 걸렸다. 모험을 좋아했던 승우는 도깨비가 들어간 대들보로 올라갔다. 원숭이처럼 여기저기 살펴보았다. 먼지만 수북이 쌓여있다. 구석진 곳에 신문지 뭉치가 있다. 두근대는 가슴을 진정시켰다. 풀어보니 100달러 80장이 들어있다. 군관 몰래 어머니 귀에 대고 속삭였다.

"어머니, 대들보에 달러가 있어요. 보세요."

봉투 속에 달러를 보여드렸다.

"내 복에 없는 돈은 화근을 불러온다더라. 잘 간수하고 두었다가 주인에게 돌려주자."

고 하셨다. 춘천 검사장 관사로 쓰고 있던 집이었다.

어머니는 예화를 들려주셨다.

어느 마을에 정직한 젊은이가 살았어. 그는 빵 가게에서 사 온 빵을 먹다가 빵 속에 금화가 든 것을 발견하고 깜짝 놀랐어. 금화를 들고 빵 가게로 달려갔지. 빵 가게 주인은 나이 많은 할아버지였어. 젊은이는 할아버지에게 금화를 보이며 말했어요.

"이 금화가 빵 속에 들어 있었습니다. 자 받으세요."

할아버지는 고개를 갸웃거리며 젊은이를 쳐다보았어.

"빵 속에 금화가 있을 까닭이 없지 않은가? 나는 이걸 받을 수 없어. 그건 자네가 갖게."

"아닙니다. 이건 할아버지 것입니다."

"젊은이, 자네는 그 빵을 샀어. 그리고 금화는 그 빵 속에 들어 있었네. 그러니까 그건 자네 거야. 그러니 금화를 받을 수 없네."

"저도 금화를 가질 수 없어요. 저는 빵을 산 것이지 금화를 산 것이 아니니까요."

이런 이상한 다툼은 다른 사람들의 관심을 끌게 되어 여러 사람이 모여들었지. 둘이 밀고 당기고 실랑이하고 있을 때, 그걸 보고 있던 한 신사가 두 사람에게 말했지.

"두 분, 제게 좋은 생각이 있습니다."

"말씀해 보시지요."

우리들은 봉의산 도깨비다

"두 분 다 편안해지는 방법은 이렇습니다. 먼저 젊은이는 금화를 할아버지께 드립니다. 젊은이는 빵을 산 것이지 금화를 산 것이 아니니까요.

"그렇게 하면 내가 부정직해지는 게 아니요?"

"그렇지 않습니다. 할아버지는 그 금화를 잠시 받기만 하시면 됩니다. 그 금화를 받자마자 젊은이가 정직한 마음을 가진 데 대한 상으로 다시 돌려주십시오."

"아, 그거 좋은 생각이네요."

구경꾼들도 이구동성으로 찬성했어. 이때 할아버지는 가게 안에서 오랜 고뇌 끝에 밖으로 나왔어. 할아버지 손에는 금화와 함께 여러 장의 문서가 들려 있었어.

"여러분, 나는 이제 너무 늙어서 빵 가게 일을 더 이상 하기 어렵습니다. 그래서 제가 평생 모아놓은 재산을 어찌하면 좋을까 곰곰이 생각해 보았습니다. 나는 정직이야말로 세상에서 가장 큰 덕목이라고 생각해 보았습니다. 그래서 정직한 사람 하나 찾아서 내 돈과 이 가게를 맡기고 싶었습니다. 그래서 가끔 금화를 넣은 빵을 만들어 팔았지요. 햇수로는 3년, 금화의 개수는 수백 개가 나갔지만, 아직 빵 속에 금화를 발견했다고 가져온 사람 없었습니다. 그런데 오늘, 이 젊은이가 처음으로 금화를 가지고 찾아온 것입니다. 여러분, 저는 거짓말을 했습니다. 이 금화는 제 것입니다."

"젊은이, 젊은이의 정직함은 여기 모인 여러분이 잘 증명해 주었네. 그래서 이 가게도 자네가 맡아주면 고맙겠네."

어머니는 정직이야말로 가장 큰 자산이라고 했다. 독립운동가 안창호 선생도 '여러분은 미국 독립군 총사령관 워싱턴 초대 대통령이 되려고 하지 말고, 정직한 조오지가 되시오.' 했단다. 정직이란 거짓이나 꾸밈없이 성품이 바르고 곧음을 의미한단다.

승우는 6월이 와도 겨울 교복 그대로 입고 있었다. 흰 옥양목으로 여름 교복을 해 입었다. 이제는 큰 집에서 쌀 걱정, 옷 걱정 안 하고 남부럽지 않게 살 수 있으니, 이곳이 낙원이요 천국이었다. 옷 자랑할 겸 학교에 나갔다. 피난 가지 못한 학우들이 여럿 모여 있었다.

"위대한 지도자 스탈린 대원수님과 우리 공화국의 위대한 수령이신 김일성 장군께서 남반부를 해방 시켰습네다."

원수라는 말과 수령이란 말이 귀에 거슬렸다. 이제 '조선인민공화국'이라니 대한민국은 영영 사라질 것인가?

영어 선생이 나와 김일성 장군 노래를 가르쳤다.

장백산 줄기줄기 피어린 자욱
압록강 굽이굽이 피어린 자욱
오늘도 자유조선 꽃다발 위에
역력히 비춰주는 거룩한 자욱
아— 그 이름도 그리운 우리의 장군
아— 그 이름도 빛나는 김일성 장군!

첫날 김일성 장군 노래 불렀다. 두 손으로 책상을 두드리며 힘차게 불렀다. 마룻장도 들썩거리는 듯했다. 얼마나 부르기 쉽고 신명나는 노래인가. 노래란 뇌 속을 자극하고 감정을 감화시키는 위력을 가지고 있다. 글은 뒷전이고 매일 마르크스·레닌 이론을 가르쳤다. 가르치기보다는 세뇌교육을 시키는 것이었다. 사회주의 이론대로라면 민주주의를 왜 동경하겠는가?

매일 붉은 깃발을 그렸다. 학습내용은 노동신문의 전면을 차지한 김일성 수령의 교시를 돌아가며 읽고 예찬하는 공부였다. 목소리가 작거나 박수 소리가 작으면 반동분자라는 낙인이 찍힌다. 계속 반복되는 학습에 서서히 열기가 증발해 가고 있었다. 매일 같이 교시의 복습은 약비나고 식상했다.

바뀐 세상에서 잘살 수 있을 것이라는 기대에 부풀었다. 교사는 학생들에게 공부 가르치기보다 사상교육과 김일성 장군 노래를 가르쳤다.

"미국 놈과 이승만 괴뢰정권, 타도하자! 타도하자!

주먹을 불끈 쥐고, 구호를 소리 높여 외쳤다.

매일 마르크스·레닌에 대한 이론을 가르쳤다. 공산주의는 보이지 않는 신보다 현실적이라고 유물론을 내세우고 있다.

"인간이란 다만 느끼는 존재이며 먹는 존재일 뿐, 신이란 소망의 빛을 투사(投射)해도 아무것도 없다. 따라서 인간이 없다면 신도 존재할 수 없다."

고 선전했다. 인간이 곧 신이다. 보이지 않는 신을 경배하기보다는, 실존하는 인간을 숭배하라. 그분이 곧 김일성 장군이시다. 이렇게 신성시했다.

인간이 곧 신이라는 무신론은 종교 지도자들의 위선에 지친 사람들에게 새로운 청량제 역할을 했다. 또한 신 앞에 평등은 허위일 뿐, 물질 앞에 평등

이야말로 진정한 평등이다. 그 신념으로 공산주의를 달성하기 위하여 폭력도 마다하지 않을 것이다.

"인간에게 필요한 물질을 분배하기 위해서도 피를 흘려야 할 것이 아니냐?" 하면서 피의 폭력은 정당하다는 것이다. 그래서 농민을 부려 먹던 지주를 죽창으로 죽이고, 노동자를 혹사했던 자본가를 총살했다. 그들의 붉은 깃발은 피를 연상케 하는 혁명을 말해주고 있다.

공산주의 행동철학으로

"내가 약할 때 나는 너에게 자유를 요청할 것이다. 왜냐하면 자유는 너희들의 원칙이기 때문이다. 그러나 강해지면 나는 너희들로부터 자유를 빼앗아 버리고 말 것이다. 왜냐하면 자유란 공산주의 원칙이 아니기 때문이다."

이처럼 호랑이 발톱을 숨기고 위장전술을 쓰고 있다. 적이 강하면 협상하고, 약한 틈이 보이면 먹어버린다. 중국을 먹어버린 모택동 전술이 그것이고, 겉으로는 협상하는 척하면서 불시에 쳐들어온 김일성도 같은 전술이었다. 김일성의 유시로는 '적화통일, 원자탄 제조, 땅굴 파기'로 이것이 북한 공산당의 최고 목표이다.

한두 달 지나고 보니 공산당의 실체가 서서히 보이기 시작했다. 이론과는 반대로 평등하지 못했다. 신앙의 자유가 없다. 거주이전의 자유도 없고 언론의 자유도 없다. 집이랑 토지도 모두 공산당의 것이다. 백두혈통이나 빨치산 후예들은 특권층으로 평양에 산다. 모든 인민은 자유가 없는 노예와 같다.

정치보위부 군관은 우리 가족을 감시하고 있었다. 그 군관에게 어머니는 점심을 차려주고 있었다. 누런 제복과 붉은 계급장을 보면 가슴이 철렁 내려앉고, 다리가 후들거리면서 실수를 연발했다. 점심 준비를 하면서 접시를 깨거나, 반찬 간도 짜게 하여 맛을 내지 못했다. "내가 왜 이러지?" 뇌까렸다.

승우도 자유롭지 못한 생활에 하루하루 살얼음 밟듯이 조심조심 지냈다. 사람은 먹고 입는 것으로 만족할 수 없다는 사실을 깨달았다. 불안한 하루가 천 년 같았다. 걱정하던 일이 크게 터지고 말았다. 인민 군관은 철없는 동생 정우를 살살 꾀어 우리 집안의 내력을 캐냈다. 외삼촌이 도 경찰국 공보실장이라는 약점을 찾아냈다. 승우도 자원하여 의용군으로 나가라고 권고했다. 이웃집 용환이도 징집되었다. 길거리에서 청년들을 마구 잡아가 낙동강 전투에 투입했다. 승우 나이 16세로 징집되었으나 다행히 키가 작아 총알받이를 면하게 되었다.

이런 여러 가지 이유로 승우네 가족은 다시 모수물골 초가집으로 돌아왔다.

똑-똑-똑

나가서 놀아도 될까요?

우리들이 맘껏 뛰어놀 수 있는 세상은 언제 오나요?

전쟁 없는 나라에서 행복하게 살 수는 없나요?

온 식구가 모여 오순도순 웃으며 사는 세상은 언제 올까요?

하잘것없는 사상싸움에 어린이들은 굶어 죽고, 포탄에 맞아 죽어가고 있다. 수수밥을 먹은 정우가 배탈이 났다. 설사하고 피똥을 쌌다. 어디서 약을 구할 수 없었다. 의사도 없다, 속수무책으로 하루하루를 보냈다. 익모초를 구해 달여 먹였으나 별 효험이 없었다. 동생은 앙상한 나뭇가지처럼 움푹 파인 눈에 뼈만 드러냈다. 이웃집에서 눈곱만한 아편을 얻어 먹여 목숨만은 건졌다.

순식간에 큰 집과 그 많던 물건이 신기루처럼 사라졌다. '물가에 서서 물고기를 부러워하기보다는 집에 돌아가 그물을 짜라'라는 격언이 있다. 잘살기 위해서는 부지런히 일해야 한다. 그러나 맘대로 일할 자리가 없다. 평등이라는 구호 아래 백성들을 노예로 부려 먹고 있는 보이지 않는 큰 조직이 도사리고 있을 뿐이다.

12. 강제 부역

그때가 막 9월 중순으로 접어드는 시기였다. 갑자기 집마다 한 사람씩 춘천 역전으로 나오라고 했다. 어느 부역자가 불평했다.

"공산당 놈들이 낮에는 비행기 폭격이 무서워 애매한 시민들에게 등짐으로 군량미를 나르라고 하는구먼?"

누가 들으란 듯이 말했지만, 워낙 소음이 심해서 거기에 대해 응답하는 사람이 없었다. 군관인 듯한 사람이 조금 높은 자리에 올라서더니 마이크도 없이 큰소리로 군중을 향해 말했다.

"동무 여러분! 내 말 들으시기요. 이제부터 창고에 있는 쌀을 동산면 사무소로 운반해야 하겠시오. 자기가 지고 갈 만큼만 자루에 담으시라요. 만일 가다가 버리거나 팔아먹는 반동이 있으면 가차 없이 총살이요. 명심들 하시라요?"

겁을 주는 말을 서슴없이 했다. 어머니는 춘천역 창고에 쌓여있는 쌀 두 말을 이고 20km 정도 되는 원창고개 넘어 동산면 사무소까지 군량미를 나르는 부역을 했다. 춘천역에서 출발한 행렬은 끝이 보이지 않았다. 그믐밤이라 흰한 길만 보고 걸었다. 목이 말라도 물 한 모금 먹을 수 없었다.

학곡리를 지나 원창고개에 올라서니 꾸불꾸불 이어지는 행렬은 마치 긴 뱀이 기어가는 듯했다. 지금처럼 도로포장이 되지 않았고 신발도 고무신이었다.

군량미 나르는 부녀자

자갈길을 잘못 디디면 발목이 휘고 돌부리에 차이기도 했다. 원창고개를 넘어 돌밭 길을 돌아 버덩에 나섰다.

비행기를 피하려고 밤새도록 쌀 두 말을 지고 걷고 걸어서 부역을 마치고 집으로 돌아오는 길이었다. 제대로 먹지 못한 탓인지 심한 허기와 전쟁의 공포가 꿈결같이 아득하게 느껴졌다. 기진맥진한 가운데 군량미를 나르는 노역을 마치고 새벽에 석사동을 지나 쉬고 있었다. 어머니는 기관지가 좋지 않았다.

"에이구 숨차, 세상이 왜 이리 뒤숭숭한지…."

승우 어머니는 나뭇등걸에 걸터앉아 땀을 닦고 있었다.

"아니, 어딜 갔다 오는 길이유?"

그곳을 지나가던 또래 여인이 다가와 말을 걸었다.

"어디긴 어디겠수, 부역 나갔다 오는 길이지."

"그럼, 식량 운반에 동원됐구먼."

"그렇다오. 인민위원회에서 나오라니 안 나갈 수도 없구…, 말 안 들으면 어떤 화를 당할지 모르니 어쩌겠수."

저절로 불평이 나왔다.

"무슨 소문 못 들었수?"

초면에 늙수그레한 부인이 친근하게 말했다.

"소문이라니, 금시초문이요."

그 부인은 사방을 살펴본 뒤에 귀엣말로 속삭였다.

"맥아더 장군이 이끄는 유엔군이 인천에 들어왔다지 뭐유."

"아니, 그럼 곧 국군이 들어오는 것 아니유? 난 아무 말도 못 들었수."

"글쎄, 요즘 같아서는 세상이 어떻게 돌아가는지 영 종잡을 수 있어야지, 원?"

그 수상한 부인은 무슨 말이 나올지 승우 어머니를 유도해 보았다.

"어디 살겠수, 빨갱이 세상이 뒤집혀야지…."

그 여인과 헤어지고 난 후 마음이 찝찝했다. 서로를 감시하고 고발하는 살얼음판과 같은 세상이었다. 1950년 9월, 발 없는 말 천 리를 간다더니, 유엔군이 인천 상륙 작전에 성공하여, 서울을 도로 찾았다는 소문이 입에서 입으로 퍼져나갔다.

다음날 내무서원 두 명이 와서 승우 어머니를 연행해 갔다. 짐작으로는 "빨갱이 세상이 뒤집혀야지." 하며 불평을 했다고 염탐꾼이 발쇠 했던 것이리라.

"이보오, 여성 동무. 동생이 악질 반동 경찰이요?"

"예 그렇습니다만…."

"우리와 같이 가 주어야겠소."

어머니가 끌려간 곳은 내무서였다.

"어서 들어가."

내무서원은 유치장을 손가락으로 가리켰다. 사흘이 지났다. 어머니를 나오라고 손짓했다.

"에…, 우리는 반동분자에게 착취당하고 억압받던 남조선을 해방했소. 그러니 우리에게 적극 협조해야 하오!"

어머니 표정을 살폈다.

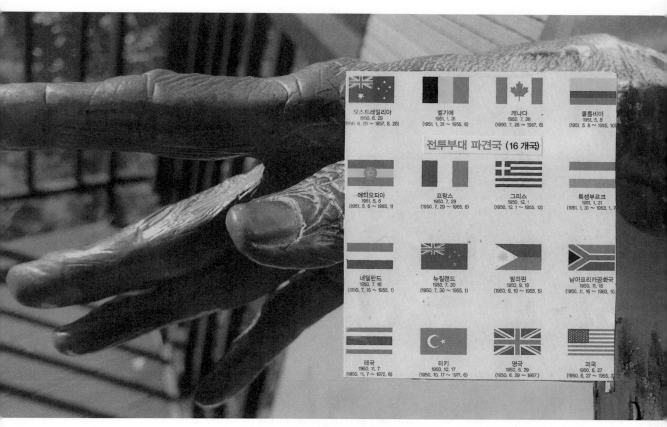

유엔군 16개국 참전의 손길

평화의 댐 조형물

"빨리 세상이 뒤집혀야 한다고 뜬소문을 퍼뜨린 적 있소?"

어머니는 묵묵부답이었다.

"불량사상을 인정하는 것으로 알고 넘어가겠소. 에- 여성 동무, 경찰을 어디에 숨겨두었소? 솔직히 말하면 살려주겠소."

"전 모릅니다."

"시치미를 떼겠나?"

"정말 모릅니다."

"음…. 맛 좀 봐야 정신 차릴 모양이구먼! 이 반동 년아…."

내무서원은 눈을 부릅뜨고 거품을 물었다. 그는 물푸레 몽둥이로 어머니를 사정없이 때렸다.

"아이고, 아이고 나 죽겠네…."

비명을 지르다가 정신을 잃고 말았다. 한참을 지난 후 눈을 떠보니 유치장 안이었다. 피투성이인 몸을 가눌 수 없었다.

다음 날도 고문이 시작됐다. 전날과 똑같은 심문이 되풀이됐다.

"이봐, 여성 동무! 그만큼 맛을 보았으면 자백할 때도 된 것 같은데?"

내무서원은 비꼬듯 말했다.

"아무리 그래도 모르는 걸 어떻게 합니까? 거짓말하라는 건가요?"

"뭐야! 이 악질 반동 간나 새끼가 아직도 정신을 못 차렸구먼!"

내무서원은 뻘떡 일어나더니 권총을 뽑아 들었다. 어머니는 겁에 질려 그가 하는 꼴을 보고만 있었다.

"이 간나 새끼, 아가리 벌려."

내무서원은 다가서며 소리를 버럭 질렀다.

"너 같은 악질 반동은 살려둘 필요가 없어." 권총을 입안에 들어 밀었다. '이젠 끝장이구나.' 눈을 감았다.

"자… 이제 마지막으로 할 말이 있으면 해 보라우."

손사래를 지으며 권총을 빼달라고 했다.

"할 말이 있으니, 권총을 치우세요."

"좋아!"

그는 어머니 입에서 권총을 뺐다.

"나는 가정주부요. 집안 살림을 하는 사람이 어떻게 알겠어요? 그러나 분명한 것은 공산당의 노예가 되느니 차라리 죽음을 택하겠소!"

"이 반동 간나 새끼, 총살하라우…."

내무서원은 어머니를 다시 유치장에 집어넣었다.

오늘도 하늘은 푸르다. 기다리던 쌕쌕이 전투기가 왔다. 시내 한복판에 폭탄을 퍼부었다. 봉의산 엄성 바위에서 인민군 대공포가 터졌다. 기관총 소리에 조마조마 마음이 조려왔다. 그러나 마음 한편 후련했다. 비 오는 날이면 비행기가 뜨질 못했다. 그날은 섭섭했다.

어머니가 어디로 잡혀갔는지 불안했다. 설상가상으로 여성동맹 회장인 영찬이 어머니가 승우네 가족에게 세뇌 교육을 했다. 승우에게는 김일성 장군 노래를 불러보라고 했다. 동생 정우에게는 인민공화국 국기를 그려 보라고 했다. 종이 한 가운데 붉은 별 하나 그려 놓았다. 양옆으로 붉은색을 칠했다. 흰 줄 한 칸 띄고 푸른색 칠했다. 정우가 그린 국기를 가지고 여성 동맹원은 가버렸다. 승우는 동생에게 틈틈이 인공기를 그리는 연습을 시켰던 것이다. 이런 재치로 승우네 식구는 시달림을 면하게 되었다. 반동분자라는 낙인을 받지 않으려고 누나는 여성동맹에 가입했다. 매일 밤 학습을 하고 자아비판을 했다.

머슴이 지주를 때려죽이고, 아들이 제 아비를 고발했다. 이것이 위대한 혁명 과업이었다. 이런 식으로 인간이 가지고 있는 야수성, 증오심, 열등감을 자극했다. 그 결과 같은 동네에서 서로 죽이고 보복하는 연쇄살인이 일어났다. 피를 본 좌익들은 눈이 뒤집혀 사사로운 감정을 가졌던 이웃을 불순분자로 몰아 보복하기도 했다.

승우 어머니는 컴컴한 감방에서 하루를 더 지새웠다. 뒷마당에 널브러져 있는 시체를 쪽창 너머로 보았다.

"이제 죽었구나."

슬퍼하면서도 자식들 생각하니 꼭 살아야겠다는 꿈을 놓지 않았다. 바로 코앞에 죽음이 닥쳐와도 뭔가 할 수 있다는 믿음이 있었다. 살아 있는 한 희망이 있었다. 오직 힘이 되는 것은 무한한 우주와 시간의 역사를 특별하게 이어주는 사랑의 결실인 아이들이 있었다.

동틀 무렵, 창틈으로 큼직한 손이 들어왔다. 최 서방이 쇠톱을 넣어주었다. 쇠창살을 자르고 새벽에 승우 어머니는 집으로 돌아왔다. 창살에 찔려 왼쪽 다리에서 피가 흘러 내렸다. 유별난 어머니의 지독지애(舐犢之愛)로 그길로 삼남매를 데리고 시밀 사촌댁으로 몸을 피했다. 지옥 같은 공산 치하에서도 우리 가족은 살아남아야만 했다.

아니나 다를까, 그날 내무서원이 어머니를 잡으려고 집에 왔으나 허탕을 치고 돌아갔다고 한다. 그들이 돌아가는 길에 김일성 눈알이 빠져있는 벽보를 보았다. 눈알 빠진 곳에서 피가 흐르고 있었다. 동 위원장을 비롯하여 당원들이 포스터 앞에 꿇어앉아 자아비판을 했다. 그날, 보슬비가 내려 포스터 위에 인쇄된 붉은 깃발의 잉크가 흘러내렸던 것이다. 이 사건으로 모수물골이 발칵 뒤집혔다. 범인을 찾아낸다고 밤새도록 주민을 괴롭혔으나 헛일이었다.

공산 치하에서도 가을은 왔다. 농사는 평년작이다. 산골이라 메밀, 콩, 팥, 수수 농사를 하는데, 추수하기 전에 알 수 없는 일이 벌어졌다. 면소에서 나온 남녀 한 조가 되어, 논에서 자란 이삭을 잘라서 보자기에 놓고 그 알갱이를 세고 있었다. 공출을 걸으려고 조사하는 것이라고 했다. 주인으로서는 속터질 일이다. 왜? 제일 잘된 이삭을 뽑아 세는 건가?

농민들의 울화가 터지는 광경이다. 비료를 대주거나, 농사일 거들어 주기나 했던가? 어느 농민들이 그들을 바른 눈으로 보겠는가? 추수한 곡식 거의 다 빼앗아 갔다. 해방된 조국은 노동자, 농민을 우대한다는 공산당이라고 하지 않았던가? 더 좋은 세상을 맞이했다는 농민들은 지난 세월이 그리울 뿐이었다.

옥수수 이삭 콩꼬투리 모두 뽑아 세더니 이제는 얼른 수확하라고 재촉했다. 수확하자마자 기준도 없이 거의 다 빼앗아 갔다. 위대한 해방 전사들에게 햇곡식을 먹여서 하루빨리 조국 통일 성업을 완수해야 한다고 떠들어 댔다. 농민들은 허리를 굽실거리며 내살 같은 곡식을 빼앗겼다.

김일성 눈알이 빠진 포스터

그나마 남은 콩을 타작했다. 멍석을 깔고 도리깨로 콩깍지를 힘껏 내리쳤다. 콩은 껍질을 벗고 '콩-콩-' 달아났다. 콩은 툇마루 속으로 들어가고 부엌으로도 들어갔다. 콩콩 튀어 쥐구멍으로도 쏙 들어갔다.

같은 형제끼리 죽이고 죽는 이 사상전쟁은 마치 콩깍지로 콩을 삶는 그런 비극이었다. 빼앗긴 땅이지만 추수의 풍요로움은 있었다. 가을마당에 몽당빗자루를 들고 춤추어도, 타작마당에는 수북하리만큼 흩어진 곡식이 있었다.

승우는 타작을 마치고 개울로 나가 목물을 하고 돌아왔다. 어스름 땅거미가 내릴 무렵, 마당에 멍석을 펴고 늦은 저녁을 먹었다. 저녁밥이래야 옥수수 몇 대 먹는 것이었다. 귀뚜라미는 합창하고, 개똥벌레는 불꽃놀이를 시작했다. 늦더위에 모기가 극성이었다. 마당가에 모깃불을 피웠다. 모깃불은 활활 타는 모닥불이 아니라 연기가 모락모락 피어나는 연기 불이다. 연기가 매워서 바람 부는 반대편에 앉아야만 했다.

캄캄한 하늘에 하나둘 별들이 놀러 나왔다. 청청한 밤하늘에 유난히 반짝이는 별 하나 보았다. 문득 별들의 세상에서 살고 있는 동생 성우 얼굴이 떠올랐다. 일제 강점기 때, 갑자기 이질을 앓기 시작한 동생에게 제대로 약 한번 못 써보고 하늘나라로 보냈다. 그 별이 동생이 살고 있는 곳의 초인종으로 보였다. 초인종을 누르면 "형아-" 하고 달려 나올 것만 같았다. 밤하늘에 반짝이는 별이 있는 것처럼, 동생을 그리워하는 승우 가슴 속에도 별을 품고 살아간다. 승우에게 별처럼 빛나는 추억을 만들어 가며 살라고 속삭여 주고 있다. 어느새 셀 수 없이 많은 별이 꽃밭처럼 별 밭을 이루고 있었다.

'저 별들 세상은 전쟁도 사상도, 굶주림도 없겠지. 별은 왜 이토록 아름답

쌀 이삭 알갱이를 세고 있다

게 보일까? 꺼지지 않을 만큼 빛을 남겨놓기 때문이겠지. 별은 왜 이토록 아름답게 보일까? 어머니가 자식에게 사랑을 주고 또 주듯이 별도 사랑이 많기 때문이겠지.'

이토록 아름다운 세상에 수많은 별이 반짝이며 속삭였다. 은하수의 저 많은 별은 그냥 잠들도록 놓아두지 않았다. 하늘의 저 끝에서 이 끝까지, 그 넓은 하늘 가득 메운 별들을 어떻게 잊을 수 있단 말인가. 가린 곳 하나 없이 온전히 드러난 그 넓은 하늘에 있는 것은 오직 별뿐이다. 승우는 별자리를 다 알지 못했다. 그러나 별을 바라보노라면 꿈의 향연이 끝없이 펼쳐지고 있었다.

북두칠성 일곱 개 별은 앙상블을 이루고 있다. 희미한 별이라고 괄시하지 않고 서로 손잡고 다정하게 살아간다. 더불어 수놓고 아름다움을 창조함으로써 사랑의 물결을 이루고 있다. 이 가을밤의 정취를 맛보지 않고 어떻게 자연의 아름다움을, 그리고 삶의 환희를 말할 수 있겠는가? 지구상의 모든 나라들도 별과 같이 서로 어울려 사는 세상이 왔으면 좋겠다.

이렇게 시골 밤하늘은 장대하다. 티 없는 하늘과 은하수는 승우의 가슴을 활짝 열어주었다. 그가 저 먼 은하수와 연결되어 있다는 걸 깨닫게 했다. 그것은 인민공화국도 아니요, 세계인도 아닌, 지구인으로서 새로운 인식이었다.

삼대독자 사촌 형은 느랏재 넘어 깊은 대룡산 굴속에 2명의 청년과 몸을 숨기고 있었다.

"지금 우리 붉은 군대는 대구를 지나 부산으로 진군하고 있다고 하오. 우리의 승리가 눈앞에 다가왔디요. 김일성 장군 만세! 스탈린 대원수 만세!"

이런 가두방송이 귀가 따갑도록 날로 기승을 부리고 있었다. 이날 갑자기 청년들을 공회당으로 모이라고 했다.

"여러분, 이제 우리의 성전(聖戰)을 마무리 짓는 전쟁터로 나가고자 자진 집결했시오. 시간이 없습네다. 자, 어서 갑시다."

동네 청년 16살부터 40살까지 닥치는 대로 의용군이라는 핑계로 낙동강 전선으로 싹쓸이해 갔다. 밀리고 있는 공산당은 청년들을 의용군이라는 이름으로 전쟁터 총알받이로 내몰았다. 그 후 살아 돌아온 사람은 한 사람도 없었다.

가을이 오자 밤에는 찬 기운이 돌았다. 승우는 숨어 사는 형들에게 음식과 옷을 날라주고 오는 길이었다. 동구 밖에서 내무서원과 마주쳤다.

"잠깐, 이리 와 보기요?"

불심검문을 했다. 승우 호주머니에서 전단이 나왔다. '승리의 날은 곧 옵니다.' 내용이 담긴 비행기가 뿌린 불온 문서였다. 내무서로 연행해 갔다. 6·25 당시 전단 중에는 미군이 인민군·중공군을 대상으로 뿌린 선전 쪽지가 많았는데, 3년에 걸쳐 뿌린 각종 선전 쪽지가 천여 개에 가까웠다. 제공권을 장악했던 미군과 유엔군은 종이 전쟁으로 전단을 대량 살포했다. 투항을 권유하거나 공산주의 체제의 모순을 지적해 적군의 전의를 꺾는 심리전이다.

"동네 청년들을 어디에 숨겼는지 대라"

물푸레 몽둥이로 고문했다. 고정간첩이니 내일 즉결 처분한다고 엄포를 놓고 유치장에 가두었다.

소련공산당은 혁명이라는 핑계로 얼마나 많은 피를 원하는가? 시베리아 벌판, 중원의 넓은 땅, 그것도 모자라서 손바닥만 한반도를 모두 삼키려 하고 있다. 승우는 잠깐 꿈을 꾸었다.

"인간이 살아야 할 삶의 원칙은 무엇입니까?"

"미워하지 말고 서로 사랑하라."

가시관을 쓴 예수님이 나타났다.

사자는 용포 같은 깃털을 날리며 사슴에게 달려들었다. 사슴의 목덜미를 물어뜯었다. 날카로운 발톱으로 사슴을 밟았다. 북극곰은 뒤에서 바라보고 있었다. 죽어가는 사슴 앞에 핏발선 눈빛들, 주둥이를 서로 밀치며 '으르렁' 소리를 높였다. 물고 물리면서 배를 채우려는 늑대, 사슴이 죽으려고 할 때 코끼리 떼가 달려와서 사슴을 구해주었다. 꿈을 해석해 보니 사슴은 남한이요, 사자는 중공군, 늑대는 인민군이요, 북극곰은 소련, 코끼리는 유엔군이었다.

공산당의 꿀 바른 말은
바람이 살짝 스쳐도 천리를 날아가
칼바람 매질하듯 서슬 퍼렇다

세 치 혀 밑에 감춘 새빨간 거짓말은
생선 썩은 냄새로 천리 날아가
길 잃은 유령처럼 망령의 무리를 선동한다

노동자·농민은 착한 양심밖에 가진 것 없는데
공산당원은 굶주린 사자처럼 머뭇거림 없이
손을 뻗어 휘감는 왕거미 되어 그들을 낚아챈다

붉은 완장 하질은 공산당의 노리개 같아서
탬버린 치는 원숭이다

전리품을 나누어 갖듯 지주 땅을 빼앗아
똑같이 나누어 갖자고 사탕발림하는
혹하는 말속에 비수가 심장에 꽂힌다

공산당의 혀는 착한 양심보다 세고
붉은 완장의 입은 잘 발효되지 않은
젓갈처럼 구리다

이기는 것 같지만 전락하는 공산주의
지는 것 같지만 자유를 누리는 민주주의
지구 어디에도 공산주의 잘사는 나라 없다

〈'아름다운 악이란 없다'를 재구성함. 선우미애 시〉

정치 보위국 공산당원은 승우를 개천가 말뚝에 묶고 검정 천으로 눈을 가렸다. 의용군 대상자를 도피시킨 반동분자는 총살한다고 했다. 억울하고 몹시 두렵고 떨렸다.

"하느님, 살려주세요!"

간절히 기도했다. 소문을 듣고 승우 어머니와 당숙, 동네 노인들이 몰려왔다. 내무서장에게 사정했다. 협상 끝에 당숙이 기르는 암소를 주면 풀어준다고 했다. 그 암소는 새끼를 낳고 논밭을 가는 사촌 형 장가 밑천이었다. 며칠 전부터 해방군을 위해 그 암소를 기부하라고 했었다. 그 암소를 주고 승우는 풀려났다. 다음날 그 암소는 후퇴하는 인민군들에게 소고기국밥으로 보신 거리가 되었다.

-신분 보장 한다-

「귀순 허가증」을 가지고 도라 오라.

김일성은 소련의 앞잡이 심부름꾼이다.

김일성은 나라와 민족을 소련에 파라먹고 영원히 종노릇을
시킬랴고 한다. 이것을 위하야 동족을 죽이고 동포의 재산에
불을 놓는 만행을 자행하고 있다. 앞으로 닥쳐오는 뼈아프고
살을 베어찟는 치위와 먹을 것 없는 슬픔을 어떻게 지낼 작정
인가!

제군의 집에 계시는 부모 형제는 누가 효성하며 누가 맞으란
말인가!

제군의 지휘자는 새빨간 거짓말만 하여왔다!

의복이 다떠러지고 배가고프고 발바닥에 때가 보이도록 죽을
고생을 한 결과는 무엇인가!

무기를 보내주마! 식량을 주마. 七월공세 九월공세를 한다는 것
은 모도가 거짓말이 안이고 무엇이었는가!

누구를? 무엇을? 위하야 아까운 청춘을 다버리고 개죽엄
을 한단말이냐?

과거는 일절 묻지 않겠노라. 총공격을 하기 전에 동포애로서
권하노라.

도라오라 부모 처자 자매의 보금자리로!
            내고향 내집으로!

「귀순 허가증」을 가지고 경찰서나 지서에 오기만 하면

「무조건 용서」하고 「환영」하고 「신분보장」하고

「상을」 주고 「직업알선」하여 준다.

            대한민국 내무부장관 김 효 석

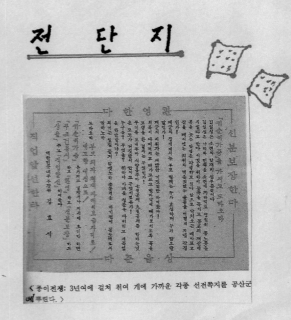

< 종이전쟁: 3년여에 걸쳐 천여 개에 가까운 각종 선전쪽지를 공산군
에 뿌렸다. >

종이 전쟁

전단지

"쿵- 쿵-"

대포 소리가 점점 가깝게 들렸다. 반가운 소리요, 자유의 소리였다. 기쁜 소식을 전해주는 생명의 소리였다. 비행기 폭격은 날로 심했다. 전의를 상실한 듯 북쪽을 향해 패잔병들은 힘없이 걸어가고 있었다. 다리 부러진 병사, 팔다친 병사, 머리 깨진 병사, 지팡이에 의지해 절뚝거리는 병사, 업혀 가고 들것에 실려 가는 병사. 끝도 없이 도망가는 그들 머리 위로 느닷없이 폭격이 가해졌다. 논둑이며 밭둑, 울타리 밑이고 나무 밑에, 포수 만난 꿩 모양 아무 데나 머리 쑤셔 박고 폭격이 끝날 때까지 꼬꾸라져 있었다. 비행기가 파란 하늘에 흰 연기를 남기고 사라지면 툭툭 털고 일어나 다시 처참한 몰골로 걸어갔다. 그리고 보니 납작모자 쓰고 우쭐대던 붉은 완장들도 보이지 않았다. 이미 지방 빨갱이들은 북으로 도주했다.

승우네 가족은 모수물골로 돌아왔다. 아버지가 강원도당 위원장이었던 친구 영찬이가 승우를 찾아왔다.

"이 물건 좀 맡아줄래, 여동생도 함께"

밥사발만 한 묵직한 흰색 두 덩어리와 12살쯤 되어 보이는 여동생을 두고 갔다. 생전 처음 보는 물건이기에 값이 얼마나 나가는지도 몰랐다. 방공호 이불 갈피 속에 숨겼다. 그의 여동생은 부자 소녀답게 윤곽이 뚜렷한 예쁜 소녀였다. 그 소녀와 방공호 속에서 품에 안고 하룻밤을 지냈다. 처음으로 이성에 대한 야릇한 감정을 느꼈다.

이튿날 아침, 영찬이는 허둥거리며 여동생과 맡겨놓은 백금 덩어리를 찾아갔다. 백금보다 그 여동생과 헤어지는 것이 더 섭섭했다. 전쟁은 신분을 허물고 애정을 갖게 했다. 빈부의 성곽도 무너졌다. 전쟁 북새통에서도 애정은 싹 터 오르는가?

포성이 점점 가깝게 들렸다. 포 소리를 들으면 부푼 기대로 가슴이 울렁거렸다. 삼악산 뒤편에서 들리는 포 소리는 구원의 소리요 자유를 갈망하는 소리였다. 점점 가평 쪽에서 후광이 충천하고 폭격과 포격이 숨 돌릴 새 없이 하늘을 짓눌렀다. 무언가 막바지에 든 느낌이었다. 폭격은 날로 심하고 인민군은 전의를 상실한 듯 맥을 놓고 있었다.

며칠이면 부산까지 점령하여 해방해 준다는 말은 거짓이었다. 세상이 뒤집히나 보다. 그때마다 애꿎은 백성만 고통을 받고 있다.

날로 폭격하는 횟수가 잦은 비행기

흰 연기를 뿜으며 북으로 날아가는 비행기

13. 다시 찾은 태극기

추석을 며칠 앞둔 어느 날, 요란하게 지축을 울리며 굉음이 가까이 다가오고 있었다. 생전 처음 들어보는 실로 무지막지한 소리였다. 그 소리는 어느새 도청 앞 광장에 와서 천지를 뒤흔들었다. 삐걱거리는 쇳소리는 일진광풍까지 몰고 온 탱크였다. 그 탱크 등허리에 꽂은 태극기를 보고 큰 감동을 하였다. 어느새 눈물이 앞을 가릴 정도가 아니라 줄줄 흐르고 있었다.

휘날리는 태극기를 바라볼 때, 그 감격은 죽음 직전에 새 생명을 얻음이요, 매임에서 풀림이요, 노예에서 해방된 기쁨이었다. 국기는 아군과 적군의 구별이요, 사느냐 죽느냐 생사의 갈림길이다. 속박이냐, 해방이냐의 분수령이요, 조국의 표상이다. 국기는 우리의 자유이고 희망이다. 민족의 용기이며 겨레의 등불이다.

태극기를 보고 설레는 가슴은 조국에 대한 사랑과 존경을 뜻한다. 모든 국민이 방방곡곡에서 휘날리는 태극기를 바라보고 가슴 설렐 수 있다면 어떠한 어려움도, 지역 간 갈등도 능히 이겨낼 수 있을 것이다.

지축을 울리며 들어오는 아군 탱크

태 극 기

태극기는
3·1절 방방곡곡에서 외치던 함성이며
청산리 대첩에서 승리한 독립군 투쟁의 깃발이다
소양강 전투에서 사흘간 버틴 용기이며
인천 상륙작전에서 승리한 자유공원 동상이다
인공위성을 쏴 올린 환희이며
거제도 조선소에 우뚝 선 골리앗 크레인이다

아군과 적군의 구별이요
사느냐 죽느냐 생사의 갈림길이다
속박이냐, 해방이냐 분수령이요
자랑스러운 조국 대한민국의 표상이다
자유와 평화의 상징이며
겨레의 등불이다

그 마음은
이 땅을 사랑하는 불씨처럼 시작된다
그 깃발은 설악의 불타는 단풍이요
남해의 출렁이는 파도 소리요

호남평야의 풍요로움이다

그 깃발 휘날리는 곳에
글을 가르치는 스승이요
땀 흘리며 쇳물 녹이는 제련소의 노동자요
화재 현장에 뛰어든 소방대원이다
나라를 지키는 국군장병이요
외로운 섬 독도를 지키는 전투경찰이다

대성동 마을에 하늘 높이 태극기 휘날릴 때
세계올림픽에서 금메달을 목에 걸고 태극기 올라갈 때
망망대해 바다 위로 태극기 휘날리며 항해하는 군함을 볼 때
태극마크 선명한 여객기가 외국 공항에 내렸을 때
가슴 벅차오르는 감격이다

아! 태극기는
대한민국의 얼굴이다
빛나라 휘날려라 세계 방방곡곡 하늘 드높이……

〈태극기, 정승수 시〉

손 모아 기다리던 국군이 정오쯤 춘천에 들어왔다. 그들의 표정은 개선장군인 양 보무당당하고 위엄이 넘쳤다. 모수물골 출신 승배도 해병대 늠름한 모습으로 그의 어머니 품이 안겼다. 포탄이 멈추고 밤의 적막이 찾아오면 어머니의 따듯한 밥 한 그릇이 사무치게 그리웠다고 했다.

"죽음의 포탄이 내 머리 위를 스쳐 지나갈지라도 국가를 위해 저는 총을 놓지 않겠습니다."

그는 말했다.

만-세, 만-세, 대한민국 만세

우리 아들 승배가 돌아왔다

붉은 별이 있는 인민공화 국기를 보면 피를 연상해 섬뜩했다. 김일성이 그 국기를 완성했다고 한다. 애국자의 붉은 피와 단일민족과 조선 인민의 정신을 뜻한다고 설명했다. 심지어는 마당가에 핀 붉은 백일홍을 보고도 놀랐다. 백일홍은 난리 통에 억울하게 죽은 시체에서 나는 고린내를 맡으며 고개 숙이고 백일을 참아왔다. 인민군은 후퇴하면서 성직자, 군인, 경찰 가족, 땅 많고 돈 많은 부자들을 부르주아 반동분자라 싸잡아서 도청 뒷마당 방공호 앞에 무참히 학살하고 북으로 도주했다. 그 옆 화단에 말도 못 하고 견디다 못해 백일을 피었다가 지고 마는 백일홍이 애처롭다.

아! 백일 만에 세상이 바뀌었다. 석 달 동안, 장년들은 볼 수 없었다. 어디에 그렇게 감쪽같이 숨어 지냈을까? 얼음처럼 차디찬 얼굴과 풀어 헤친 긴 머리하며 제멋대로 자란 수염으로 얼마나 고통스러운 나날을 지냈는지 알 수 있었다. 기나긴 시간 진저리 치도록 고통스러운 목숨을 이어온 괴로움을 앓았다. 숨어 사느라고 영양이 부족해서 얼굴이 누렇게 떴지만 웃음이 되살아나고 있었다.

우리 가족만 힘든 게 아니었다. 기둥 같은 아버지, 사랑하는 아들을 잃은 가족도 있었다. 모두 전쟁 후유 장애를 앓고 있었다. 아픔과 상처에 묶이지 말고, 참고 견디어 희망의 새날을 맞이하자. '나만 그런 건 아니구나!' 스스로 위로하는 승우였다. 모두 얼마나 저린 마음으로 울고 있을까? 서로 위로하고 위로받을 때 우울증을 이겨낼 수 있을 것이다. 이웃의 고통과 비교하면 그나마 승우는 다행이다 싶었다.

관청을 비롯한 큰 건물들은 폭격에 불타고 파괴되었다. 몇 날 며칠을 전쟁으로 파괴된 거리를 손질하는데, 너 나 가릴 것 없이 모두 나와 복구하는 데 힘썼다. 국가는 부강해야 한다. 군사력이 강해야 평화를 유지할 수 있다. 약하면 먹히고 강하면 산다. 그보다 더 중요한 것은 무한한 가능성이 잠재해 있는 뇌를 교육하여, 기술 강국이 되어야 한다. 한마음으로 모두 뭉쳐야 산다.

우리는 지금 어디에 서 있는가? 국토는 그대로 두 동강 난 채, 하늘도 바다도 끊어진 채, 사상도 이념도 갈라지고 역사도 문화도 끊어진 채, 모두 도루묵이 되어 버렸다. 휴전했다고 평화가 오는 것은 아니다.

오늘날 우리는 6·25 때 흘린 피, 국군 16만 527명과 유엔군 3만 7천 명, 경찰관 1만 59명. 그리고 인민군 20만여 명, 중공군 30만여 명, 민간인 250만여 명, 이재민 370만, 미망인 30만 명, 고아 10만여 명 이산가족 1천만여 명이 죽거나 상처를 입은 그 위에 살고 있다.

6·25 때 흘린 저 붉은 피가, 우리의 분노와 슬픔이 아직도 그 상처마다 새겨져 있다. 오늘도 유유히 흐르는 소양강은 국군 7연대 장병들이 흘린 그 뜨거운 피의 증인이다. 그래서 더 푸르다. 그 빛나는 눈동자들이 찬란한 별이 되었다. 그래서 이 밤도 총총히 떠 있다. 어느 이름 모를 골짜기의 백골이 녹아 샘이 되었다. 그래서 샛말갛다. 그들의 숫된 마음 푸른 바람결, 이름 없는 바람결, 혼령들은 햇살이 되어 오늘 저 하늘 높이 살아 있으리라.

70여 년이 지난 지금도 그 악몽이 그대로 살아있다. 북한은 핵미사일로 위협하고 있고, 중국도 경제적으로 누르려고 한다. 어떻게 하든 지옥 같은 전쟁은 없어야 한다. 그러자면 부자나라로 선진국 대열에 서야만 할 것이다.

아침 해는 봉의산 위로 다시 떴다. 봉황이 날듯이 모두 나랏일을 돕고 백성들이 편안한 세상을 만들자고 오늘도 열심히 일하고 있다. 시민들은 자유와 평화통일을 염원하고 있다.

6·25 전쟁으로 인민군은 엄성 바위에서 미군 비행기를 쏘려고 대공포를 설치해 놓았다. 그들이 후퇴하고 간 뒤, 승우는 엄성바위에 올라가 보았다. 여기저기 기관 총알과 박격포탄이 널브러져 있었다. 동네 친구들이 모여 화약 놀이를 했다. 기관 총알 속에 있는 화약을 빼냈다. 좁쌀 같은 화약을 길바닥에 길게 뿌렸다. 성냥불을 대면 불길이 화약을 따라 후드득 타들어 가는 모습이 재미있었다.

포탄 날개에 붙어있는 다시마 같은 폭약을 떼어냈다. 그 폭약을 기관총 탄피 속에 쑤셔 넣고 불을 당기였다. 탄피가 이리저리 발광하면서 불을 뿜어대는 모습은 아슬아슬 기분 만점이었다. 적당한 장난감이 없는 때라 겁도 없이 포탄을 가지고 놀았다.

수복되면서 강원경찰국도 다시 들어왔다. 어머니가 내무서원에 시달림 받던 외삼촌은 원주 경찰서장이 되었다. 경찰국 교통과장은 가족이 미처 들어오지 못해 승우네 집에 하숙하고 있었다. 어느 날 사찰과 형사가 승우네 집을 수색 했다. 승우가 도청 언덕에 내버린 서류뭉치 여러 권 가지고 와 배낭에 넣었었다. 종이가 귀한 때라 서류 속의 미농지로 휴지 쓰려고 가지고 온 것이 화근이 되었다.

그 서류는 다름 아닌 도내 공산당 가입 문서였다. 승우를 보고 공산당 간첩이라고 했다. 한문을 모르는 승우가 아무 생각 없이 집어 온 것이 탈이었다. 사찰과에 몇 번 불러 들락거리며 심문을 받았다. 이런 딱한 속내를 들은 교통과장은 사찰과장에게 학생이 모르고 한 일이니, 선처해 달라고 해서 풀려났다.

승우 어머니는 검찰청에서 호출했다. 한 달 남짓 인민군 전리품을 지켜준 것과 군량미를 날라준 것이 문제였다. 부역자로 죄를 씌웠다. 다행히 검찰총장에게 돌려준 달러 덕택에 간신히 풀려났다. 정직함이 구원해 주었다. 세상이 바뀔 때마다 이쪽저쪽에서 백성들만 고통받았다.

성탄절 다음날, 사복을 한 낯선 청년이 승우를 찾아왔다. 군 첩보대에서 나왔다고 했다. 마침 이웃에 사는 상운이가 놀러 와 있었다.

"백미 두 가마씩 주겠으니 금화지구 정보를 수집해 올 수 있겠나?"

어머니가 만류하는 데도, 두 친구는 애국하는 길이라며 자원했다. 옛날에는 그 나이에 호패를 차지 않았던가? 인민군에 끌려가지 않은 것만으로도 다행히 여겼다. 조국을 위해 보람 있는 일을 해야겠다는 생각으로 의기양양해 있었다.

내 또래부터 60대 노인까지 20여 명이 모였다. 일제 도요타 트럭을 타고, 북파공작원을 양성하는 연대 첩자부대로 갔다. 육하원칙과 독도법을 1주일 가르쳤다. 금화군 적진 속으로 몰래 들어가 부대 규모와 탱크·대포 등 중장비 상태를 파악해 오라는 스파이 임무였다. 바지 끝단속에 첩보요원이라는 증서를 넣었다. 암호는 "성탄절- 산타"로 정했다. 다음날 스리코터를 타고 전방으로 갔다. 바로 그날 밤 중공군이 사창리까지 밀고 내려왔다.

사창리는 삼태기처럼 생긴 좁은 지형이었다. 압록강까지 갔다 온 국군과 영변 전투에서 후퇴한 미군 및 영국군 탱크, 많은 기계화 부대가 모여 있었

중공군 3개 사단이 화천 사창리를 포위했다

다. 아군 1개 대대가 전방을 방위하고 있었다. 점심때가 되자 방어 임무보다는 밥해 먹기에 바빴다. 이 틈을 노리고 있던 중공군 63군 3개 사단이 포위 작전을 펼쳤다.

중공군을 총지휘했던 양용(楊勇)은 모택동 작전을 수행했다. 운동전을 전개하면서 부분적으로 아군 진지 깊숙이 들어가 유격전으로 혼란에 빠뜨렸다. 야간에 대담한 근접전과 백병전을 속전속결 전개했다. 점령한 고지는 일개 중대씩 배치해 포위 작전을 전개했다.

뒤에야 깜짝 놀란 아군 각 부대는 어디에 대고 포를 쏘며, 게다가 좁은 구유골에 전차마저 운신하지 못했다. 차들이 서로 뒤엉켜 빠져나갈 수 없게 되었다. 중화기를 모두 버리고 맨몸으로 37도 선까지 후퇴하게 되었다. 친구 상운이는 행방불명되었다. 승우는 국군장병들과 함께 산 계곡으로 포위망을 뚫고 겨우 살아서 돌아왔다. 그 후 춘천 방향으로 올 줄 알았던 중공군 주력부대는 작을 길을 택해 청평을 거처 양평 방향으로 빠져나갔다.

14. 1·4 후퇴

새해 아침

솟아라 해야!
전쟁의 상처 치유하고
붉은 해야 솟아라

축복처럼 떠오르는 평화를
너와 나의 가슴 속 깊이
붉은 해야 솟아라

솟아라 해야!
새 희망 가득 품고
붉은 해야 솟아라

〈새해, 정승수 시〉

희망의 새해 아침 고성 옵바위

양력 명절을 막 쉰 정월 초순, 오경우 하사는 중사로 승진해 우리 집을 찾아왔다. 큰길에 군용차 세워 놓고, 급히 차에 타라고 재촉했다. 영문도 모른 채 우리 가족은 이불과 양식 등 필요한 물건만 챙겨 군인 짐차에 올라탔다. 뒤 포장을 가리고 원창고개를 넘어 홍천읍에 왔다. 더 갈 수 없으니, 여기에 내리라고 했다. 승우네 가족은 남쪽을 향해 걸었다.

오 중사는 초산까지 진격해 들어갔었다. 압록강 물을 수통에 받아 이승만 대통령께 드린 그 부대였다. 통일이 눈앞에 보일 때 중공군 12만 명이 압록강을 넘어 인해전술로 포위 작전을 전개했다. 거의 궤멸하여 후퇴한 6사단에서 오 중사는 구사일생 살아서 돌아왔다. 그 후로는 소식이 끊겼다.

삼마치 고개는 눈이 한 길이나 쌓였다. 그 길을 남부여대, 피난민 행렬이 끝없이 이어지고 있었다. 눈 덮인 길은 미끄러웠다. 승우네 식구는 조심조심 걸어서 고개 중턱에 이르렀다. 그때 갑자기 아군 포격이 시작되었다. 여기저기 포탄이 작렬했다. 갑자기 당한 일이라 피란민들은 우왕좌왕했다. 그대로 생지옥이요, 아비규환이었다.

"퍼-ㅇ -퍼-ㅇ"

포탄이 승우 옆에 떨어졌다. 반사적으로 도랑 밑에 엎드렸다. 곳곳 구덩이가 파이고 여기저기 시체가 쓰러져 있다. 흰 눈 위에 붉은 피가 점점이 물들었다. 이 끔찍한 광경을 어찌 글로 다 표현하랴. 그보다 눈물겨운 광경은 부상한 엄마가 울고 있는 갓난아기에게 젖을 먹이고 있는 것이었다. 죽은 엄마 곁에서 울부짖는 남매도 보았다. 민간인 복장을 한 적군이 피난민 틈에 끼어 넘어오고 있었다. 선발대 중공군도 피난민과 뒤엉켜 죽은 것이다. 우리 가족은 무

1·4 후퇴. 중공군 12만 명 압록강 건너왔다

사했다. 언제 이런 불행을 당할지 모르는 순간을 사는 하루살이 목숨이었다. 죄 없는 백성들이 왜 끔찍하게 죽어가야 하는지 알 수 없는 수수께끼였다.

"하느님! 너무하십니다. 작년에는 그 뜨거운 여름에 옥수수를 가마솥에 넣어 찌듯 백성들을 찜통에 넣어 흔들었습니다. 얼마나 많은 생명이 죽었습니까? 그도 시원치 않으셨는지요? 올해 정초부터 차가운 냉동실에 처넣어 얼린 동태처럼, 눈 위에서 얼어 죽고 포탄에 맞아야 속성이 풀리시겠습니까?"

폭탄이 우박처럼 쏟아지는 속에서 살아남는다는 것은 기적이다. 내일 어떻게 될지 과연 아침에 살아서 깨어날 수 있을지 승우는 내일이 있을지 걱정하며 살았다. 피난민이 밀물처럼 몰려가는 길을 이리저리 비켜 가면서 헤쳐 나갔다. 잠깐 소변보는 사이에 어머니 일행이 보이질 않았다. 승우는 뛰다시피 부지런히 걸었다. 눈에 보이는 것은 하얀 눈뿐, 들판도 산 위에도 온통 눈뿐이다. 가족을 잃은 절망감, 혼자뿐이라는 공포가 서서히 스며왔다. 하는 수 없이 마을로 내려와 마당에 피워 논 장작불에 발을 녹이고 몸도 쉬었다.

눈물과 콧물이 범벅이 되었다. 콧물을 "힝-" 하고 풀었다. 등 뒤에서

"형아 저기 있다."

동생 정우의 음성이 들렸다. 순간에 이산가족이 될 뻔했다.

승우네 가족은 원주를 향해 남쪽으로 뻗은 눈길을 걷고 또 걸었다. 여섯 살짜리 동생 정우가 팔만 휘둘렀지 걸음을 걷지 못했다. 발등이 통통 부어올라 복숭아뼈가 보이질 않았다. 어머니는 이불 봇짐 위에 동생을 지고 갈 수밖에 없었다. 하루 밤낮을 걸어 원주 시내에 들어섰다. 길갓집에 들어갔다. 소를

잡아먹고 소머리만 버리고 갔다. 그 고기를 몇 점 뜯어 국을 끓여 먹었다.

갑자기 시내가 온통 총소리로 생밤 터지듯 요란했다. 적군이 금방이라도 앞에 나타날 것만 같았다. 시커먼 불기둥이 고모라 성같이 하늘 높이 치솟아 올랐다. "쾅-쾅" 날벼락 치는 소리가 귀를 때렸다. 아군이 후퇴하면서 화약고에 불을 지른 것이었다. 부랴부랴 먹던 밥을 치우고 원주역으로 향했다. 마침 남쪽으로 떠나가는 화차를 탈 수 있었다. 마지막 기차라고 했다. 곡간 차 안에는 피난민들이 보따리를 깔고 다닥다닥 모여앉아 있었다. 사람들 사이에 비비고 앉았다. 자리가 없는 사람은 지붕 위에도, 난간에도 감 달리듯 다닥다닥 붙어 있었다. 살려고 하는 집념, 자유를 찾아가는 행렬은 이처럼 처절했다.

기차는 기적을 울리며 떠났다. 치악산 똬리굴로 들어갔다. 힘에 겨운지 기차는 느릿느릿 올라갔다. 굴뚝에서는 시커먼 석탄 연기를 쉴 새 없이 뿜어냈다. 탄재도 날아들었다. 문짝도 없는 곡간 차였다. 코가 맵고 가슴이 답답했다. 수건으로 코와 입을 막았다. 한동안 무덤 속 같은 어둠에 갇혀있었다. 기차는 훤한 밖으로 나왔다. 앞 사람 옆 사람 누구 얼굴 가릴 것 없이 검댕으로 새카맣게 그을려 있었다. 피난열차는 가다 섰다를 반복한 이틀 후 제천역에 도착했다.

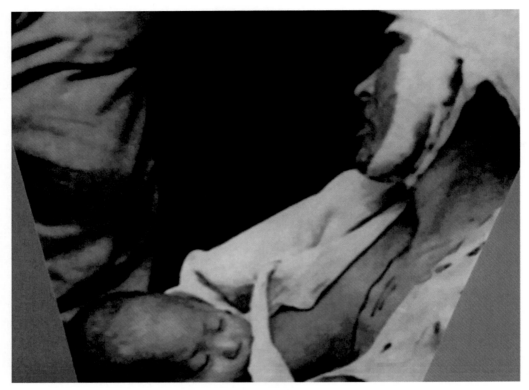

부상한 어머니와 젖을 빠는 아기

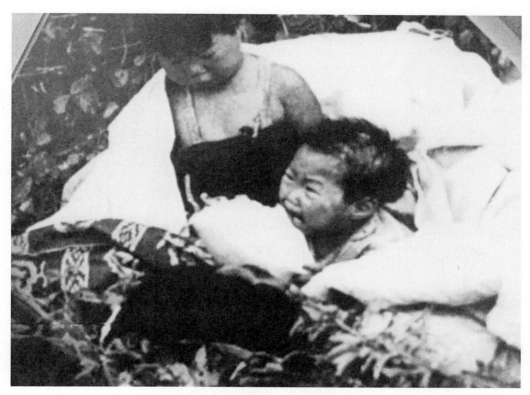

죽은 어머니 옆에서 울부짖는 남매

양구통일관 자료 사용

피난 열차는 잠시 쉬었다 가려니 했다. 하루 이틀 사흘이 지나도 기차는 움직이지 않았다. 승우 어머니는 화차 속에서 몸살이 났다. 열이 오르고 온몸이 쑤신다고 했다. 동생 정우를 짐 위에 지고 백 리 길을 걸었으니, 몸과 마음이 소금 먹은 배추처럼 지쳐있었다. 하는 수 없이 가까운 민가에 들어갔다. 모두 피난 가고 집안은 텅 비어있었다. 아랫목에 힘없이 누워있는 어머니를 바라보았다. 만약에 돌아가신다면, 낯선 타향 땅에서 우리 삼 남매는 고아가 되고 말 것이다. 어찌하면 좋을까? 겁이 털컥 났다. 눈물이 핑 돌았다. 전쟁 통이라 약도 구할 수 없는 형편이었다.

흰 눈 덮인 들에는 나무 한 가치 구할 수 없었다. 아궁이에 볏 짚단을 태웠다. 입김으로 불길을 "호호" 부니 매운 연기가 코로 눈으로 들어왔다. 급하면 하느님을 찾았다. 기도드리고 싶은 마음이 생겼다. 정우는 기도하는 법을 몰랐다. 두 손 모으고,

"하느님, 우리 엄마 살려주세요. 꼭 살려주세요. 네!"

아궁이에서 나오는 연기에 눈을 비벼가면서, 이 한마디를 반복하며 간절히 기도했다. 눈이 뻘겋게 부어 방에 들어온 승우를 본 어머니는 말했다.

"나를 위해 기도했구나. 염려 마라. 곧 일어나게 될 터이니…"

며칠 후 어머니는 굼닐게 되었다. 그날 오후에 미군 흑인이 마을을 뒤지며 돌아다니는 것을 보았다. 급히 어머니와 누나를 헛간으로 피난시키고 볏 짚단으로 가렸다. 벌써 흑인 병사 서너 명이 마당에 들어섰다.

"색시- 색시, C-B C-B 해부 에스."

승우에게 총을 겨누며 엄포를 놓았다.

하느님, 우리 엄마 살려주세요!

흑인 미군, 여자 사냥 다녔다

"NO- NO-."

연거푸 소리치며 손사래를 내저었다. 새까만 오지항아리 얼굴에 달걀 흰 자위 눈이 유난히 빛났다. 1m 80cm만 한 키에 그놈이 그놈 같아서 구분되지 않았다. 흑인 병사들은 안방, 건넌방과 부엌, 드디어 헛간을 들여다보려는 순간이었다. 승우 심장이 쾅쾅 뛰기 시작했다.

"휙- 휙-휙-"

이때 어디선가 호루라기 소리가 들렸다. 그 소리에 헌병이 오는 줄 알고 그들은 후닥닥 도망을 쳤다. 겨우 위험한 고비를 넘겼다. 다리가 후들후들 떨렸다. 뒤돌아보니 동생 정구 목에 호루라기가 걸려 있다.

제천은 지도상 37도로 최전방 저지선이었다. 부랴부랴 봇짐을 챙겨 제천역으로 달렸다. 다행히 기차는 떠나지 않고 그대로 서 있었다. 기차에서 내려 아침밥을 짓고 있을 무렵, 기차는 움직이기 시작했다. 밥을 짓던 누나는 울며불며 뛰었다. 무정한 기차는 누나를 두고 남쪽을 향해 떠나갔다. 죽령에서 가로막고 있는 공비 없애버리고 급히 떠나야만 했었다.

누나 생각에 가슴이 미어졌다. 마치 상어 떼가 들끓는 바다에 버리고 온 정어리 같아서 위험지역에서 어떻게 살아남을지 걱정이었다. 누나의 치마폭을 잡고 사탕 내놓으라고 떼를 썼던 철부지였다. 어머니가 매를 들면 누나 등으로 피했었다. 누나의 사랑을 흠뻑 받으며 자란 승우였다. 누구나 마음에 상처받는다. 흔히 인생의 큰 상처는 배신, 이별 그리고 죽음이라고 한다. 죽음 다음으로 아픈 것이 이별이다. 누나와의 생이별은 승우 가슴속 깊이 슬픔을 남졌다.

하느님! 1. 4 후퇴는 무슨 뜻입니까? 더 크고 깊은 뜻이 있습니까?

생명은 신비롭고 귀한 것입니다. 역사의 심판은 준엄합니다. 죽음은 삶의 시작입니까? 후퇴는 새 세대의 어떤 약속이 담겨 있는지요? 우리 민족이 몽땅 망하지는 않습니다. 나뭇가지가 부러지면 상처를 안고 자라듯 우리 백성도 타격을 받고 피눈물을 흘리지만, 새 시대의 국민으로 자라고 있겠지요. 후퇴가 있으면 전진이 있고 죽음 후에 새 생명이 태어납니다. 씨가 떨어지면 나무가 자라고, 비가 스며들어 샘이 떠집니다. 6·25 전쟁, 1·4 후퇴 모두 백성들이 매 맞는 환란이지만 그 속에 새 생명이 자라고 있을까요?

낯선 안동 땅을 밟았다. 발길 닿는 대로 걸었다. 갈 곳도 반겨줄 사람도 없는 막막한 발길이었다. 우리 가족이 멈추어 선 곳은 뾰족 탑, 성당이 산등성이로 보이는 기와집 골이었다. 해는 뉘엿뉘엿 넘어가는데 승우네 가족은 담 모퉁이에서 오들오들 떨고 서 있었다. 저녁 준비로 진저리 꾸러미를 들고 지나가는 아주머니가 있었다. "피난민인겨?" "갈 곳이 없어서요.…" 어머니가 힘없이 말했다. 집주인이 피난 갔으니 올 때까지 사랑채에 살라고 했다. 이런 고마운 분이 있나, 그 아주머니를 따라갔다. 옛날 기와집이었다. 어머니가 아끼던 금반지를 팔아 쌀을 샀다.

살을 에는 뜻한 겨울도 봄바람에 저만치 도망갔다. 전쟁 중인 이 땅에도 새 봄이 왔다. 뒷동산에 올라갔다. 3월은 하늘과 땅, 산과 강이 온통 기지개를 켜며 봄은 성큼성큼 걸어 나오고 있다. 바람은 아직 찬데 땅 위로 파릇파릇 새

피난 열차 급히 떠나 누나와 생이별했다

싹이 돋아나고 있었다. 땅속에 누가 있기에 파란 싹을 쏙쏙 올려 내밀고 있을까? 전쟁 중에도 노란 꽃다지가 피었다. 봄은 샤갈의 그림이며, 잔잔히 흐르는 브람스의 음악이다.

승우는 심심하기도 하고 새 길을 익힐 겸 걷다가, 새로운 풍경을 발견했다. 장마당에서 '하회 별신굿판'이 벌어졌다. 하회탈을 쓰고 춤을 추고 있다. 지나온 세월 서러운 눈물을 감춘다, 가슴에 품은 한도 감춘다. 모두 감추고 춤을 춘다. "얼-수 얼-수," 굿거리장단에 맞추어 춤사위가 벌어진다. 훔치고 싶은 건 넛마을 과수댁 그 아릿거리는 몸매도, 엉큼한 마음도 바짓가랑이에 감추고 "얼-수 얼-수", 하늘 보고 훨훨, 땅을 차고 팔짝, 꽃 피는 이유도 새가 나는 이유도 모른다. 하회탈 뒤에서는 모두 잊힌다. 걱정이 비수 되어 온몸을 찔러도 저녁 쌀이 떨어졌어도, 얼굴만 감추면 그만인 것을, "얼-수 얼-수" 춤을 춘다. 구경꾼들은 "허허허, 호호호, 히히히, 후후후, 까르르, 깔깔" 웃음과 함께 걱정도 봄바람에 모두 날려 보내고 있었다.

이 땅에 약속처럼 봄소식이 손짓하며 달려오는 모습이 아지랑이 속으로 보이는 계절, 고향의 봉의산을 그려 본다. 산마다 굽이치는 새봄의 기운, 소양강에 출렁이는 새봄의 환희! 언제 고향에 돌아가 친구들도 만나고 학교도 다닐는지? 까마득한 북쪽 하늘 바라보았다. 풍문에 국군이 북으로 진격한다는 반가운 소식 들려온다. 승우는 빨리 고향으로 가자고 어머니께 졸랐다. 어디쯤까지 전진했는지, 라디오나 신문이 없으니 눈 뜬 장님이요 귀머거리였다. 집주인이 온다기에 승우 가족은 봇짐을 지고 고향으로 향했다. 하룻길을 걸어 영주로 가는 제비마을에 도착했다. 동산 위에 큰 부처가 돌 갓을 쓰고 서 있다.

하회 별신굿판 벌어지고 있다

승우는 신기해서 부처님께 물어보았다. "그 무거운 갓은 왜 쓰고 계시나요?" 부처는 빙그레 웃었다.

"너희들이 진 죗값이 무거운 인과응보니라."

승우는 봇짐을 내려놓고, 돌 위에 앉아 물끄러미 돌부처 쳐다보았다. 이 전쟁은 언제 끝나려나, 말세려나. 우주의 중심축에 굳건히 눌러 서 있는 그 자세. 왜 부처는 귀가 유달리 큰가? 들리지 않는 소리를 들으려면, 귀가 셋이라고 했다. 그것을 섭리(攝理)라고 한다.

"귀가 열리면 하늘의 소리를 들을 수 있지. 천둥소리에도 없고 대포 소리에도 천상의 음성은 없다. 미세한 바람 소리를 들어보아라. 마음이 깨끗한 자만이 들을 수 있느니라."

"자비로우신 부처님, 왜 많은 사람이 죽게 내버려 두십니까?"

"더 많이 죽을 것을 이 두 손으로 막고 있지 않느냐?"

다시 길을 떠났다. 중요 도로마다 보초막이 서 있었다. 밤에는 패잔병이나 공비들이 출몰하고 있었다. 어느 전투경찰관이 말을 건넸다.

"어디로 가는 피난민이요?"

"춘천으로 가요."

승우는 무심코 대답했다.

"춘천이요, 춘천!"

보초막에서 누군가 뛰어나오며 반겼다. 그 경찰관도 고향이 춘천이란다. 고향 까마귀만 보아도 반갑다는데 춘천 고등학교 2학년 재학 중에 이곳까지 왔

부처님, 왜 많은 사람이 죽도록 내버려 두십니까?

다고 했다. 며칠 쉬어가라며 방을 구해주었다. 저녁쌀을 구하려고 마을로 들어갔다. 김 순경은 동구 밖에서 카빈총을 "팡팡" 쏘았다. 승우보고 쏘아 보란다. 호기심에 산에다 대고 선 자세로 쏘았다. 반동도 그리 크지 않고 목표물에 명중했다. 동네 어귀에 들어서면서 총을 쏘는 이유는 경찰이 간다는 신호였다. 대문을 열고 들어가면서

"쌀 좀 주세요."

말이 끝나기 무섭게 정우가 들고 간 자루에 한 되 쌀을 넣어주었다. 대여섯 집을 돌아다녔다. 쌀 반말을 지고 왔다. 그곳에서 사흘 묵었다.

김 순경과 고향에서 만나자는 말을 남기고 이별했다. 이별은 다시 만나자는 약속이었다. 도요다 군인 트럭을 태워주어 원주로 가는 길이었다.

죽령에 접어들었다. 비포장도로로 먼지를 날리며 굽이굽이 나사못처럼 빙글빙글 돌아서 올라갔다. 잠시 쉬며 희방폭포에서 흐르는 물에 손을 씻었다. 전쟁 속에서도 여전히 물은 살아서 움직였다. 높은 곳에서 낮은 곳으로 쉴 새 없이 흐르고 있었다. 고개 주변에는 며칠 전 전사한 시체가 여기저기 묻혀있다. 죽은 병사들의 팔다리가 삐죽삐죽 나와 있어, 얼마나 치열한 전투가 벌어졌는지 섬뜩한 무서움에 휘감겼다.

죽령 정상 부근에서 잠시 쉬어가기로 했다. 그곳에 희방폭포의 물소리가 들렸다.

가파른 층계 올라 구름다리
구름다리 위로 둥실 물기둥 걸렸네
소백에서 으뜸가는 절경이로구나

연화봉에서 발원하여
수십 굽이 돌고 돌아
천지를 진동하니
보는 이로 넋을 잃게 하누나

서거정[5]은 말했네
하늘에서 내려와
꿈속에서 노니는 곳이라고
나도 신선 되어 잠깐 즐겼네

떨어지는 물줄기 바라보며
새 희망 꿈꾸었네
아- 이 상쾌함이여!
나도 폭포처럼 소리치고 싶어라

〈희방폭포, 정승수 시〉

---

5) 서거정: 조선시대 시인

죽령에서 바라본 소백산 연화봉

새빨간 배자랑 예쁘기만 한 무당개구리가 나뭇잎에 앉아 있었다. 죽령 정상에서 바라보는 소백산은 연화봉과 비로봉, 국망봉으로 이어지는 산세는 웅장하고 부드러웠다. 어른이 되면 봄 철쭉으로 갈아입는 소백산을 산행하고 싶었다. 승우 마음은 고향으로 간다는 기쁨에 들떠 산천초목도 반기는 듯했다.

15. 구걸하는 피난 생활

피난 짐을 지고 횡성 공근면에 닿으니 어둑어둑 해는 지고 배고팠다. 마침 미군 부대 철조망 너머로 노무자로 보이는 아저씨들이 저녁밥을 먹고 있는 때였다. 염치 불고하고 어머니는

"밥 좀 주세요." 하셨다.

고마운 아저씨 한 분이 흙 담는 부대에 한 삽 푹 퍼 넣어주었다. 승우네 가족은 길가에 둘러앉아 강낭콩이 드문드문 섞인 밥을 맨손으로 움켜 먹었다. 시장이 반찬이라고 생일 잔칫상보다 더 달게 먹었다. 부대에서 가까운 빈집에서 쉬었다. 아침에 일어나서 어제 먹은 저녁밥을 들여다보았다. 부대 속 흰털이 다닥다닥 들러붙어 있었다.

어머니는 미군 부대 노무자를 상대로 음식 장사를 했다. 어머니는 손 맛깔나게 양배추와 양파를 썰어 넣어 물김치를 담갔다. 달걀가루와 밀가루를 섞어 빈대떡도 부쳤다. 남은 밥을 얻어 발효식품 이스트를 고루 섞어 항아리에 넣었다. 며칠 후에 맛을 보니 막걸리가 되었다. 햄과 소시지, 고기 통조림 그리고 양파를 넣어 끓이는 부대찌개는 일미였다. 노무자들은 오랜만에 한국 음식을 먹으니, 입이 가뿐하다고 했다.

입에서 입으로 소문이 퍼졌다. 너도나도 나와서 사 먹었다. 돈을 내는 사람, 소고기 통조림으로 바꾸어 먹는 사람, 밀가루를 가지고 오는 사람도 있었

다. 고난 속에 동포끼리 서로 돕는 동정심이 작용하고 있었다.

승우는 미군 빨래를 해 주었다. 개인 천막 사이로 다니면서 외쳤다.

"리언줄리… 리언줄리… 클리닝…."

미군은 빨랫거리와 비누를 내놓았다. 개울가로 나가 흘러가는 개울물에 빨래했다. 돌 위에 말린 후 잘 개서 주인에게 돌려주었다. 세탁비로 1달러를 주기도 하고, 담배와 초콜릿을 주기도 했다. 일정한 금액도 없이 주는 대로 받았다. 이날도 빨래를 받으러 나섰다. 한 병사가 팬티를 건네주었다. 물에 넣고 빠는데 풀같이 허연 액체가 엉켜 있었다. 끈적끈적한 것이 잘 지워지지 않았다. 찬물에 빠니 얼룩져, 깨끗하게 세탁되지 못했다. 그 빨래를 가지고 갔다.

"까-뎀, 게라웃히어"

깨끗이 빨지 못했다고, 품값은커녕 욕만 먹고 돌아왔다. 개중에 야박한 미군도 있었다.

세탁 거리가 없으면, 부대 주위를 한 바퀴 돌았다. 쓰레기장을 뒤지는 것이 그날의 중요한 일과였다. 그곳에는 요술 상자같이 별의별 물건이 다 들어 있었다. 황홀하도록 경이로운 보물창고였다. 주전부리하려면 이곳에 와야 한다. 비스킷, 초콜릿, 캐러멜, 젤리, 껌들로 다양한 간식이 한없이 쏟아졌다. 재수 좋은 날이면 기한이 지난 커다란 소시지 통조림이나, 소고기 통조림도 얻을 수 있었다. 이 통조림들은 먹으면 정신이 번쩍 드는 영양식이었다. 미군이 버린 쓰레기가 승우네 가족에게 별미이기 전에 주린 배를 채우기 위한 절박한 생존이었다. 은박종이를 뜯었다. 설탕과 우유, 쓰디쓴 가루가 들어있었다. 이 쓰디쓴 가루를 왜 먹을까? 튜브를 짜니 흰 액체가 나왔다. 맛을 보니 화하고 달콤했다. 그것은 치약이었다. 전쟁 때에는 거지가 따로 없었다. 이런 생활이 거지가 아닌가? 어른은 노무자로, 젊은 여자는 양공주로, 아이들은 모두 거지 꼴이 되었다. 우리 불행한 세대는 이렇게 절망과 고난을 딛고 일어섰다. 우리 가족이 살고 있는 집주인 없는 화단에도 철 따라 목단이 피어 있었다.

잡지도 주워보았다. 영어는 모르나 그림은 볼 수 있었다. 흰 눈을 이고 있는 산 아래 맑은 호수, 그 옆에 그림 같은 하얀 집…. 내 현실과는 먼 이야기지만 그림 보는 마음은 꿈을 간직하기에 좋은 책이었다. 미국이라는 나라는 얼마나 잘 사는 나라일까? 지상낙원으로 생각되었다. 대학을 소개하는 책도 있었다. 하버드, 콜롬비아, 버클리대학교 등 많은 대학교 중에 만일 내가 커서 간다면 어느 대학에 갈 수 있는지 행복한 고민도 해보았다.

꿈과 환상의 나라 디즈니랜드를 소개하는 그림책을 보다가 잠깐 잠이 들었나 보다. 메인 스트리트에서 모네일을 타고 32 평방킬로미터를 한 바퀴 돌아보았다. 시간 분배를 잘하지 않으면 하루에 6개 구역을 모두 보기는 힘들었다. 모험의 나라, 개척의 나라, 꿈의 나라, 환상의 나라, 미래의 나라라고 이름 붙인 놀이동산은 각각 독특한 볼거리와 재미가 있어 보였다.

미군 쓰레기장은 만물상이다

주인 없는 화단에도 철 따라 핀 목단

먼저 우주여행을 했다. 의자에 앉아 지구에서 우주로 떠나는데 별이 앞으로 다가오면 요리조리 피해 가는 스릴과 아찔한 순간을 느꼈다. 궤도 열차를 타니 17세기로 돌아간 기분이다. 보물을 찾으려 굴속으로 들어갔다. 박쥐 떼가 날아들었다. 공중에서 해골이 떨어지기도 했다. 귀신의 울음소리가 들리는가 하면, 보물 상자도 보였다. 무섭고 음침한 곳이어서 모험심을 기르기에 알맞은 곳이었다.

잠수함을 타고 물속으로 내려가 여러 종류의 고기떼를 만나기도 했다. 산호, 조개들도 보았다. 물과 친할 좋은 기회였다. 환상의 나라에 배를 타고 들어갔다. 아름다운 노래에 맞추어 세계 여러 나라의 의상을 입은 인형들과 많은 짐승, 가지각색의 새들이 특별한 춤을 추며 움직이고 있었다. 즐거움을 한껏 느끼는데 어머니가 흔들어 깨웠다. 승우는 눈을 비비면서 아쉬운 듯 입맛을 쩍쩍 다셨다.

아군이 북으로 전진함에 따라 보급부대인 스미스 부대도 38선 이북으로 이동하게 되었다. 승우네 가족은 고향을 찾아 홍천 성산에서 대룡산 느릿재를 올라갔다. 산골짜기에는 죽은 말과 전사한 중공군 시체들이 여기저기 널브러져 있었다. 오뉴월이라 고린내가 코를 찔렀다.

시퍼런 왕파리 떼들이 수지가 맞은 듯 왕왕거리며 시체 위를 날아다녔다. 이 골짜기에서 길을 닦고 있는 백인 병사와 마주치게 되었다. 노골적으로 어머니에게 달려들었다.

"XX 오-케이"

어머니를 넘어뜨렸다. 위기감을 느낀 승우는 흙을 병사의 눈에 뿌리고 어머니 손잡고 도망쳤다. 더는 따라오지 않았다.

산길로 들어서니 찔레꽃이 반겨주었다. 누나는 찔레꽃을 좋아했다. 지금 어디서 무얼 하고 있는지. 누나 생각이 간절했다.

그 후 제천에서 이별한 누나는 구사일생으로 홀로 고향 찾아 올라오다가, 홍천읍에서 2km쯤 떨어진 연봉에서 쉬게 되었다. 농가에 배 씨라는 노총각이 있었다. 참하게 생긴 누나에게 청혼했다. 그와 함께 텃밭도 가꾸고 오일장 따라 장돌뱅이로 매형과 함께 옷 장사도 했다.

누나는 기침을 자주 하여 병원에 가서 검진받았다. 폐병 4기로 고칠 수 없다고 진단했다. 그 후 몇 달 못살고 아기도 없이 하늘나라로 갔다. 누나는 이름을 옥봉(玉峰)이라고 했는데, 아버지가 설악산 공룡 능선에서 제일 예쁜 봉우리 이름으로 지어주었다. 활짝 피지도 못한 채 먼저 간 누나를 생각하며 찔레꽃 노랫말을 지어 불렀다.

찔레꽃 하얀 꽃 슬픈 이야기

16. 고향으로 돌아오다

어렵사리 위험한 고비를 넘긴 승우네 가족은 대룡산 마루에 서 있다. 그리던 고향산천이 발아래 놓여 있다. 아득히 먼 산안개 아래 봉의산이 보였다. 피난살이에 얼마나 고생이 많았던가? 땅 한 평 없지만 자나 깨나 고향으로 가겠다는 희망이 있었기에 어떠한 어려움도 참을 수 있었다. 목숨을 부지하고 드디어 반년 만에 모수물골로 돌아왔다. 그러나 뜻하지 않게 집은 잿더미로 우리를 맞이했다. 남은 물건이라고는 아무것도 없었다. 도청이 폭격 맞으며 그 불똥이 튀어 마을에 옮겨붙었다고 뽕뽕이 김 노인은 말했다.

우선 급한 대로 도청 앞에 적산가옥을 청소하고 들어갔다. 마당은 말 그대로 쑥대밭으로 변해 있었다. 잡초를 뽑고 청소를 막 끝낼 무렵이었다. 앞집으로 미군과 양색시가 손잡고 들어가는 것을 보았다. 호기심 많은 사춘기라 그들이 하는 행동이 보고 싶었다. 앞집은 폭격에 지붕이 반파되고, 벽은 모두 허물어져 있었다. 잡초 사이로 알몸으로 뒤엉켜 움직이기 시작했다. 여자가 위에 올라타 감투거리하는 행위를 보는 순간 심장이 뛰었다. 성행위를 처음 보는 순간 추하기보다는 하나의 예술이랄까 남자의 본능이 살아났다.

여자의 육체를 깨진 향수병 같은 것이라고 했던가? 하여튼 벗길수록 매력은 증발하고 숨길수록 아름다워지는 것이라고 한다. 누드를 보아서 눈이 먼 것이 아니라 정서의 눈이 먼다는 차원에서 눈먼 톰은 지금도 진리인 것 같다.

눈먼 톰

그날 성행위의 환영이 오래도록 뇌리에 남아 있었다. 인간의 삶을 풍요롭게 하는 것은 감성이요 본능이다. 그 본능을 선하게 활용하면 예찬 받지만, 짐승처럼 타락하면 헤어날 수 없는 길을 걷게 될 것이다. 승우의 통제되지 못한 자위행위는 버릇이 되어 자신을 죄악시하는 데 더 문제가 있었다.

처음으로 성에 대한 호기심이 생겼다. 성에 대한 궁금증을 마음 편히 물어볼 상담자가 없었다. 성욕이 강할수록 일할 의욕도 강해진다고 이웃 형이 일러 주었다. 그리고 성행위는 성인이 되어가는 과정이니 죄악은 아니라고 했다. 한 번도 성에 대한 교육을 어머니나 학교에서도 받아본 적이 없다. 스스로 판단하고 결정해야만 했다.

도청 자리에는 58부대라는 미군 보급부대가 있었다. 밤만 되면 언덕 아래로 피 묻은 내복이며 구두를 산더미처럼 내다 태웠다. 아마도 전사한 병사들의 유품인 것 같다. 옷가지가 부족한 때라 불타는 속으로 뛰어 들어가 연기를 들어 마시며 잡히는 대로 옷가지를 꺼내왔다. 재수 좋은 날이면 비싼 양털스웨터 꾸러미를 차지하기도 했다. 그 물건들을 팔면 돈이 되었다.

고향에 왔다지만 살길이 막막했다. 승우 어머니는 손쉬운 대로 양공주들에게 밥을 해 팔았다. 하나밖에 없는 양은 대야를 같이 사용했는데 세수하면 비릿한 생선 냄새가 났다. 전쟁 통에 남편이 죽은 미망인이 30여만 명이었다. 그중에 양공주가 된 미망인이 10만여 명이나 된다고 한다. 그들이 낳은 혼혈아들도 사회문제가 되었다.

화려함도 없이 수수한 시골 여인
벌도 나비도 얼씬하지 않고
바람 부는 대로 고개 숙여 조아리네

외롭고 처량하게 보이는 모습
전쟁 통에 전사한 지아비를 기다리는 듯
그저 화장기 없이 소복한 아낙네

숨죽인 갈대 강가에서 울고 있네
갈대 소리 그리움 되어 울고 있네
가슴 깊은 곳에서 소리내어 울고 있네

갈대꽃은 전사한 지아비를 사랑하는 가슴앓이
서걱거리는 소리 전쟁터에서 전사한 혼령의 소리
마지막 가을을 보내는 계절의 여운

가을의 끝자락 홀로 지키며
갈대들은 서로 몸 비비며 울고 있네
강물도 소리내어 울고 있네

〈갈대꽃, 정승수 시〉

미군 부대 이동에 뒤따라오는 양공주는 미군 트럭 빈 드럼통에 숨겨 포주가 인솔해 왔다. 달러를 벌기 위해 오산, 천안, 심지어는 전라도, 경상도 색시들로 오방잡처(五方雜處)에서 10여 명씩 모여들었다. 처녀가 대부분이지만 전쟁으로 남편을 잃은 과부와 아기가 딸린 주부도 있었다. 전시라 은행도 없었다. 번 돈을 어머니에게 맡기고 나가 돈을 벌어왔다. 재수 없게 고약한 미군을 만나면 '그것 주고 뺨 맞는다는 격'으로 지니고 있던 달러도 모두 빼앗긴다고 했다. MP가 와도 말이 통하지 못하니 범법자를 보고도 잡지 못하는 인권 사각지대에 놓여 있었다.

양색시들의 영어 회화 실력은 대부분 이 정도였다.

"꼬꼬 베비, 기브 미."

"에그 데스, 에그."

달걀을 달라는 말이었다. 무슨 뜻인지 곰곰이 해석하던 미군은 배꼽을 쥐고 떼굴떼굴 구르며 웃었다.

무엇보다도 무서운 것은 성병이었다. 미군 중에서 임질이나 매독 보균자가 더러 끼어 있었다. 임질은 페니실린 주사 몇 대 맞으면 완치되었다. 그러나 매독에 걸리면 신세 망치는 병이다. 심하면 코가 떨어지고 아기를 낳아도 뇌성마비나 기형아로 태어나기도 했다.

보건소나 병원이 없는 일선지구라 치료할 곳도 마땅치 않았다. 하루하루 목숨을 걸고 달러와 바꾸는 불쌍한 여성들이었다. 산업시설이 없던 그때, 그들이 달러를 벌어들이는 유일한 창구였다.

양공주는 스스로 섹스노동자라고 불렀다. 그중에는 대학을 중퇴했다는 미

여인과 갈대

스 홍은 이렇게 주장했다.

"쾌락을 바치는 것도 일종의 수고일 수도 있고, 노력을 필요로 한다. 그로 인해 수당을 받을 수 있는 일정한 노동이라고 생각한단 말이야."

섹스노동은 불법이다. 그럼에도 응달에서 꾸준히 자라왔다. 돈을 벌기 위해 거짓으로 착한 척 웃음을 파는 존재일 뿐이다. 섹스는 늘 구매자가 존재하는 한, 오래된 육체노동인 동시에 반도덕적 행위로 억압당하는 이중적인 수난을 당하고 있었다. 양공주들은 남성의 참을 수 없는 심급(甚急)을 빨고 또 빨아서 마지막 한 방울까지 거덜 내고자 했다. 제자리에서 돌아앉아 다른 손님을 받았다. 그런 여자들에겐 미군들의 부풀어 오른 근육 덩어리를 풀어주는 그 이상 아무것도 아니었다.

전란 직후 굶주림에 찌든 사람들의 눈물 어린 삶의 명암이 서려 있는 현장이었다. 살기조차 어려웠던 사람들에게 연명의 끈을 이어준 유일한 곳이었다.

양공주들이 낳은 아이들은 대부분 외국으로 입양해 갔다. 그들 중에 미국인에게 시집간 어머니가 인종차별이란 숱한 고통을 겪었지만, 그 어려움을 보면서 삶을 포기하지 않고 살아온 여인이 있었다. 미군 기지촌 혼혈아 출신인 그녀는 자기 어머니를 "나의 영웅"이라고 했다. 미국 이민으로 현대사의 질곡을 겪은 어머니를 대상으로, 사회학자 '그레이스 조'는 그녀의 일생을 기록하여 화제가 되기도 했다.

어느 날 승우는, 삼거리에서 만난 미군 병사가 양공주가 있는 곳이 어디냐고 묻기에 가르쳐주고 1달러를 받았다. 그러자 낯선 아저씨가 다가왔다. 다짜

고짜 승우 뺨을 갈겼다. 얻어맞고 얼떨떨해하는 그의 멱살을 잡고 경찰서로 끌고 갔다. 그 형사는 분이 안 풀렸는지

"앞길이 창창한 놈이 무엇을 못 해 먹어 뚜쟁이 노릇을 해?"

"난 안 그랬어요. 뭣을 잘못했는데요?"

"이놈 봐라! 도둑 변명하듯 하네!"

그 옆에 앉아 있던 분이 초등학교 친구 석호 아버지였다.

"내 자식 친구야, 이 학생은 그런 사람이 아닐세."

야단맞고 허둥지둥 경찰서에서 풀려나왔다.

전쟁 통에 학교를 나가지 못하는 형편이었다. 피난 보따리 속에 1학년 영어 교과서를 지고 다녔다. 옆집에서 미군과 살림하는 양색시가 있었다. 그 색시에게 부탁하여 하우스보이로 들어갔다. 영어회화를 배우려는 목적이었다. 영어 한마디를 익히면 새로운 세계가 열릴 것이다.

달러와 양색시

미국을 알고 그 문화와 사람들을 이해하게 될 것이다. 그러므로 영어는 훗날에 큰 힘이 되어 돈도 벌 수 있다는 생각에서 부대로 들어갔다.

58부대 워커(군화) 보급 실에서 일하게 되었다. 세 군인이 일하고 있었다. 그 중에서 승우를 데리고 간 존슨 하사가 선임자였다. 그 밑에 흑인혼혈 병장이 까다롭게 굴었다. 천막 막사라 청소해도 티가 나지 않았다. 흰 장갑을 끼고 다니면서 먼지 묻은 곳을 지적하고 다시 시켰다. 영문 타자라도 배우려고 하면 가까이 가지도 못하게 했다. 하루는 오징어 다리를 씹다가 들켰다. 미국 사람들이 오징어 냄새를 싫어하는 줄을 몰랐다. 이 일로 보름 남짓 다니다가 쫓겨나고 말았다.

한국전쟁 이후 미군이 주둔해 있는 곳에는 기지촌(基地村)이 생겼다. 전란 직후 굶주림과 가난에 찌든 사람들의 눈물 어린 삶의 명암이 서려있는 현장이다. 살기조차 어려웠던 사람들에게는 '아메리칸 드림'의 진원지가 되었다.

인근 요선동에 사창(社倉) 고개가 있다. 조선시대에 백성들에게 보릿고개인 봄에 곡식을 꾸어주었다가 가을에 받아들이는 곳이었다. 그런데 묘하게도 앞두루에 '캠프 페이지'라는 미군부대가 들어왔다. 이후에는 주민들 사이에 사창(私娼)고개로 오용되는 아픈 역사가 숨어 있다.

소양로 나지막한 언덕배기에 부대정문에 이르는 2백여 미터의 거리에는 판잣집이 다닥다닥 붙어있었다. 이곳이 양공주 집성촌이었다. 길 폭은 두 사람이 겨우 비켜나갈 만큼 좁지만, 밤이면 외박을 나온 장병들이 여가를 즐기려고 불야성을 이루고 있었다. 한때 성업 중일 때는 미군 전용 카바레와 클럽이 10곳이 넘을 때도 있었다. 이 부대 어귀에는 군장과 미군들이 즐겨 찾는 기념

앞두루에 '캠프 베이지'라는 미군부대가 들어왔다

품 같은 물건을 파는 잡화상이 있었다. 전쟁 통에서도 이곳만은 활기차 장이 섰다.

승우는 한 귀퉁이에 좌판을 벌였다. 달러가 내 손에 들어오니 장사가 제일인 것을 깨닫기 시작했다. 미군 군속들의 경제활동에 쓰였던 군표가 민간경제에 파고들었다. 그 군표로 시중에서 구하기 힘든 양주 조니워커며 럭키 스트라이크 담배, 미군 야전식량인 C-레이션 등 PX 물건이 나오면 싸게 사서 되팔면 몇 곱 남았다.

C-레이션은 만물상이다. 그 속에는 깡통 소고기, 껌, 커피. 코코아, 비스킷, 크래커, 잼, 초콜릿, 캐러멜이 들어있다. 미군야전용 식량이 구색을 갖춘 먹거리에서 간식거리까지 사뭇 다채롭다.

6·25전쟁 이후 미군 부대의 C-레이션은 끼니 걱정을 해야 했던 50년대 우리에겐 별미와 특식이기 전에 주린 배를 채우기 위한 절박한 생존수단이었다. 앞집은 꿀꿀이죽을 파는 음식점이었다. 미군부대에서 나오는 음식 찌꺼기에는 먹다 남은 빵과 치즈, 햄, 통조림 소고기가 들어있다. 드럼통을 반으로 자른 솥에 이 재료를 넣어 끓이면 짬뽕 음식이 되었다. 승우도 점심에 꿀꿀이죽을 사 먹었다. 어떤 때는 꿀꿀이죽에서 담배꽁초나 휴지 조각이 묻어 나와도 슬그머니 골라냈다.

임시로 살고 있는 적산가옥 천장을 바르려고 뜯어보니, 대들보에 신문지로 싸놓은 돈뭉치가 있었다. 오백만 환이라는 큰돈이었다. 흔히들 전쟁 통에는 땅속이나 천장에서 보화가 나오면 보는 사람이 임자라고 했다. 승우는 일생에

천재일우(千載一遇)의 횡재를 했다. 그러나 노력하지 않은 돈은 화를 가지고 온다고 하셨다. 어머니는 주인을 찾아 나이 어린 양공주 미스 김에게 돌려주었다. 이 모습을 바라보는 그는 정직이라는 단어를 가슴 깊이 새겼다. 그것은 많은 돈으로도 바꿀 수 없는 값진 교훈이 되었다.

어머니가 밥장사해 번 돈과 승우가 장사한 돈으로 작은 집을 짓기로 했다. 적산 땅인 동회자리였다. 양지바른 고개언덕 삼십여 평에 기와집 골 헌 목재를 사다가 뼈대를 세웠다. 고 씨는 어깨너머로 배운 서툰 목수였다. 주춧돌은 승우 어머니가 머리에 이고 날라 왔다. 물자가 귀한 때라 지붕은 널빤지 위에 미군 부대에서 나오는 레이션 종이상자를 씌웠다. 방 세 칸에 부엌이 딸린 아담한 새집을 갖게 되었다. 어머니와 승우가 그동안 열심히 일한 결과 새집으로 이사를 했다. 천장에서 나온 돈으로 함석지붕을 올릴 수 있었는데 하는 아쉬움도 남아 있었다.

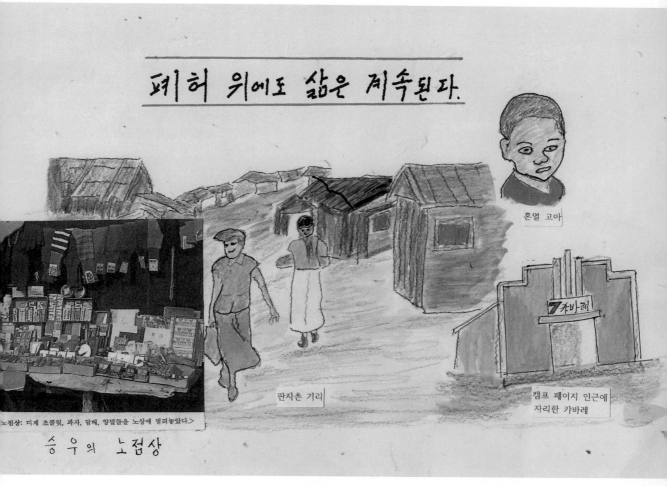

폐허 위에도 삶은 계속된다.

혼혈 고아

판자촌 거리

캠프 페이지 인근에
자리한 캬바레

노점상: 미제 초콜릿, 과자, 담배, 양말들을 노상에 벌려놓았다.>

승우의 노점상

승우의 노점상

전쟁 통에도 장은 섰다

우리 동네 봉의산은 예쁜 꽃을 피우고도 자랑하지 않았다. 아름다운 열매를 맺고도 으쓱거리지도 않았다. 산에 작은 식구가 늘어도 속으로만 기뻐했다. 이렇게 봉의산은 겸손하고 말이 없다. 변덕스럽지도 않다. 사랑을 주면서도 불평 한마디 없었다. 승우는 위험한 고비를 넘길 때마다 봉의산을 생각했다. 이런 위기는 욕심에서 비롯되었다. 봉의산은 승우를 다시 일으켜 세웠으며, 세상을 넓게 볼 수 있는 지혜를 주었다. 우둔한 그에게 제자리에 바로 서도록 끊임없이 인내하며 지켜봐 주었다.

봉의산은 승우에게 필요한 모든 것을 아낌없이 주고 다 받아들였다. 어려서는 놀이터요, 주전부리 장소요, 열매와 땔감까지 모두 내어주었다. 봉의산은 친구처럼 즐거운 놀이동산이며 생명력이 넘치는 산이었다. 그러나 그는 이 고마운 산에 나무 한 그루 심지 못하고 타향살이 사십 년 살았다.

이제 모수물골에서 놀던 어린 시절은 아름다운 색깔로 채색되어 다가왔다. 어린 시절이 우리에게 아름다운 추억으로 다가오는 또 한 가지 이유는, 그 시간이야말로 현실성 없는 놀이 과정이었기에 때문이다. 더할 나위 없는 그 놀이 과정은 인생에 있어서 최상의 즐거움을 보장해 주는 시간이었다. 그 시간 속에서 우리는 노는 것만이 유일한 일일 뿐이었다.

17. 선열의 숭고한 피가 스민 봉의산

봉의산은 유구한 역사 속에서 춘천 사람들과 생사고락을 함께 해왔다. 즐거움도 있었지만, 위기가 닥칠 때 죽음으로 함께 지켰다. 그 산은 아픈 역사를 간직했기에 과거를 돌아봄으로써 미래를 발전시킬 수 있는 원동력이 되었다. 뼈아픈 지난 역사에서 지혜를 배운다. 역사를 잊은 민족에게 미래는 없다. 불행한 세대, 고려 무신시대의 먼 옛날이야기는 후손들에게 교훈을 준다.

봉의산 순수비를 찾았을 때는 낙엽 지는 11월 초순이었다. 순수비 주변에 떨어져 굴러다니는 낙엽은, 마치 전란 속에 쓰러진 조상들의 혼인 듯싶었다.

나라를 지키려다가 뿌린 선열의 숭고한 피가 스며있는 산성은 허물어진 채 오늘까지 그 잔영이 전해지고 있으나, 대의에 순(殉)한 이름 모를 수많은 선열의 절의는 세월 속에 잊혀가고 있기에 여기 이분들의 고혼을 달래고 그 충절을 후세에 기리기 위해 이 비를 세운다.

몽골 난의 순수비

비문을 읽어 내려가는 승우의 눈시울이 뜨거워졌다. 봉의산성은 몽골군의 침략을 막아내는 전쟁터로 알려졌다. 그 산은 춘천으로 들어오는 적을 바라보기에 알맞은 곳이었다. 역사의 현장인 봉의산성을 둘러보았다. 그 산성 위에서 두 눈에 불을 켠 조효립 장수가 적토마를 타고 달려 나왔다.

"활을 쏘아라! 돌을 굴려라!"

적군이 산성 턱밑에까지 다가왔다. 몽골 야굴군이 대군을 이끌고 봉의산성을 압박하면서 계속 포위 공격하고 있었다. 성내 군민들은 전력을 다해 싸우고 또 싸웠다.

몽골족은 거란이나 여진족의 나라 요나 금의 세력에 눌려 있었던 서북방의 보잘것없는 유목민이었다. 12세기 말 칭기즈칸이란 민족지도자가 나타나 당대로부터 삼대에 걸쳐, 아시아에서 유럽에 이르기까지 대제국을 건설했다.

몽골과 고려의 불화 시작은 17대 고종 초에 비롯되었다. 몽골은 28년 동안 7차례나 침입해 왔다. 세계 강국이었던 몽골에 대항하여 버티어 온 고려의 무사정신은 역사에 길이 빛나는 이야기다. 그렇지만 무차별로 학살하고 무자비하게 욕보이며 민생을 도탄에 빠진 채 기나긴 세월을 보낸 것을 생각하면 고려 백성이 겪은 피해는 이만저만이 아니었다.

왕실과 귀족은 도방정치의 최 씨 집권에 들어가 있었다. 그래서 몽골군의 손이 닿지 않은 강화도에 피난 가서 편안을 누리고 있었다. 그 오랜 세월 동안 왕실이 버리고 간 백성들은 몽골군에게 잡혔다. 그들은 노예가 되고 창녀가 되지 않으려면, 몽골군에 끝까지 처절한 항쟁을 계속해야 했다. 몽골군이 침입했다. 1~2차는 살례탑군이 쳐들어왔고, 다음은 차라대군이 침입했다. 춘천지방에서 유례없는 혈전을 벌인 것은 제4차 야굴군의 침입에서였다.

가을 추수기에 몽골군이 철원으로부터 들어왔다. 철원의 방호별감 백돈명은 적이 수백 리 밖에서 가까이 왔다는 소문을 들었다. 서둘러 백성들을 산성에 모두 들어가게 하고 출입을 금했다.

"추수할 때니 벼를 베게 해 주시오?"

농민들은 벼를 벨 것을 요구했다. 관리 하나가 동조하여 교대로 나가 벼를 베게 하자고 건의했다. 백돈명은 그 사람을 처형했다. 이에 농민들이 격분하여 백돈명을 결박하고 죽이려고 했다. 이렇게 다투는 사이에 갑자기 몽골군이 쳐들어왔다. 지도자의 폭행에 실망한 군졸들은 힘써 싸우지 않고 백기를 들었다. 결국 몽골군은 철원에 무혈 입성했다.

철원을 점령한 몽골군은 그 여세를 몰아 춘천에 침입했다.

"몽골군이 쳐들어와요. 어서 서둘러 봉의산성으로 들어가시오."

안찰사 박천기는 명하여 방을 붙이고 관원들이 독촉하며 다녔다. 추수를 미처 끝내지 못한 백성들은 곡식을 이고 지고 다투어 봉의산성으로 피난 갔다. 청야전법으로 집들과 적들이 먹을 만한 논과 밭에 쌓인 곡식을 모두 태웠다.

그다음 날 야굴은 대군을 이끌고 춘천에 들이닥쳤다. 철원, 화천에서 포로로 붙잡아 온 고려인들을 동원해 봉의산성 둘레에 목책을 두 겹으로 세우고 참호를 한길 넘게 파놓았다. 그 포로들은 거지 중의 상거지였다. 한 끼에 옥수수 두어 자루만 줄 뿐 제때 먹이지 않아 겨우 숨만 쉬고 있는 짐승이나 다름없었다. 하루 종일 참호를 파게 했다. 쓰러지면 그 자리에서 처형했다.

고려군이 성 밖으로 출입 못 하도록 가두어 두었다. 그리고 산성을 포위 압박하면서 계속 공격을 퍼부었다. 몽골군은 항복할 것을 요구했으나 안찰사 박천기의 군사와 백성들은 항복을 거부하고 끝까지 항전했다.

북으로는 소양강에 접해 있고, 그 뒤로 펼쳐진 우두평야를 굽어볼 수 있는 곳이다. 봉의산성 모양과 크기는 옛 봉의사 앞에 놓인 계곡에서 위로 정상능선을 따라 서쪽으로 뻗어 일주하여 다시 계곡에서 마주치는 타원형을 이루고 있다.

봉의산성은 남으로 춘천시가와 멀리 신영강, 삼악산을 한눈에 볼 수 있다. 봉의산성의 석축 길이는 약 8km이고, 높이는 3m 정도였다.

삼국사기에 수약주에 주양성을 건축했다는 기록이 있다. 신라 문무왕은 북방을 위협하는 세력인 당을 비롯하여 거란, 말갈의 무리를 막기 위하여 춘천에 주양성을 축조한 것이 봉의산성이라고 추측된다. 이 산성은 계곡을 둘러싸는 포곡형 산성으로 넓은 계곡을 포용하고 능선을 따라 성벽을 축조했다. 계류는 수구를 통해 밖으로 흐르고 성문도 자연히 수구부근에 설치했다. 또한 성내 여러 곳에 장대를 만들어 지휘했다. 산정에서 북쪽 소양강으로 흐르는 계곡을 포용하고 북방을 견제하는 포곡식 산성이었다.

봉의산성은 춘천 시가와 멀리 삼악산을 관망할 수 있다

MBC 드라마 '무신' 참고

싸우자, 목숨 걸고 싸우자!

충주박물관 자료 사용

전쟁에 지친 군민들은 시간이 갈수록 전력이 소모되었다. 아군들은 군량과 방어용 화살과 돌이 고갈되었다. 밖으로 나갈 수 없으니 계속 보급받을 수 없는 형편이었다. 더구나 성내의 우물이 식수로 쓰기에 원래 부족했다. 병법이 월등하고 사기가 충천해도 기본인 물과 화살이 부족하니 전쟁을 계속할 수 없는 처지에 놓였다.

조효립 장수가 걱정했다.

"당장 마실 물이 부족하니 어찌하면 좋겠소?"

"우선 말과 소의 머리를 베어 피를 마십시다."

안찰사 박천기가 말했다. 목이 말라 죽어가는 어린아이들을 볼 때 생지옥이 따로 없었다. 할 수 없이 말과 소의 머리를 베어 그 피를 내어 먹였다.

춘천지방은 전란이 있을 때마다 피비린내 나는 혈투를 했다. 춘천은 지형상으로 북방민족의 침략에 어김없는 통로가 되었다. 철원지방에서 들어온 적도 춘천을 거쳐야 하고, 양구북방에 쳐들어온 적도 춘천을 거쳐 가게 되어있다. 북으로부터 내려오는 북한강과 소양강을 끼고 있는 춘천에 어차피 들어오게 생겼다.

몽골장수 야굴이 편지를 보내왔다.

"너희들은 독 안에 든 쥐 같은 신세가 되었다. 얼마나 버틸 셈인가? 이제라도 항복하면 목숨은 살려 주마."

전투가 벌어진 보름 이후 먹고 마실 수 있는 물이 떨어져, 생쌀을 먹으며 항전했다. 군민들의 고통은 한계에 이르렀다. 조효립 장수는 결심했다.

"여보! 이제 헤어져 저세상에서 다시 만납시다. 미안하오."

항복하면 목숨은 살려주마.

MBC 드라마 '무신' 참고

몽골군에게 욕보이기보다는 차라리 자기 손으로 사랑하는 처를 단칼로 베었다. 그리고 적진 불 속으로 뛰어 들어가 산화했다.

안찰사 박천기도 도저히 이 난국을 타개할 대책이 없었다. 성안의 모든 군인과 백성들에게 말했다.

"친애하는 부민 여러분! 보름 동안 생사고락을 같이했습니다. 그러나 우리 앞에 죽음의 함정이 가로놓여 있습니다. 살려고 하면 죽고 죽고자 하면 삽니다. 이왕 죽을 바에야 결사대를 조직하여 이 죽음의 장벽을 뚫고 나가려고 합니다. 자원하여 앞으로 나오시오."

이리하여 6백 명의 결사대를 조직했다. 성안의 재물과 양식을 모두 불살랐다. 보름밤을 택하여, 결사대는 성을 뛰쳐나가 기습 공격했다. 적이 쌓아놓은 목책을 부수고 전진했다. 그러나 한 길이 넘는 참호에 빠져 전원 옥사했다.

이윽고 동남 문 방향으로 몽골군의 강력한 공격을 받았다. 성벽은 무너지고 끝내 점령당했다. 성내에 남아 있던 3백여 명의 성인 남자는 무자비하게 살육되었다. 여자와 아이들은 포로로 잡혀갔다. 이에 따라 남녀노소 가릴 것 없이 학살당하고 여자는 욕보였다. 남은 민가와 곡식, 모두 불 질러 백성들은 도탄에 빠진 채 긴 한숨을 쉬었다.

초원의 멧돼지 같은 몽골족! 살기 좋은 금수강산을 탐내어 7차례나 침공해 왔다. 빼앗기고 짓밟히고 끌려가고 죽임을 당했다. 약탈당하고 불에 타고 겁탈 당했다. 악몽 같은 세월 28년, 삼천리 한반도의 백성은 말발굽 더러운 칼에 짓밟혀 피로 물들였다. 그러나 춘천 부민은 오늘 여기 봉의산 기슭에 서 있다. 한민족의 연연한 죽살이를 이겨왔다. 이름 모를 장수들과 이름 없는 백성들의 피와 눈물, 뼈와 살로 봉의산성을 지켜왔다. 지는 듯 몰아내고 이기는 듯 견디어 지켰다 이 봉의산성을…. 기어코 몽골군을 목숨 바쳐 막아냈다.

춘천이 고향인 박항은 문과에 급제하여 높은 벼슬자리에 있었다. 춘천이 함락되었다는 소식을 듣고 개경에서 부랴부랴 고향으로 내려왔다. 부모의 안부가 걱정되어서 바쁜 일을 뒤로 미루고 춘천에 당도했다. 소식을 듣고 달려온 터라 이미 여러 날 지났다. 수백 구의 시체가 여기저기 산재해 있었다. 여우가 뜯어먹거나 썩어가는 시체를 헤쳐 가며 부모의 시체를 찾았으나 찾을 길이 없었다.

"아버지 어머니, 불효자식 용서하소서!"

허공에 대고 울부짖었다. 부모와 비슷한 시체 3백 구를 장사 지내고 울며 돌아갔다.

후일 춘천을 방문한 조준은 '춘일소양강행'이란 시를 썼다.

춘천 성안에 연기도 안 오르는
소양강가의 시월 하늘
도적들의 누린내가 산기슭에 배어들어
이리치고 저리 쳐 무인지경처럼 내 달렸네
아가리를 벌리고서 기어이 소양강을 삼키고자
뽐내며 곧바로 부견의 채찍을 던지니

끝까지 싸우는 군민들……

충주박물관 자료 사용

방화, 약탈, 강간… 천인공노할 몽골군

당당한 왕의 군사들 기운을 잃어
도적의 발이 이천까지 짓밟게 하였으니
살아남은 백성들 가엾어라
머리 들고 하늘에게 뉘 탓인가 물었네.

아! 몽골의 난, 우리들의 슬픔 뒤에 시인이 있어, 이렇게 흐느껴 울고 있다. 누가 알리요, 선혈로 소양강 한 바퀴, 천천히 봉의산을 띠 두른 그 넋들, 서로 안고 오늘을 울어옜을…. 봉의 산성에 남아 있던 백성 몽골 말굽 아래 살아난 자 없으니 모두 통곡 속에 진멸했다. 몽골군과 용감하게 싸워 전원 옥사한 춘천부민들의 위대한 피가 봉의산 흙 속에 지금도 살아있다. 모든 조건이 불리함에도 끝까지 항쟁한 조상들의 호국정신을 길이 잊지 말아야 하겠다. 이를 귀감으로 삼아, 한 민족의 구심점을 봉의정신에서 찾을 수 있다. 춘주성 지켜내며 피어난 애국정신은 '봉의 정신'이다. 이 봉의산 항전이 불굴의 애국정신을 승화시키면 훌륭한 '조국 정신'이 될 것이다. 춘주성 항몽 정신을 우리 후손들이 되살려 대한민국을 지켜나가자!

이 참극은 1253년 9월 20일에 일어났다.(고려 고종 40년) 불행한 세대였다.

18. 50년 후 김명규 대령을 만나다

승우는 '6·25 전쟁 춘천 대첩 50주년 기념행사' 초청장을 받고 춘천종합운동장에 도착했다. 그곳에서 분당에 살고 있는 김명규 대령을 만났다. 쌍용부대 장병들이 드넓은 운동장에 도열해 섰다. 군악대의 행진곡 연주로 행사는 막을 올렸다. 사회자가 참전용사들을 차례로 소개했다.

"정승우 씨를 비롯하여 많은 학생이 참전하여 큰 공을 세웠습니다. 모두 자리에서 일어나 주시기 바랍니다."

그는 어리둥절한 가운데 일어섰다. 스탠드를 꽉 메운 관중들의 우레와 같은 박수가 터져 나왔다. 이 박수는 내가 받을 박수가 아니라 이름 없이 죽어간 무명용사들이 마땅히 받아야 할 박수였다. 살아있다는 기쁨일 것이다. 지금까지 살아왔다는 기쁨보다는 형언키 어려운 부끄러움이 밀물처럼 밀려왔다. 김명규 대령이 승우 손을 꼭 잡아주었다. 50년 전에 일어났던 전쟁이 머릿속에 생각났다.

승우는 김정규 중위와 춘천역에서 언제 만날지 모를 기약 없는 작별을 했다. 그는 병원 열차를 타고 서울로 향해 출발했다. 의암터널을 빠져나갈 무렵 갑자기 총탄 수십 발이 날아왔다. 차창이 깨지는 소동이 일어났다. 김 중위는 깨진 창 너머로 밖을 보니 강 건너 도로 위에 인민군 일개 중대의 마차부대가 있었다. 그 적군이 가평으로 남하하면서 총격을 가해 왔다. 기관사는 기지를 발휘하여, 후진하여 터널 속으로 들어가 위기를 가까스로 넘겼다.

신남역에서 군의관과 위생병이 인근 마을 대한 청년단에게 환자 수송을 요청했다. 자원하여 20여 명의 장년들이 지게를 지고 나왔다. 걸을 수 있는 환자는 걷고, 중환자는 지게에 실어 다친 장병들은 이튿날 저녁 무렵 원주역에 도착했다. 역에는 제6사단 사단장이 부대 이동을 지휘하고 있었다. 많은 부상자가 오니 시민들은 전쟁 상황을 물었다. 김 중위는 지게에서 내렸다.

"춘천이 27일 저녁 무렵에 적 탱크와 장거리포의 공격으로 후퇴한 후 점령했을 것입니다."

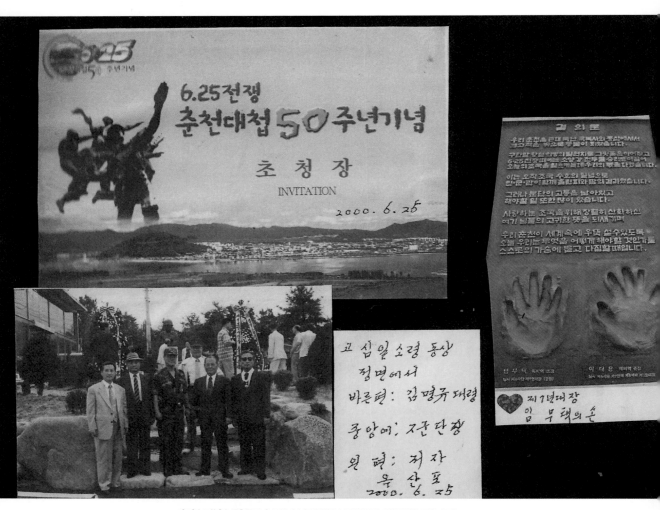

춘천 대첩 50주년 기념식장에서 김명규 대령을 만나다

그렇게 말했다. 서울도 같은 날 점령당했으니, 기차가 춘천에서 서울로 가지 못한 것이 천만다행이다 싶었다. 다음날 환자들은 부산행 열차로 후송되었다.

1950년 6월 26일 아침, 학도호국단 동원령이 내렸다. 승우는 근화동 둑으로 달려갔다. 벌써 봉사대원들이 부상자를 들것에 실어 춘천역으로 나르고 있었다. 적군 자주포 4대가 소양강 북쪽 모래사장에 나타났다. 전열을 가다듬고 봉의산 대대 관측소를 향해 포사격했다. 전투 상황은 아군에게 점점 불리해졌다.

김명규 중대장은 전방에 있는 적군 자주포에 2.3인치 로켓포 사격을 명령했다.

"지금 싸우지 않으면 나라는 없다."

싸움을 독려했다. 집중사격으로 명중했다. 그러나 두꺼운 철판을 뚫지 못하고 튕겨 나왔다. 오히려 아군의 위치가 드러나 적 자주포가 9중대를 향하여 쏘았다. 적 자주포 한 대의 위력은 1개 중대의 화력보다 훨씬 강했다.

"펑-" 하는 폭음과 함께 여러 명 아군사상자가 생겼다. 승우가 급히 달려가 보니 중대장이 바른쪽 다리에 관통상을 입었다. 얼굴을 자세히 보니, 일 년 전에 승우네 집에서 하숙하던 김명규 중위였다.

"중대장님, 정신 차리세요!"

소리 지르니 겨우 눈을 뜨고 고개를 끄덕였다. 평소 배운 대로 구급용 배낭에서 모르핀 주사를 다리에 놓고, 큰 붕대로 싸맸다. 그리고 서울로 떠나는 병원 열차에 실었다.

김 중위는 승우네 집 사랑방에서 하숙했었다. 작년 봄에 승우가 사범학교에 입학했을 때, 입학금이 없어 애타는 어머니를 보고 선뜻 하숙비를 미리 주신 분이셨다.

"하느님, 너무하십니다. 우리가 무슨 죄를 그리 많이 지었는지요?"

승우는 하늘을 우러러 원망 섞인 말을 했다. 왜 이런 비극이 일어나는가? 자비하신 하느님이라고 했는데, 지금 눈앞에는 생지옥이 따로 없다. 깜짝할 사이에 젊은 군인들의 팔이 잘려 나가고, 다리가 부러지고, 눈먼 병사도 있다. 시체가 둑 주변에 널브러져 있다. 같은 민족끼리 싸우는 아비규환이 이 세상 어디에 또 있단 말인가?

하느님의 시간은 영원히 현재인가? 이런 전쟁이 전능하신 하느님의 예정된 형벌인가? 교회 목사며 성당 신부도 있다. 에레미아 선지자처럼 예언할 성직자가 한 사람도 없단 말인가? 우리 민족이 무슨 죄를 그리 많이 지었단 말인가? 유비무환(有備無患)이 무슨 뜻인가? '미리 준비가 되어 있으면 근심할 일이 없다'라고 군부대마다 써 붙여 놓았다. 구호만 요란했지 5년 동안 무엇을 준비했으며 얼마나 훈련했단 말인가?

평소에 땀방울을 흘리지 않는 군대는 패할 수밖에 없다. 정부는 장님처럼 앞을 못 본 채 북한을 오판하고 말았다. 그러나 국군 제7연대는 소양강을 경계로 열심히 싸웠다. 무기의 열세임에도 불구하고 소양강 전투에서 목숨을 걸고 사투를 벌인 장병들의 용기와 희생정신에 갈채를 보낸다.

장소를 옮겼다. 바로 김명규 대령이 적의 포탄을 맞고 쓰러진 자리에 '춘천 대첩 전승 기념탑'이 세워졌다. 이 탑을 바라보는 김 대령은 감회가 깊었다. 그는 평북 용천이 고향이다. 해방되자 공산당은 토지개혁을 한다는 구실로 지주의 토지를 몽땅 뺏어갔다. 아버지는 화병으로 돌아가시고, 부르주아로 낙인찍혀 신변에 위협을 느껴 그 이듬해 월남했다. 곧바로 육군사관학교를 거쳐 장교로 임관했다. 전쟁 통에 살아서 다시 만나 뵈니 기쁘고 감사한 마음이다.

19. 박노원 은사님을 찾아서

초등 4학년 때 담임이셨던 박노원 중대장은 김종오 사단장을 따라서 9사단으로 전출됐다. 그가 사수하고 있는 백마고지는 휴전회담을 유리하게 이끌기 위해 다양한 방안을 마련했다. 대적은 중공군이 주도하는 고지쟁탈전이었다. 그중 한반도 중앙의 요충지 '철의 삼각지대'로 관심이 집중됐다.

국군 9사단 2중대장 박노원 대위는 395고지를 지키고 있었다. 철원평야와 평강고원을 한눈에 담을 수 있는 한반도 중심부인 화살고지에서 치열한 전투가 벌어졌다. 철의삼각 지대는 평강으로 향할수록 지대가 높아져 수비하는 국군과 유엔군은 불리한 조건이었다. 공세에 나서는 중공군은 철원 일대를 유리한 지형과 우세한 병력을 앞세워 군 전략적으로 가장 중요한 지점을 확보하기 위해 395고지를 노리고 대규모 공세를 감행했다. 국군 9사단은 중공군 3개 사단에 맞서 싸웠다.

백마고지의 혈전

1952년 10월 6일 새벽, 395고지 주봉으로 중공군의 공격이 시작됐다. 6일부터 9일까지 9사단과 중공군은 주로 포격전을 벌였다. 중공군은 유엔군에 비해 화력의 열세를 절감했다. 미군은 9사단이 지키고 있는 395고지 사수를 위해 항공기를 투입, 중공군 포병부대에 대해 대대적인 포격을 했다. 중공군도 9사단이 사수하고 있는 395고지 정상에 집중적으로 포격하는 한편 국군의 증원과 군수지원을 방해하려고 395고지 북쪽에 있는 봉래호의 수문을 폭파해 역곡천을 범람시켰다.

7일부터 11일까지 국군 9사단과 중공군의 고지 쟁탈전이 치열하게 벌어졌다. 화력에 열세를 보이던 중공군은 야간에 공격을 감행해 9사단이 방어하는 395고지를 점령했다. 이에 밀려난 9사단은 신속하게 예비대를 동원, 반격에 나서 고지를 재탈환하기를 반복했다. 395고지에서는 밤낮을 가리지 않고 전투가 이어졌다. 총성과 포격이 멈춘 시간이 얼마 되지 않을 만큼 격렬한 공방전이 계속됐다.

당시 사단장 김종오 장군과 주요 지휘관들은 395고지 쟁탈전에서 적절한 시기에 강력한 예비대를 투입하는 등 효율적인 부대 운영과 작전을 펼쳤고 전체적으로 전황을 유리하게 이끌어 갔다. 395고지에서는 12차례의 고지 쟁탈전이 있었고 7번이나 고지주봉의 주인이 바뀌는 혈투가 벌어졌다. 이에 박노원 대위가 이끄는 2중대도 3분의 2가 전사했다. 박 중대장이 보충병을 이끌고 다시 싸움터로 나가기 전에, 군목은 이렇게 기도했다.

"사랑의 하나님, 바람처럼 오시어 이 싸움을 승리로 이끄시옵소서. 불길처럼 오시어 악한 군대를 물리쳐 주시옵소서. 비둘기처럼 오시어 살기등등한 적들에게 평화의 노래를 듣게 하소서. 삭막한 이 고지에 비를 내리시어 메마른 심령을 은혜로 적셔주소서. 부활의 주님, 살벌한 전쟁터 백마고지에 말씀과 자유, 평화가 임하옵소서. 마라나타, 성령이시여 보호하옵소서. 아-멘."

주인 없는 철모

11일과 12일 이틀 동안 395고지 주봉을 점령한 9사단의 방어전이 진행됐다. 9사단의 계속된 방어전에 중공군은 많은 병력을 잃었고 화력에서도 유엔군에 열세를 드러냈다. 결국 9사단은 395고지 북쪽의 낙타능선상의 전초기지인 화살머리를 탈환하면서 중공군을 완벽하게 몰아내는 데 성공했다. 이제 7월 27일 밤 10시를 기해 전투가 중지된다.

　"전쟁에선 승리보다 값진 것은 없다"라며 박노원 중대장은 백마고지를 지켜내야 한다는 부대원들 불굴의 투지를 높이 칭찬했다. 우박처럼 쏟아지는 포탄 속에서 지금까지 살아있음을 축하하고 있을 때, 중공군이 화살머리로 최후 야간공격을 해왔다. 중대원들 모두 적을 격퇴하고 있었다. 박 중대장이 진두지휘하고 있을 때, 중공군이 그를 향해 방망이 수류탄을 날렸다. "펑-" 터져 박 중대장은 전사했다. 시계를 보니 9시 50분이었다. 휴전 시각 10분 전이었다. 너무나 안타까운 운명이었다.

　치열한 백병전과 함께 수만 발의 포탄이 395고지를 타격하자 고지의 수목은 사라지고 하얗게 된 민둥산의 모습은 흡사 흰말이 누워있는 것처럼 보였다. 이에 국군은 백마고지로, 9사단을 백마부대로 부르게 됐다.

　이 전투에서 9사단은 3,500여 명의 사상자를 냈다. 중공군은 무려 1만 4,000명 이상의 사상자가 발생했다. 백마고지 전투로 중공군 제38군 예하 3개 사단이 와해됐다. 철원평야를 빼앗긴 김일성은 눈물을 흘렸다고 한다. 나라를 지키기 위해 395고지에서 적에 맞서 싸우다 장렬히 전사한 우리 군인들이 숭고한 희생정신을 잊지 말아야 할 이유가 여기에 있다.

풀섶에 누워 그날을 본다.

하늘이 울리고 땅이 갈라지듯 적들이 몰려오는 저 산과 강에서 우리는 끓는 피로 용솟음치며 넘어지려는 조국을 감쌌다.

이 한 몸 초개같이 바치려 숨찬 목소리로 다 같이 강물을 헤치고 산을 부수며 달려오는 적들을 막았노라.

수많은 적을 따라 소탕하고 조국의 얼로 내달려 떡갈나무 사이로 스며드는 원수의 고함을 눌러 버렸나니 쓰러지며 죽으면서 다시 일어나 숨결을 돌리고 숨지려는 조국을 살리었노라.

나의 조국 영원한 땅이여!

만세를 가도록 그 얼은 살았느니 지금도 그때처럼 귀를 기울이고 저 몰려오는 적을 막았노라. 푸르러 푸르러 영원한 젊은 우리는 그 품 안에 안겨 안식하리라. 어머니 조국에 이 혼을 맡기며 후회 없이 더 강하게 앞으로 앞으로 달려가리라.

〈백마의 얼, 모윤숙 시〉

박노원 대위는 영천 전투에서 오른편 다리에 상처를 입고 부산 육군병원에 입원한 때가 있었다. 5개월 진단이 나왔다. 전역 대상이나 치료 중에 걷기를 열심히 하여 3개월 만에 회복되었다. 정성껏 간호해 준 간호장교 김보배를 만나 결혼하게 되었다. 홀로 안전한 곳에 있는 것이 부끄러워 다시 자원하여 9사단 2중대장으로 복귀했다.

휴전 후에 승우는 사범학교에 다시 복학했다. 졸업반이라 춘천사범부속초등학교에 교생실습을 나갔다. 4학년 달반이었다. 그 반에서 박노원 은사님의 딸을 만났다. 이름은 박슬기로 반짝이는 별 같은 눈과 교회 지붕처럼 코는 오뚝 섰다.

슬기를 만나니 스승을 만난 듯 반가웠다. 슬기를 앞세우고 그 가정을 방문했다. 제복을 입은 사진과 목걸이 십자가가 그 앞에 놓여 있었다.

"그 십자가 목걸이는 어머니의 선물로 늘 착용하고 다녔지요."

슬기 엄마는 눈시울을 지었다. 은사님의 나라 사랑 정신을 본받아 뜻있는 삶을 살아야 하겠다고 스스로 다짐했다.

김명호 백마고지 참전 용사는, 전투 당시 보병소대장이었다. 그는 전투가 한 번 끝날 때마다 중대원 숫자 확인하기가 무서웠다고 했다. 180명 중대원 중 전사 80명, 부상 40명, 행방불명 20명, 현 인원 30명 정도였다. 낮에는 먼지로 뒤섞였고, 밤엔 불꽃놀이 같았다고 했다. 오늘 죽음을 느끼고, 내일은 살아있음을 깨닫는 나날이었다. 백마고지는 인간이 살아서 겪은 유일한 지옥이고 그것은 바로 전쟁이라고 했다.

박노원 중대장 유품

십자목

태고가 머무는 적막한 산골
삶과 죽음이 명멸하던 전쟁터에
아무렇게나 세워진 십자목
이름 없는 병사 되어있는 돌무덤

한때 아까운 청춘들이
포탄과 함께 산화한 격전의 현장
꽃다운 얼굴들 세월 따라 밀물에 사라지고
백골은 겨우 한 줌밖에 남지 않았다

이들은 가족 품에 안겨달라고
밤마다 별들에 외쳐보지만
허공 속으로 메아리칠 뿐
십자목도 지쳐서 바람 따라 기운다

〈십자목, 정승수의 시〉

이름 없는 십자목

무명용사들아! 한 송이 무궁화꽃으로 피어나라

20. 고 심일 소령 추모기념식

2023년 6월 25일, 국회 국방위원장과 제2군단장, 강원특별도교육위원 교육감과 춘천시장 등 많은 내빈이 참석했다.

심일 소령 동상을 우러러보니 그는 이렇게 말하는 듯했다.

"자유를 수호하기 위해서 공산당과 싸워 반드시 이겨야만 한다. 우리의 적은 북한공산당이다. 적과 싸워 승리하려면 평소에 땀 흘리며 훈련해야 한다. 훈련한 만큼 전쟁에서 피를 적게 흘린다. 우리 후손들이 북한공산주의를 이기려면 튼튼한 국방력과 잘사는 경제대국이 되어야 한다. 북한 공산당을 추종하는 좌파들을 격파하자. 공산당이 그리 좋다면 월북해서 살아라. 우리 선열들이 피 흘려 지킨 조국을 자유민주주의로 발전시켜 나가자. 단 한 번밖에 없는 생명을 초개처럼 마친 이유는 대한민국의 자유를 수호하기 위함이었다. 우리 후손들이 평화롭게 행복을 누리며 살라고 청춘을 바쳤다."

우리나라는 우리가 지켜야 우방 미국도 우리를 도울 수 있다. 내부 분열이 무서운 적이다. 하나로 뭉쳐야 산다. 개인의 이해관계를 떠나 나라를 위해 무엇을 할 것인가를 먼저 생각하자. 북한 땅엔 아직도 2천5백만 동포가 노예 같은 생활을 하고 있다. 그들을 해방시키는 것이 우리의 사명이다.

우리 2세들은 전사한 그분들께 감사해야 한다. 지금 우리가 누리고 있는 자유는 영웅들의 피 묻은 군복 위에 서있다. 대한민국을 지킨 전사자들의 희생과 헌신을 감사하며 기려야 한다. 앞으로 국가를 위해 목숨을 바친 영웅들을 홀대하거나 잊어서는 안 될 것이다.

6·25 전쟁 때 적의 탱크를 몸으로 막아낸 육탄용사의 호국정신을 본받아, 오늘날 원자탄으로 위협하는 김정은 공산당정권을 5천만 국민 모두 단결하여 막아내자. "불멸의 적"이라고 선언한 김정은 말에 겁내지 말자. 공산당에게 편드는 좌파들은 우리 백성을 분열하고 있다. 그들을 격파하자.

조국 없이 나는 존재할 수 없다는 신념으로 적 탱크와 맞서 맨몸으로 싸운 육탄용사들의 정신으로 우리 조국을 지켜나가자. 심일 소령의 용맹은 전의를 상실한 전우들에게 용기와 사기를 북돋아 주었다.

66주년 춘천지구전투 전승 기념행사 포스터

故 심일 소령 기념행사. 2023. 6. 25

제2군단장 외 내빈 다수

고 심일 소령 동상

심일 소령 육탄 오용사 전공 기념 조형물

육군 6사단 마크

왜? 목숨을 걸고 적 탱크와 맞섰을까? 나라사랑과 대한민국 백성들의 자유를 지키려고 하나밖에 없는 목숨을 바쳤다. 조국이란 우리의 정체성을 확립하고 가치를 세우며 애국심을 불러일으키는 경험의 총체이다. 앞으로 교사들은 대한민국은 어떤 나라이며 무엇이 역사적 진실인가를 제자들에게 명백하게 가르쳐야 할 책임이 있다.

우리는 6·25를 쉽게 망각해서는 안 된다. 그들의 희생이 있기에 오늘날 우리가 자유를 누리고 잘살고 있다. 최근 북한 김정은 위원장은 대한민국을 점령, 평정하여 북한의 영토로 만들겠다고 큰소리치고 있다. 북한 공산당의 목표는 오로지 적화통일이다. 그들의 위협에 겁내지 말자.

심일 소령은 한국전쟁 초기에 절망적이던 국군들에게 '이길 수 있다'라는 신념을 갖게 한 선구자이며 애국자였다. 솔선수범하여 앞장서 나가 전우들을 사랑하는 지휘자였다. 심일 전설은 계속 찬양받아 마땅할 일이다. 국난의 시기에 나라를 지킨 위대한 전쟁영웅을 잊지 말자.

그는 대한민국을 위해 희생했다. 영웅 중의 영웅이며 군인 중의 군인이다. 그들 불행한 세대가 자유를 위해 생명을 바쳤기에 대한민국에서 자유와 행복을 누리며 잘살고 있다. "영웅이여! 고이 영면하소서."

※ 이대용 장군, 일부 언론의 심일 소령 전투공적 의혹에 대한 공적확인 위원회 최종 국방부 결론.

공적확인위원회는 6월 25일 옥산포 전투에서 적 자주포 2~3대가 파괴되었음을 문서를 통해 확인하였다. 이 전투에서 적 자주포를 파괴한 주체는 심일 중위가 지휘하는 소대로 추정되며, 이를 통해 6월 25일 옥산포 전투에서 심일 중위의 공적을 추정할 수 있다. 심일 중위가 지휘하는 소대원이 적 자주포를 파괴하는 과정에서 육탄공격을 시도했다는 일부 증언은 신빙성 있는 것으로 판단된다.

심일 중위의 공적이 사단 군단 육군본부 국방부 국무회의 심의 등의 적절한 절차를 거쳐 엄정하게 결정되었음을 확인했다.

21. 악몽

북한 김정은이 노동당 전원회의에서 "핵 무력 포함, 모든 물리적 수단과 역량을 동원해 남조선 영토 평정을 위한 대사변 준비에 박차를 가해 나가겠다."라고 폭탄선언 했다. 그는 선전포고 없이 3일 이내에 남한을 점령하려고 선제공격했다. 비행기나 탱크에 쓰일 휘발유가 바닥나기 전에 전쟁을 끝내야 하기 때문이다.

그는 광복절 새벽에 평양근처 비행장에서 전술핵 탄두 화산-31 미사일을 쏘아 1분 후 서울 용산 600m 상공에서 핵폭발했다. 반경 5km는 초토화됐다. 민간인 53만여 명이 죽거나 다친 엄청난 인명피해를 입었다. 수백 채 아파트가 무너지면서 교통마비를 일으켰다. 대통령 일행은 벙커에 대피해서 불행 중 다행히 목숨은 건졌다.

휴전선을 지키는 군인들은 새벽잠에 빠져있었다. 적군은 철책선에 걸려있는 감시카메라와 로봇병정을 드론 폭탄으로 없앴다. 그리고 인민군 1군단은 소형 원자탄과 세균탄으로 아군토치카를 기습 공격했다. 양동작전으로 국군을 도륙해 나갔다. 대담한 근접전과 백병전으로 속전속결로 소탕했다. 국군은 혼비백산 전멸할 위기에 놓여있었다. 모든 휴전선에 제2의 6·25가 터진 것이다.

레이더에 걸리지 않는 동력패러글라이더 수천 대가 하늘 가득 메워, 김포,

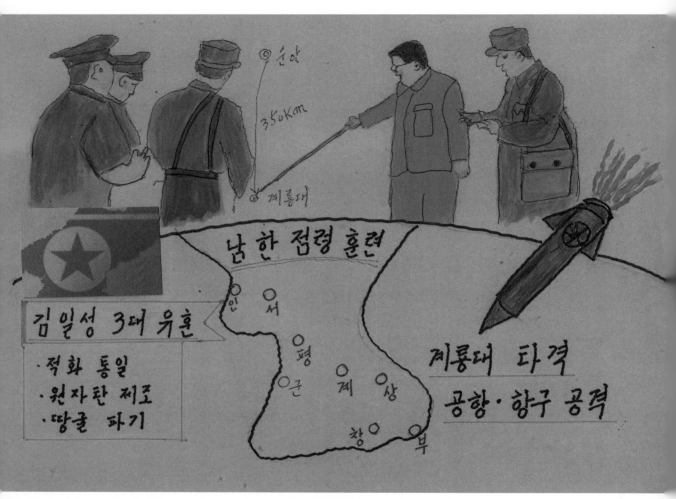

북한의 남한 점령 작전

파주, 동두천, 포천, 가평, 화천, 양구, 인제, 고성 등에 내렸다. 국군 예비대를 분류시키면서 휴전선 뒤통수를 쳤다.

202?년 8월 15일 새벽 4시, 개성 송악산 굴속에 숨겨둔 240mm 방사포와 170mm 자주포 340문으로 개전 1시간당 1만 6천 발을 쏘았다.

인구의 절반인 2천여만 명이 살고 있는 수도권을 향해 무차별 쏘았다. 새벽, 놀란 서울시민들은 우왕좌왕 빈 몸으로 대피소를 찾았다. 시민들은 급한 대로 지하철역으로 뛰어 들어갔다. 아파트가 파괴되니 매몰된 가족을 구하려고 울며불며 생지옥이 따로 없다. 전기, 수도, 가스 모두 단절되었으니 당장 먹을 물과 끼니 걱정을 해야만 했다.

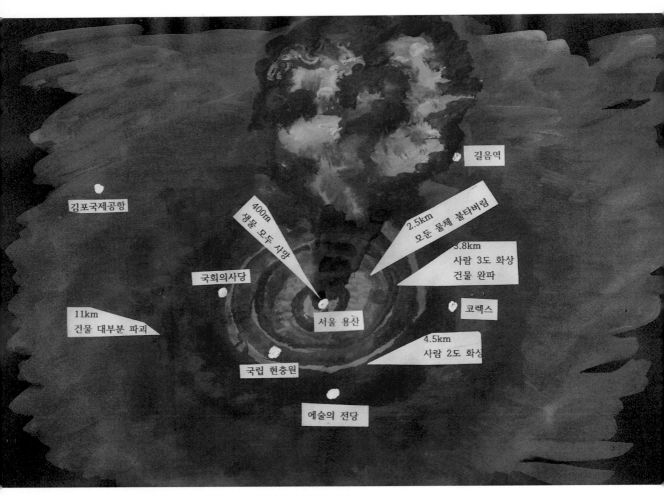

길음역

김포국제공항

400m 생물 모두 사망

2.5km 모든 물체 불타버림

3.8km 사람 3도 화상 건물 완파

국회의사당

11km 건물 대부분 파괴

코렉스

서울 용산

4.5km 사람 2도 화상

국립 현충원

에술의 전당

용산에 핵 백 키로 톤급 투하

인민군 1군단이 의정부를 위협하고 있다. 판문점을 통과한 적군은 오토바이와 경기관총으로 중무장한 특수부대 5천여 명이 일산을 점령하고 양민 학살과 납치를 감행했다. 고속도로를 타고 대통령실과 국방부를 접수하려고 서울 용산을 향해 나갔다. 30여 년에 걸쳐 두더지 굴, 200여 km를 북쪽에서 도봉산과 북한산까지 파 내려갔다. 두 곳에서 2만여 명이 철도 수레를 타고 개미 떼로 새까맣게 기어 나왔다. 단련된 인민군 특공대가 개구리 복장으로 나타나 홍길동전을 전개하며 광화문으로 향해 나갔다.

인민군 2군단은 파죽지세로 화천을 거쳐 단숨에 춘천을 점령했다. 원거리 포위 작전으로 여주, 이천을 거쳐, 국방부 요원을 포위 납치하려고 수원을 향해 나가고 있다. 서해 5도는 자기 마음대로 해상 국경선을 긋고, 함박도에서 쏘아대는 240mm 자주포와 신형 지대함 미사일 '바다수리-6형'으로 오가는 배를 묶어놓았다. 그리고 눈엣가시처럼 보이는 백령도와 연평도는 장산곶과 등산곶에서 쏘아대는 자주포로 불바다가 되었다. 해병 1개 사단은 흩어졌고 주민 3백여 명은 볼모로 잡혔다.

동해는 남포기지를 떠난 전술핵공격잠수함 김군옥영웅함으로 SLBM을 발사하여 정동진을 공략했다. 그리고 수천 척의 고무보트로 상륙작전을 전개했다. 특수부대 3천 명이 강릉비행장을 점령하고 양양, 속초, 고성 포위 작전에 들어간 것이다. 동부전선 고성 건봉산 최전방 병력과 8군단이 고립되었다. 적 해군은 잠수함으로 광개토대왕 군함을 핵으로 공격했다. 부산 부두 근처에 수뢰를 매설하여 미 해군 기지와 일본에서 들어오는 전시 물자를 봉쇄했다. 휘발유를 확보하려고 울산 기름 저장 탱크로 1개 연대 낙하산부대가 내렸다.

인천국제공항과 김포공항도 옹진 땅굴에 감추어 둔 장사포로 시간당 1만여 발을 포격해 쑥대밭이 되었다. 평화협정으로 평택캠프 험프리스의 미군 1만 5천 명과 미군 가족, 군무원 등 1만여 명은 미국으로 돌아간 후였다. 한미연합사, 주한 미군사, 유엔사, 미 8군과 미2사단 및 해병대 본부도 이미 철군했다. 다만 2전투 항공여단만이 남아 있었다. 군산기지의 한미공군의 KF-16 및 F-16 전투기 60여 대 가운데 적 미사일로 여러 대가 파괴되었다. 활주로인 '엘리펀트 워크'도 군데군데 구덩이가 생겼다. 통신 3사도 피해를 보았다. 다행히 육해공군 본부는 계룡산이 막혀 큰 피해는 없었다.

남한 공격

서인수 국회의원은 가족을 남겨두고 벤츠도 버렸다. 달러(dollar)만 가지고 혼자 수원비행장으로 향했다. 피난민 자동차 행렬은 남쪽고속도로 양옆으로 연줄처럼 풀려나갔다. 그는 국회국방위원으로서 국가안보에 중요한 자리에 있었다. "이기는 전쟁보다 비굴한 평화가 낫다"라고 주장해 오던 그였다. 그 비굴한 평화를 택한 결과가 불행을 가져왔다. 가까스로 국방부참모들이 타고 가는 긴급작전 차에 함께 탈 수 있었다.

서 의원은 후회막심했다. 북한은 평화협정이니 핵 폐기니 질질 끌어오면서 그간 얼마나 많은 원자탄을 만들고 전쟁 준비를 해 왔단 말인가? 개성연락사무소 폭파와 남북 간의 통신마저 끊긴 이 마당에 구애하듯 김정은 손 내밀기만을 고대했던 것이 아닌가? 그래서 9·19 합의서는 월세 계약보다도 못한 불리한 협정이었다.

휴전선 GP 11개를 없애고, 휴전선에서 서부는 20km, 동부는 40km 상공에서 정찰비행을 금지하는 내용이었다. 눈과 귀를 막으니, 적의 동태를 감시하지 못했다. 전투기 등 항공기의 군사 활동을 금지했다. 해상에서도 북방한계선 이남 85km까지 내려오는 덕적도부터 NLL 이북인 북한 초소까지 포문을 폐쇄하고 해상기동훈련, 포격활동을 하지 못하게 했다.

트럼프가 미국 대통령에 재선된 후였다. "똑똑하고 터프한 친구 김정은이 나를 좋아해 4년간 북한이 잠잠했다"라고 자랑했다. 고조되는 북핵 위협은 언급되지 않았다. 끝내 남북전쟁 종식조약을 맺었다. 그러니 유엔사는 해체되고, 국군작전통수권을 국군에 넘겨준 미군이 철군한 지 일 년도 안 되던 때였다.

"군인의 생명은 군기와 전투의지"라고 했다. 우리 국군은 9·19 군사합의로 군사분계선 기준 5km 내에서 연대급 이상의 야외기동 훈련을 중지해, 훈련을 제대로 해본 지도 오래되었다. 한가하니 상관 비행투서하기, 성폭행 사건, 마약, 핸드폰 오래 보기 등 기강 해이로 이어져 흐리멍덩한 당나라 군대가 되어 버렸다. "평소 훈련해서 흘린 땀이 전시에 피를 덜 흘린다."라고 말한 주한 미군 사령관 생각이 났다. 어느 해병은 "더 강한 훈련을 받고 싶다."라고 했다. 청년들 해병대 지원이 늘고 있다. 전투형 강군의 핵심은 강인한 정신력과 훈련이다.

킬체인은 북한이 핵·미사일·방사포를 쏘려고 할 때 이를 미리 제거하는 군사작전이다. 감시의 눈인 정찰위성은 비가 오고 흐린 날씨 탓에 북한의 동향을 바로 감시하지 못했다. 이때를 노려 강도같이 남침해 왔다.

그간 북한공산당은 적화통일, 원자탄 제조, 땅굴 파기로 김일성 유훈을 철저히 지키고 강행했다. 그리고 군사위성을 띄워 남한 군사시설을 손금 보듯 했다. 상대가 강하면 협상하자며 손 내밀고 나오고, 적이 약하면 잡아먹는 공산당 작전이다.

이런 생각에 잠겨있는데 벌써 수원공항에 도착했다. 수원공항은 아비규환이다. 군경·공무원 가족들이 먼저 개찰구로 나가려고 밀고 넘어지고 넘어가고 아우성친다. 생지옥이 따로 없구나. 적 미사일 포탄이 수원 시가지에 떨어져 여기저기 불바다를 이루고 있었다.

"어서어서 움직여요. 일만 달러와 여권을 미리 펴시오!"

특공경찰대원들이 밀려드는 피난민을 향해 소리쳤다. 여권 기간이 1년 이

상인가를 확인한 경찰은 대기번호표를 주었다.

서의원은 내빈실로 들어섰다. 벌써 몇몇 장관과 국회의원들이 앉아 있었다. 서로 어두운 얼굴로 인사를 나누었다.

"대통령 각하께서는 어디에 계시오?"

'대통령이 납치되었다'라느니 '국방부 수뇌부가 항복했다'라느니 등의 가짜 뉴스가 핸드폰에 뜨고 있었다. 그래서 서의원이 물으니 모두 고개를 흔들었다. '국군통수권인 대통령은 끝까지 서울을 사수하며 국군을 격려하고 계시겠지?' 그렇게 생각하니 광진을 선거구를 버리고 피신해 온 자신이 부끄러웠다. 벌써 가족 안위가 걱정되었다.

"자, 마지막 비행기입니다. 장관님께서 우선 타십시오."

우리는 어쩌라고?"

서 의원이 항의했다.

"당국으로부터 그런 지시는 없었는데요?"

"어디로 가는 비행기요?"

"우선 가까운 일본 하네다 공항입니다."

수원공항 사장인 공군 준장이 직접 나와 안내했다. 개찰구는 서로 나가려고 피 터지게 싸우고 있었다. 대기실은 마구 버리고 간 트렁크와 핸드백, 비닐봉지들 심지어 5만 원짜리 화폐도 여기저기 널브러져 있다. 비행장 안으로 밀려들어 간 피난민들은 사다리를 놓고, 먼저 비행기 문으로 들어가려고 밀치고 있었다.

서 의원은 모든 것을 포기했다. 완장과 모자를 쓰고 특공경찰과 함께 교통

정리에 나섰다.

"질서를 지키세요. 번호표대로 한 사람씩 줄을 서야 빨리 나갑니다."

대한항공 여객기가 마지막으로 떠난 공항엔 어둠이 내리고 총성이 울렸다. 서류를 태운 재가 봉화의 불길처럼 타오르더니 바람에 날려 자욱하게 날았다. 그 불길 속으로 서울의 모습이 들어왔다.

화사하게 벚꽃 피던 여의도길, 그 웅장한 국회의사당과 63빌딩, 남산공원과 세종로, 아내와 함께 거닐던 충무로와 종로 먹자골목, 경복궁과 돌담길 모두가 아물아물 추억 속으로 재가 되어 날렸다.

천 년 같은 밤이 지났다. 전쟁의 눈은 국론이 분열된 나라를 찾아다닌다. 역사적으로 볼 때 고려의 몽골 난과 임진왜란도 마찬가지였다. 안보에는 관심 없고, 자신들의 이익만을 위해 밤낮 여야로 나누어 싸우던 국회의원인 자신이 부끄러웠다.

동틀 무렵 탱크 소리가 지축을 울리며 수원공항으로 들어오고 있었다. 혹시 태극기가 걸려있나 보았더니, 역시나 붉은 깃발을 휘날리며 최신형 러시아제 탱크를 앞세우고 보무당당하게 인민군이 들어오고 있었다. '공항도 접수되었구나!' 서의원은 현기증이 나 그 자리에 주저앉았다. 나라 잃고 갈 곳 없어 절규했다. 6·25 때에 정치인, 군경 가족과 성직자, 많은 기독교 신도를 학살했다는데, 내 운명은 어떻게 될 것인가?

때마침 열기구가 앞으로 다가왔다. 김 비서가 가지고 온 열기구를 타고 하늘 높이 올랐다. "아, 살았구나!" 안심하고 올라탔다. 남쪽을 향해 나는데 적 전투기에서 쏜 총알에 '펑-' 터져 변산 앞바다에 '풍덩' 떨어졌다.

"안 돼! -아 -아-"

손사래를 지었다. 옆에서 자던 아내가 깨웠다.

"여보, 왜 그래요?"

"무서운 꿈꾸었어." 그의 등에 땀이 흐르고 있었다.

이탈리아의 중국 전문가 프란체스코 기자는

"중국이 대만을 침공하기보다 북한 김정은을 이용해 손 안 대고 코 풀려고 할 것이다." 중국은 군대를 보낼 필요도 없이 미군을 끌어드리는 효과도 보게 된다. 트럼프는 '김정은과 사이가 좋다며 미국은 안전하다'고 했다. 그래서 대만도 포기하고, 북한은 미국과 협상을 통해 한국서 철군하도록 했었다.

열기구를 타고 가는 서 의원은?

'전쟁의 신 아레스의 눈'은 어디를 향해 있을까? 우크라이나와 이스라엘 다음은 어느 나라일까? 하마스의 기습을 닮은 북한 비대칭 공격에 아군이 치밀한 대처를 안 한다면 큰 재앙을 초래할 것이다. 북한의 장사포 무력화는 하루 걸린다지만, 선제공격을 당해 군 과학화 경계 시스템과 한국형 아이돔으로 불리는 장사포 요격 체계가 망가진다면 대책이 없지 않은가?

"전쟁을 각오한 자만이 평화를 얻을 수 있다. 평화는 강한 자의 전리품이다."

그렇게 생각한 서인수 의원은 국회 국방위원들과 함께 합동참모군사작전 총 지휘부를 시찰했다.

모바일 메신저 텔레그램에 의해 여러 대의 드론을 띄어 적 탱크를 격파하는 실험장면을 보았다. 이미 띄운 2대의 인공위성에서 정보를 받으면 드론이 적군을 식별하고 AI가 작전을 수립하여 가까운 적을 드론으로 타격하는 첨단 기술 작전이었다.

합참의장은 "전쟁 승패는 드론의 양과 기술 수준, 운용법에 달려 있다."라고 했다. 탱크와 포탄도 사용하지만, 드론 사용이 절대적이다. 또한 초고속 인터넷과 AI(인공지능) 등 최첨단 기술, 인공위성으로 핵심 통신수단으로 활용하고 있다. '스타링크'라는 위성 단말기를 띄워 적군의 진지와 탱크의 위치를 확인 타격하고, 스마트폰과 태블릿을 사용하여 상호 간 신속하게 작전을 지휘, 전개한다.

국방부는 이미 드론 전담 부대를 창설했다. 그리고 200만 대의 드론을 생산할 예정이라고 한다. 포탄 제조비용이 1발에 약 100만 원이 들며, 위성항법이 있는 유도포탄은 1억 원에 달하지만, 드론은 50만 원이면 만들 수 있다. 현대전은 참호전인 동시에 첨단전쟁이라고 했다.

우리 국군은 AI를 활용한 전술 프로그램 'GIS 아르타'를 이용해 휴전선을 넘어오려는 인민군 주력부대를 그 자리에서 격멸하는 작전이다. 육안으로 20여 분 걸리는 정찰 및 분석시간을 30초~2분 이내로 단축할 수 있다. 북한이 핵으로 위협하고 있지만 인공위성으로 위치를 확인하고 토치카를 파괴할 수 있는 드론으로 공격하면 끝이라고 했다.

서 의원의 전쟁공포증은 아이스크림처럼 녹고 자신감을 느끼게 되었다.

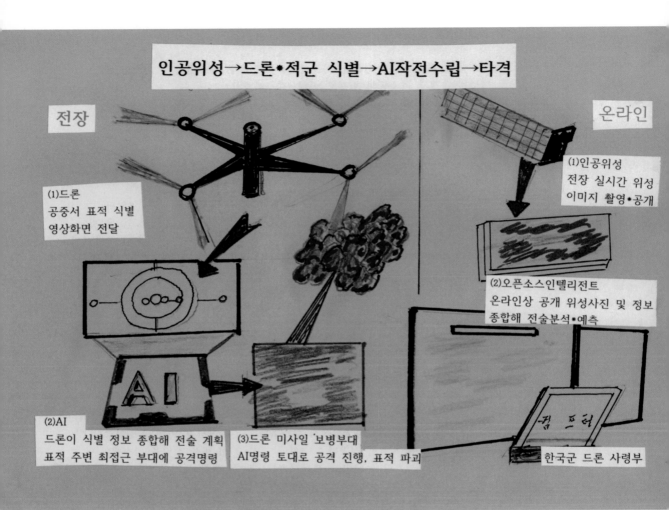

인공위성→드론*적군 식별→AI작전수립→타격

전장

온라인

(1)드론
공중서 표적 식별
영상화면 전달

(1)인공위성
전장 실시간 위성
이미지 촬영•공개

(2)오픈소스인텔리전트
온라인상 공개 위성사진 및 정보
종합해 전술분석•예측

(2)AI
드론이 식별 정보 종합해 전술 계획
표적 주변 최접근 부대에 공격명령

(3)드론 미사일 보병부대
AI명령 토대로 공격 진행. 표적 파괴

한국군 드론 사령부

첨단기술이 바꾸어 놓은 전쟁

22. 원자탄을 만들자!

1992년 노태우 대통령은 "남북 비핵 선언 완전 타결"을 세계에 널리 알렸다. 남북한이 핵무기 시험, 생산, 접수, 저장, 배치, 사용을 금지한다는 내용이다. 춘천 대룡산에 배치된 전술핵무기도 그때 철수했다.

그 후 남한은 평화공존이라는 북한의 기만전술에 걸려 25여 년 허망한 태평 꿈으로 살았다. 비핵화 협정을 맺으면 준수해야 한다. 그러나 적국 북한은 삼 대에 걸쳐 몰래 동굴 속에서 원자폭탄 수십 개를 만들었다. 인제 와서 김정은이 큰소리로 서울을 초토화하겠다고 위협하고 있다.

국방부는 부랴부랴 향후 5년간 349조 원을 투입하여 2025년까지 군사 정찰위성 5기, 전력 마비를 일으키는 정전탄 개발, 갱도 관통 파괴하는 전술 지대 유도무기 전력화 등 북핵 대응 3축 체계에 집중적으로 투자한다고 했다. 우리 국민은 이런 전략과 장거리 지대공 유도무기로 핵폭탄을 요격해 주기를 바란다.

미국 NBC 방송은 트럼프 행정부가 '한국 전술핵무기를 재배치'하려는 움직임이 있었다고 했다. 그런데 전 문재인 대통령은 미국 방송과 인터뷰에서 "북한 핵무기 개발은 체제를 보장받기 위한 것"이라고 했다. 지난 5년간 3,600회나 군사 협의를 위반한 김정은에게 "남북 종전협정"을 맺자고 했다. 평화 없는 평화협정은 믿을 수 없는 약속이다.

또한 전술핵 반대 이유를 "전술핵을 도입하면 북한 비핵화 주장 명분이 상실되며 동북아 전체로 핵무장이 확산할 우려가 있다"라고 했다. 정말 어처구니없다. 마치 상대편 레슬링 선수가 비수로 찌르려고 하는데, 규칙을 지켜 맨손으로 싸우겠다고 고집부리는 것과 같다.

지난주 한국 사회 여론조사에서 전술핵 배치하자는 지지자가 72%나 상승했다. 앞으로 지지층이 더 늘어나리라고 본다. 아랍국가들이 작은 이스라엘을 무서워하는 이유는 핵을 가진 강대국이기 때문이다. 핵도 없으면서 운전석에 앉겠다는 우리다. '힘없는 정의는 무력(無力)'이다. 힘없는 정부를 누가 믿겠는가? 북한 군사력이 100이라면 우리 군사력은 10이다.

우라늄 핵무기 제조 과정

핵무장

K

천연우라늄 정제우라늄

원심분리기 고농축우라늄 핵탄두

《 단시간 내 핵무장이 어려운 이유 》

1. 핵연료 재처리 시살 없고 관련 기술 부족
2. 우라늄 채광 및 농축 시설 없음.
   핵무기 제조용 고농축 우라늄 기술도 미비.
3. 핵기폭 장치 등 40년 이상 중단 상태.
4. 핵무기 개발·제조 테스크 포스 구성,
   가동하는데 3-6개월 이상 필요.

핵무장을 하자

한국의 안전보장은 미국과 동맹에 전적으로 의존하고 있다. 그러나 미국의 안보 공약은 영원불변인가? 미국은 세계 전략에 따라 대외 안보 공약이 바뀔 수 있다. 그러면 우리 안보는 어떻게 되는가? 미국도 상황에 따라 세계 경영 방침을 바꿀 수 있다. 미국이라고 천년만년 한국을 지켜야 한다는 법도 없다.

근자에 한 미국의 군사 전략가가 "한국은 독자적인 핵무장을 고려해야 한다."라며 그 이유로

첫째, 언제까지 미국을 믿고 갈 수 없다.

둘째, 4년마다 전혀 다른 관점을 가진 정부가 들어서는 미국정치 상황을 고려해야 한다는 의견을 내놓았다.

미국 캔자스대 교수로 있는 에이드리언 루이스는 조선일보와의 인터뷰에서 "베트남과 아프가니스탄에서 보았듯이 미국의 방위 공약은 항상 지켜지지는 않았다."라며 트럼프가 한국 방위를 위해 수많은 '청구서'를 내민 사실을 상기시켰다. 최근에 트럼프는 대만도 포기할 수 있고, 북대서양조약기구 동맹국이 국방비를 증액하지 않으면 보호해 주지 않겠다는 표현을 했다.

때마침 윤석열 대통령의 미국 공식 방문을 계기로 한국 핵무장 문제가 진지하게 거론되기를 바랐다. 한국 내 찬성 여론도 크게 늘었고 미국 조야에도 이제 한국의 핵 개발 억제의 끈을 슬그머니 놓아줄 때가 되지 않았느냐는 루이스 교수의 주장이다.

그러나 결과는 '워싱턴 선언'이라는 한 장의 종잇조각이었다. 루이스 교수는 '워싱턴 선언'을 이렇게 혹평했다.

"방위 약속, 긴밀한 논의, 위원회 구성 등은 그야말로 말뿐이다. 다음 미국

대통령이 들어와서 이런 약속을 그냥 지키겠는가?"

윤석열 정부 출범 후 핵 협의그룹(NCG) 가동, 캠프 데이비드 협정을 통해 미국 핵우산이 증강되었다고 하지만 완벽하다고 할 수 없다. 기본적으로 한국 내에 아무런 핵무기가 없는 상황에서 억지력을 발휘할 수 없는 것이다.

아마도 미국은 핵 확산을 우려하는 것 같다. 북한 핵은 공격용이고 파괴용이다. 하지만 남한의 핵은 방어용이고 평화용이다. 미국은 북한 핵을 막지 못했다. 지금 세계의 안보환경과 여론은 우리에게 호의적이다. 미국 내에서도 한국의 핵 보유에 긍정적인 시각이 늘고 있다. 북한의 대남 협박은 갈수록 심해지고 있다. 내년 트럼프가 다시 집권한다면 상황이 완전히 달라질 수 있다.

미국 정부가 아시아 대륙에서 한발 물러난 현대판 애치슨 라인을 그을지 모르는 일이다. 루이스의 말대로 "한국의 핵무장은 미국의 신뢰에만 의존하는 것은 옳은 선택이 아닐 수 있다."

요즘 미국은 영국에 목표에 따라 폭발력 조절되는 '스마트 원자폭탄'을 배치한단다. 윤석열 대통령이 바이든 미 대통령과 워싱턴 선언을 했다. "중·러 견제 전선에서 핵심 동반자. 핵 쓰면 북한 정권은 종말"이라고 했고, 필요할 때 핵 자산을 함께 공유한다고 했다. '트럼프 리스크'를 대비한 핵 협의그룹(NCG) 제도를 정례화했다. 그러나 친구 간에 필요할 때 돈 꿔 달라는 것과 내 호주머니에서 쓰는 돈이 같을 수 없다. 말보다 미 전술핵 100기를 한국 안보 지원용으로 지정하고, '스마트 원자폭탄 10기'를 속히 한국기지에 배치해야 한다.

힘은 힘으로 핵은 핵으로 막을 수밖에 없다. 2년 정도 걸리면 우리기술로 핵폭탄을 만들 수 있다. 원자탄을 만들자. 공산당은 민족도 형제도 없다. 오로지 '적화통일'만이 김일성 유시이며 지상의 목표다. '미군이 철수한다면 72시간 이내에 남한을 접수하겠다.'라고 큰소리치고 있다.

"평화란 분쟁 없는 상태가 아니라, 분쟁을 평화로운 방법으로 다루는 능력이다."라고 레이건은 말했다.

국제정세는 그리 호락호락하지 않다. 우크라이나 전쟁과 이스라엘을 기습 공격한 하마스를 강 건너 불 보듯 해서는 안 될 것이다. 그 불통이 한국전쟁으로 번질 우려가 있다. 안보에는 여야가 없다. 모두 합심하여, 말은 아끼고 대비는 철저히 하자. 이런 위기 상황에서 군·경·민·관 모두 단결하여 선열들이 피땀으로 지켜낸 우리 대한민국도 원자폭탄 만들어 지켜 나가자! 그리하면 한반도에 평화의 종소리 울리리라.

자유의 종 울려라. 산 넘어 평양까지

평화의 종소리

종소리에
휴전선을 지키는 병사들 생기가 돈다
155마일 휴전선 철조망이 무너진다
이산가족들 춤추며 얼싸안는다
산청어가 밤하늘을 휘젓고 노닌다

종소리가
땅굴 속 인민군 가슴을 울린다
금강산 만물상에 메아리친다
자유를 갈망하는 북한 백성 만세 부른다
아오지탄광 사상범 해방한다

종 머리 비둘기는
휴전선 넘어 북녘으로 날아가고
임남댐을 돌아 평양으로 날아간다
태양궁으로 들어가 평화를 전한다
연변 원자로를 산업용으로 바꾼다

종소리 울려라

저 휴전선 넘어 북한 동포에게도

눈빛이 마주치는 이마다

깃발 휘날리듯

방방곡곡에 힘차게 울려 퍼져라

〈평화의 종소리, 정승수 시〉

✳ 맺는말 ✳

사막에서 장미꽃 피우듯 공허한 이 땅에 민주주의 대한민국을 세운다는 것은 달나라에 가는 것만치 어려웠다. 이미 스탈린은 김일성을 앞세워 한반도에 공산주의를 확장하려고 했다. 이승만은 이를 꿰뚫어 보아 공산주의 위협을 통찰하고, 자유민주주의의 길로 나갔다. 북한은 토지개혁 한다고 모두 국유로 했으나, 남한은 유상토지개혁을 하여 농민을 보호했다. 대한민국의 건국은 실로 기적에 가까웠다.

남한의 자유선거에 남로당 박헌영의 방해가 심했다. 2·7 구국 투쟁, 여수 순천 반란, 제주도 폭동, 대구 폭동, 거창 빨치산 사건, 가짜 화폐 발행 등 이루 말할 수 없는 테러를 자행했다. 이를 급히 막으려고 불가부득(不可不得) 일본 경찰 출신 한국인을 다시 썼다.

6·25 전쟁이 일어나자 "오늘 이 사태가 벌어진 것은 누구의 책임이요? 맥아더, 어서 한국을 구하시오"

1950년 6월 26일 새벽 3시, 이승만 대통령은 화급히 전화로 호통쳤다. 미국은 3년 끌어온 전쟁에서 발을 빼려고 했다. 반공포로석방 사건으로 마침내 이승만 대통령을 달래지 않고서는 휴전할 수 없다고 생각했다. 아이젠하워 대통령은 이 대통령과 힘겨운 협상을 시작했다. 휴전선 긋는다고 평화는 오지 않는다. 이 대통령은 휴전해 주는 조건으로 한미동맹을 맺고, 무기와 경제 원조

해 달라고 요구했다. 휴전되어 미군이 나가면 한국은 공산주의 손아귀에 넘어갈 것은 불 보듯 뻔한 일이다. 그래서 어떻게 해서든지 미군을 한반도에 묶어두려고 했다. 그러나 미국은 한국과 동맹을 맺으려고 하지 않았으나, 마침내 이 대통령이 미국 정부를 설득해 성공했다. 요즘 기록영화 "독립전쟁"을 보라.

한미동맹은 새우와 고래가 맺은 동맹이라 할 수 있다. 정말로 5천 년 역사상 지금이 가장 풍요롭고 평화를 누리게 된 혜택은 한미동맹조약과 1910~1940년 불행한 세대가 죽음으로 지켜온 나라 사랑이다.

그리하여 1953년 7월 27일, 판문점에서 공산주의와 휴전협정서에 서명했다. 실로 전쟁을 시작한 지 3년 1개월 만이었다. 언제 전쟁 터질지 모르는 휴화산 같은 휴전이다. 민주주의 선과 독재정권 악, 둘 중 하나가 이겨야 전쟁은 끝날 것이다.

그들의 젊은 피가 어머니 땅에 뿌려졌다. 그 피로 물든 땅에서 우리 후손은 자유와 평화를 누리며 살고 있다. 미래세대가 이 글을 읽고 공산당을 무찌르고 평화롭게 잘 살기를 바란다.

한미동맹 방위조약

휴전선

온통 초록빛으로 너울너울 춤추는 산
나무 그늘에선 노루가 한가롭게 풀을 뜯고
멧돼지는 씩씩거리며 칡뿌리 쑤신다
뭉게구름 유유히 북으로 흘러가고
산비둘기 자유롭게 남쪽으로 날아온다

백암산도 대성산도 우리 조상이 살던 땅
지금은 서로 총부리를 겨누고 있다
언제 산불처럼 불시에 훨훨 타오를 것만 같은
초조감에서 병사들은 적막을 지키고 있다

이념이 다르다고 핏줄을 속일 수는 없다
휴전선에 어둠이 오고 이념의 황혼이 온다
산마루에서 말없이 바라보는 북녘땅
조국의 땅은 장엄하다

언제까지 서로 가슴에 총부리를 겨눌 것인가
강물이 북에서 남으로 흐르듯
마음을 열고 한강처럼 서로 화합하자

자자손손 이어갈 빛나는 우리 땅
민족의 염원 통일을 이루자

〈휴전선, 정승수 시〉

워싱턴에 '한국전쟁 추모의 벽'이 세워졌다. 추모의 벽에는 100개의 화강암 판에 미국 전사자 36,634명과 한국군 지원부대(카투사) 7,174명 등 총 43,808명의 참전용사 이름이 새겨졌다. 북한 김일성은 그들 도와준 중국 인민공화국에 그 대가로 백두산의 반을 뚝 잘라 주었다. 그러나 아무 조건 없이 우리나라를 도와준 미국에 감사해야 한다.

미국 국립묘지에는 이런 글이 있다.

"우리나라의 아들과 딸들은 만나 본 적도 없고 알지도 못하는 어느 우방 국가의 부름을 받아 국가를 수호하고 방위함으로써 국가의 명예를 드높였다."

추모의 벽은 한미동맹의 군건함을 보여주는 상징물이다. 여기에 이름이 새겨진 미군 전사자 중 절반이 이등병과 일등병이다. 미국 젊은이들이 낯선 나라 한국에 피를 뿌리고 목숨을 바쳐 오늘날 위대한 대한민국의 초석이 되었다. 그 숭고한 젊은이 덕택에 전쟁으로 폐허가 된 최빈국은 마치 폐기물 속에서 꽃을 피우듯이 한강의 기적을 이루어 이제 세계 10위권 경제 강대국으로 성장했다.

윤석열 대통령은 8·15 경축사에서 "공산 전체주의를 맹종하며 조작 선동으로 여론을 왜곡하고 사회를 교란하는 반국가 세력들이 여전히 활개 치고 있다.”라며 결코 그들의 감언이설에 속아 넘어가서는 안 된다고 했다.

안보토론회를 국회에서 했다. 그 내용을 보면,

“통일전쟁이 일어나 그 결과 평화가 온다면, 그 전쟁도 수용해야 한다. 북의 전쟁은 정의의 전쟁관이다.”

“한반도 전쟁 위기는 실재한다. 실재하는 근원은 북 때문이 아니라 한미동맹 때문이다.”

이런 망발에 통일부 장관은 “북한의 선전·선동에 호응하고 북한의 의도에 전적으로 동조하는 황당한 형태로, 상식을 가진 국민이라면 도저히 이해할 수 없을 것”이라고 말했다.

북한인권 민간단체 협의회는 “정부 당국이 향후 종북세력에 반(反)대한민국 활동에 철저히 법대로 집행할 것을 당부한다.”라고 했다. 누가 불행한 세대를 만드는 전쟁을 일으키려 하는가?

초등학교부터 국가관을 갖고 자유민주주의가 얼마나 소중한가를 교육해야 한다. 통일국가의 가치는 자유·인권·평화·번영을 보장해야 한다.

자유·평등·평화의 나라

공산주의가 지상낙원이라면 자진 월북해 보라. 자유와 인권이 없는 김정은 정권이 얼마나 무서운지 후회할 것이다. 북한 공산당은 독을 바른 사과 같다. 레닌·마르크스 이론은 지상 천국 같으나 그 실체는 생지옥이다. 북한 정권 폭정 아래 노예로 전락한 2,500만 북한 동포를 하루속히 구출해야만 한다. 공산 세력을 이기고 남북통일을 해 자유민주주의를 수호하는 것이 우리들의 사명이다.

김정은이 "핵전력 동원, 남조선 영토 평정"을 공포했다. 남한에 선전포고한 셈이다. 이에 우리 스스로 지키지 못하는 국가는 북한 공산당에게 먹히고 말 것이다. 국방력이 튼튼해야 북한과 대화할 수 있고 평화를 누릴 수 있다. 말은 아끼고 대비는 철저하게 해야 한다.

지금 우리는 민주주의에서 자유와 평화를 누리며 살고 있다. 북한 GDP는 245억 달러, 대한민국은 1조 7,000억 달러다. 우리나라의 60분의 1밖에 안 되는 가난한 나라다. 국내 생산 2,071조 원(세계 10위), 1인당 국민소득 34,940달러(세계 29위), 2022년 무역액(수출입 총액 1조 4,151억 달러 (세계 6위), 이동통신 가입자도 한국은 7,051만 4천 명이나, 북한은 600만 명에 불과하다.

북한을 보라! 우리나라의 1960년대에 머물고 있다. '고난의 행군'을 이어간 북한은 전 세계 200여 국가 중 하위 10% 수준으로 전락했다. 아사자도 작년보다 2배나 더 생겨났다. 생활필수품이 모자라 쩔쩔매고 있다. 그러나 잘 산다고 전쟁에 이기는 것은 아니다. 베트남에서 전쟁에 진 미국, 아프가니스탄에서 철수한 미국을 보면 알 것이다.

우크라이나 전쟁과 이스라엘 전쟁은 21세기에도 전쟁은 일어날 수 있다는 경각심을 일깨웠다. 여전히 남북관계는 휴전으로 언제 폭발할지 모르는 이념 전쟁이다. 다시는 불행한 세대와 같은 비극이 반복되지 않도록 꼭 기억하고 대비해야 할 오늘이다.

위대한 국민이여! 소돔과 고모라 성에 의인이 없어 멸망했다. 우리나라에 의인 10명만 있어도 전쟁을 막을 수 있다. 자유냐, 노예냐? 둘 중 선택한다면 어느 편에 설 것인가? 선열들의 나라사랑 정신을 이어받아 자유와 인권이 보장된 대한민국을 목숨 바쳐 지켜나갈 사명이 우리 모두에게 있음을 명심해야 할 것이다.

대한민국을 위한 기도

역사를 펼쳐 나가시는 하나님, 제 기도 꼭 들어주세요.
북한 공산당은 남한을 적으로 보고 핵무기로 엄청나게 겁주고 있어요.
그러나 (이름)는 목숨을 바쳐 대한민국을 지키겠어요.

오! 못할 일 없으신 하나님.
윤석열 대통령께 지혜를 주셔서 나라를 잘 다스리게 해 주세요.
간절히 기도하오니 북한이 자랑하는 핵미사일 고철되어
여리고 성 무너지듯 휴전선 무너져 평화통일 이루게 될 것이지요.

전쟁은 하나님께 속한 것이니 힘센 오른팔로 막아주세요.
콩깍지로 콩 삶듯 6·25 전쟁처럼 형제끼리 피 터지게 싸우지 말아야지요.
어리석은 우리 7천만 백성 모두 죽겠어요.

지금까지 대한민국을 눈동자와 같이 지켜주신 주님 감사해요.
남북한이 얼싸안고, 대대손손 금수강산 한반도에서
자유와 평화를 누리며 영원히 행복하게 살게 해주세요.
예수그리스도의 이름으로 기도드립니다. 아멘

▶ 대한민국 국민 모두 매일 아침, 이 기도문을 읽으며 합심하여 기도드리면 기적이 일어날 줄 믿습니다. 전쟁이 일어나 다시는 불행한 세대가 되지 않도록 어린이들도 함께 기도하도록 쉬운 말로 기도문을 작성했습니다.

참고문헌

- 6·25와 춘천 대첩, 춘천대첩 선양회.

- 뜻으로 본 한국 역사, 함석헌 전집 1. 한길사.

- 몸으로 막은 고향 땅.

  강원도민일보 6회에 걸쳐 실었음.

  1999년 6월 15일(화요일)~6월 28일(화요일).

- 춘주지, 춘천시 발행 1984.2.28, 춘천문화원 편집.

- 모진강의 예언(춘천 설화), 정승수, 춘천문화원 발행.

참고자료

- 양구통일관 사진 사용
- MBC 드라마 '무신' 참고
- 조선일보 인용